最後倖存者

泰絲·格里森——著　尤傳莉——譯

LAST TO DIE

TESS GERRITSEN

紀念我的母親，Ruby Jui Chiung Tom

我們稱他為伊卡魯斯。

當然，這不是真名。我的童年是在農場度過的，因而學到：你絕對不能給預定要宰殺的動物取名字。你只會講一號豬、二號豬這類的，而且你總是避免直視牠們的眼睛，免得你看到什麼自覺或個性或感情。當一隻畜牲信任你，你就很難下決心割斷牠的喉嚨。

我們對伊卡魯斯就沒有這樣的問題，因為他不信任我們，也完全不曉得我們是誰。但我們對他了解得很。我們知道他住在羅馬郊區一處山丘頂的高牆莊園內。知道他和他太太露琪亞有兩個兒子，分別是八歲與十歲。我們知道儘管他非常有錢，但他對食物的口味很單純，幾乎每星期四都會去他最喜歡的當地餐廳「老奶奶」吃飯。

我們也知道他是個惡魔。這就是我們那年夏天來到義大利的原因。

獵殺惡魔不適合膽怯之人。也不適合那些在乎法律或國界等瑣碎限制的人。畢竟，惡魔是不會遵守規則的，所以我們也不能遵守。除非我們不想擊敗他。

但是當你拋棄了文明的行為準則，你自己也有變成惡魔的危險。那年夏天在羅馬發生的事情就是這樣。當時我沒發現；我們沒有一個人發現。

等到後來發現時，就已經太遲了。

1

十三歲的克蕾兒．沃德應該死掉的那一夜，她人在紐約州易薩卡自家三樓臥室的窗台上，無法決定是不是要往下跳。往下六公尺就是稀疏凌亂的連翹灌木叢，現在早已過了春天的花季。跳下去可以當成緩衝沒錯，不過很可能她還是會跌斷幾根骨頭。她看著遠一點的那棵楓樹，其中一根彎過來的結實樹枝，離她只有短短幾呎。她從來沒試過從窗子跳下去，因為從來沒有必要。在今夜之前，她都可以悄悄從前門溜出去。但那些輕易溜掉的夜晚結束了，因為被無聊的鮑伯發現了。從現在開始，小女生，你得待在家裡！再也不准夜裡到處在城裡亂跑，像隻野貓似的。

要是我跳下去摔斷脖子，她心想，那就全是鮑伯的錯。

是了，那根楓樹枝絕對抓得到。她有地方可以去，有人可以找，而且她不能永遠待在窗台上評估自己的機會。

她蹲低身子，準備要跳，忽然僵住了，因為她看到兩盞從角落轉過來的汽車開著大燈。那輛運動休旅車像一隻黑色鯊魚般，從她窗子底下默默滑行而過，然後繼續慢吞吞行駛在安靜的街道上，好像在尋找某一棟特定的房子。不是我們的房子，她心想；她的寄養父母鮑伯和芭芭拉．巴克利都很無聊，家裡從來沒有什麼有趣的人來訪過。就連他們的名字都很無聊，更別說他們晚餐的對話了。親愛的，你今天過得怎麼樣？你的呢？天氣好轉了，不是嗎？能不能把馬鈴薯遞給我？

在他們鄉紳的、學究的世界裡，克蕾兒是個異類，是他們從來無法了解的野孩子，雖然他們試過了。他們真的努力試過了。她應該跟著藝術家或演員或音樂家一起生活，那些人可以整夜不睡覺、知道如何享受生活。那些人跟她是同一類的。

黑色運動休旅車消失了。現在不做，就永遠沒機會了。

她吸了口氣跳起來。飛過黑暗，感覺到夜間空氣呼呼掠過她的長髮。她降落了，優雅如貓，那根樹枝被她壓得不斷顫抖。簡單得很。她爬到另一根比較矮的樹枝，正要跳下去，那輛黑色運動休旅車又回來了，再度滑行經過，引擎低聲顫動著。她看著那輛車繞過轉角消失了；然後她往下落到潮溼的草地上。

她回頭看了一眼房子，等著鮑伯會突然衝出前門朝她大喊：立刻回來，小女生！但門廊還是一片黑暗。

現在夜晚開始了。

她拉上帽T的拉鍊，走向城裡的公共用地，那裡有活動——算是吧。時間這麼晚了，街上很安靜，大部分的窗子都是暗的。這一帶充滿了有著刻花木板飾邊的完美房子，街上居住著大學教授和只吃不含麩質、純素食品的媽媽，而且全都參加了讀書俱樂部。鮑伯曾深情地形容這個小城是十平方哩的世外桃源，但他和芭芭拉屬於這裡。

克蕾兒不曉得自己屬於哪裡。

她大步過街，拖著靴子掃過枯葉。前面一個街區外，有三個十來歲的青少年，兩男一女，正在一盞街燈下抽菸。

「嘿，」她朝他們喊。

比較高的那個男孩揮揮手。「嘿，克蕾兒大熊。我聽說你又被禁足了。」

「大概禁足了三十秒吧。」她接過他點燃的香菸，吸了一大口，然後開心地呼出來。「我們今天晚上的計畫是什麼？要去做什麼？」

「聽說瀑布那邊有個派對。不過得想辦法搭便車過去。」

「你姊呢？她可以載我們啊。」

「不行，我爸沒收她的車鑰匙了。我們在這邊等著，看有沒有其他人出現。」那男孩暫停一下，對著克蕾兒的肩膀後方皺起眉頭。「哦—喔，看看誰來了。」

克蕾兒轉身，發出哀嘆，一輛深藍色紳寶（SAAB）開到她旁邊的人行道邊停下。乘客座的車窗搖下來，芭芭拉．巴克利說：「克蕾兒，上車。」

「我只是跟我的朋友在一起而已。」

「都快半夜十二點了，而且明天你還要上學。」

「我又沒做什麼犯法的事情。」

駕駛座上的鮑伯．巴克利下令：「立刻上車，小女生！」

「你們又不是我爸媽！」

「但是我們要對你負責任。我們的職責是要用適當的方式撫養你，而這就是我們現在正在想辦法做的。如果你不立刻跟我們回家，那就會有——就會有，唔，一些後果！」

是喔，我嚇得都在發抖了呢。她正要大笑，但忽然發現芭芭拉穿著睡袍，而鮑伯腦袋一側的頭髮都翹起來。他們匆忙追著她出來，連換衣服都來不及，兩個人看起來都更老也更疲倦。這對一身凌亂的中年夫婦因為她，睡到一半匆忙爬起床，而且明天早上醒來會覺得很累。

芭芭拉疲倦地嘆了口氣。「我知道我們不是你爸媽，克蕾兒。我知道你痛恨跟我們一起住，但我們正在盡力。所以拜託，上車吧。你在外頭不安全的。」

克蕾兒惱怒地看了朋友們一眼，然後爬進那輛紳寶汽車的後座，甩上了門。「行了吧？」她問。「滿意了嗎？」

鮑伯轉頭看她。「這不是為了我們。是為了你。我們跟你父母發過誓，說你永遠都會有人照顧的。要是伊莎貝爾還在世，看到你現在這樣，她會傷透心的。老是失控，老是憤怒。克蕾兒，你有了第二次機會，這是天賜大禮。拜託，不要浪費了這個機會。現在扣好安全帶，好嗎？」

要是他發脾氣，要是他朝她吼，她還可以應付。但他看著她的眼神那麼哀傷，搞得她好有罪惡感。因為自己這麼混蛋，用叛逆回報他們的善意。她爸媽死掉不是巴克利夫婦的錯。她的人生完蛋了也不是他們的錯。

他們駛離路邊時，她只是在後座雙臂交抱著自己，滿懷內疚但驕傲得不肯道歉。明天，我會對他們好一點，她心想。我會幫芭芭拉擺餐具準備吃飯，說不定還幫鮑伯洗車。因為，要命，這輛車還真需要洗一洗。

「鮑伯，」芭芭拉說，「那輛車在那裡做什麼？」

引擎轟隆作響，車頭大燈朝他們猛衝過來。

芭芭拉尖叫：「鮑伯！」

那衝撞發出種種可怕的聲響，撞得克蕾兒被安全帶狠狠勒緊。碎裂的玻璃。壓皺的車殼。有個人在哭，嗚咽著。克蕾兒睜開眼睛，看到整個世界上下顛倒了，這才明白那哭聲是自己發出的。「芭芭拉？」她嗚咽著。

她聽到一個悶住的啪聲，然後又一個。汽油的氣味好濃。她被安全帶懸吊在空中，而且緊勒著肋骨，緊得她幾乎無法呼吸。她摸索著要解開安全帶，然後摸到了按開，腦袋砰地砸下去，一股疼痛沿著脖子往上竄。她設法轉身平躺，看到了破裂的車窗，汽油味更濃了。她扭動身子朝車窗接近，想到火焰，想到燒灼的高熱和自己骨頭上的肉被烤熟。出去，快出去。趁著還有時間救鮑伯和芭芭拉！她敲掉車窗上殘餘的玻璃，碎片嘩啦啦掉到外頭的柏油路面上。

兩隻腳走過來，停在她面前。她抬頭看著那個擋住她逃脫之路的男子。看不到臉，只看到他的輪廓。還有他的槍。

另一輛車高速駛向他們，輪胎發出尖嘯。

克蕾兒縮回紳寶車裡，像一隻陸龜縮回安全的殼中。她蜷著身子盡量遠離車窗，雙臂護住頭，好奇著這回被子彈射中時會不會痛？這回她是否能感覺到子彈在她的頭骨中爆炸？她整個人縮成一顆球，縮得好緊，因而唯一聽到的就是自己的呼吸聲，還有脈搏的砰然跳動聲。

她差點錯過了那個喊她名字的聲音。

「克蕾兒．沃德？」那是個女人。

我一定是死了。那是個天使，在跟我講話。

「他走了。現在出來安全了，」那天使說，「但是你得趕快。」

克蕾兒睜開眼睛，隔著自己的手指看著破碎車窗外的那張臉。一隻修長的手臂朝她伸來，克蕾兒害怕地往後縮。

「他會回來的，」那女人說，「所以快點。」

克蕾兒抓住了那隻手，那女人把她拉出去。克蕾兒滾到馬路上時，一波碎玻璃也隨之如硬雨點般嘩啦砸下來。她太快坐起身了，整個世界在她周圍搖晃。她昏眩地回頭看了一眼翻倒的紳寶車，不得不再度低下頭。

「你有辦法站起來嗎？」

克蕾兒緩緩往上看。那女人穿得一身黑，紮了個馬尾，一頭金髮亮得足以在街燈下映出微微的閃光。「你是誰？」克蕾兒低聲問。

「我的名字不重要。」

「鮑伯——芭芭拉——」克蕾兒看著那翻倒的紳寶車。「我們得把他們從車裡救出來！幫幫我。」克蕾兒爬向駕駛那一側，把門拉開來。

鮑伯．巴克利滾出來躺在路面上，睜著的雙眼毫無生氣。克蕾兒瞪著他太陽穴的那個子彈孔。「鮑伯，」她嗚咽道，「鮑伯！」

「你現在幫不了他了。」

「芭芭拉——那芭芭拉呢？」

「太遲了。」那女人抓住她兩邊肩膀狠狠搖了一下。「他們死了，你明白嗎？他們兩個都死了。」

克蕾兒搖搖頭，雙眼還是看著鮑伯，看著他腦袋周圍那一灘逐漸擴大的血，像個深色的光環。「這種事不可能發生，」她低聲說，「不可能又一次。」

「來吧，克蕾兒，」那女人抓住她的手，拉著她站起來。「跟我走，如果你想活命的話。」

2

十四歲的威爾．雅布朗斯基應該死掉的那一夜，他站在新罕布夏州一片黑暗的田野上，尋找外星人。

為了出獵，他已經帶齊了所需的各種設備。包括他的十吋杜布森望遠鏡，鏡片是三年前他親手磨的，當時他十一歲。他花了兩個月，先從八十號矽紙開始，一路用得愈來愈細，好把鏡片磨成形，而且平滑又光亮。在他爸的協助下，他自製了承托的經緯儀。二十五公釐的普羅素接目鏡是布萊恩姨丈送的禮物，每逢天空清朗時，姨丈就會在晚餐後幫威爾把所有設備搬到田野上。但是布萊恩姨丈是雲雀，不是貓頭鷹，每回到了晚上十點，他就會體力不支跑去睡覺。

所以就像大部分天空清朗、沒有月亮的夜晚，這一夜威爾背對著他阿姨和姨丈的農舍，獨自站在田野上，望著天空尋找彗星。要是能找到，他已經知道自己會如何命名：尼爾．雅布朗斯基彗星，以紀念他亡故的父親。業餘天文學家發現新彗星的事情一直都有，所以下一個發現的人為何不可能是個十四歲的小孩？他爸有回告訴他，要想發現新彗星，唯一需要的就是專心投入、訓練有素的眼睛，再加上非常好的運氣。這是一場尋寶遊戲，威爾。宇宙就像一片沙灘，星星就像一粒粒沙，裡頭藏著你要找的東西。

對威爾來說，這場尋寶遊戲從來不會玩膩。每回他和布萊恩姨丈把設備搬出屋子，在黑暗的天空下架設好時，他還是感覺到同樣的興奮，同樣有預感今夜就可能會發現尼爾．雅布朗斯基彗星。然後一切的努力就會值得，無數個靠熱巧克力和能量棒補充的不眠之夜都會值得。甚至以前在馬里蘭州的同學們對他講的那些侮辱話（胖小子、胖乎乎的棉花軟糖）也都值得了。

尋找彗星這種嗜好，不適合黝黑的瘦子。

今夜，一如往常，黃昏之後沒多久他就開始尋找了，因為彗星就在剛日落或快日出之前最容易看到。但是日落已經是好幾個小時前了，他還是沒找到任何彗星。他看到了幾個經過的人造星和短暫燃燒的流星，但除此之外，在這片天空就沒看到什麼新的東西了。他把望遠鏡轉向另一片天空，獵犬座底部的那顆星進入視野。他還記得父親告訴他這個星座名的那一晚。那是個寒夜，兩人熬到黎明才去睡，一路從保溫瓶裡面喝熱飲，吃著……

他忽然挺直身子，看了一下背後。那是什麼聲音？是動物，或只是樹林中的風聲？他站著不動，豎著耳朵留意任何聲音，但這個黑夜陷入不自然的沉默，沉默得把他自己的呼吸聲都放大了。布萊恩姨丈曾跟他保證那些樹林裡沒有什麼危險的動物，但獨自在這片黑暗中，威爾可以想像出各式各樣有牙齒的野獸。黑熊、狼、美洲獅。

他不安地又轉回頭來看自己的望遠鏡，調整著視野。一團彗星忽然掃過去。我發現了！尼爾·雅布朗斯基彗星！

不。不是，蠢蛋，那不是彗星。他失望地嘆口氣，知道自己看到的是M3，一個球狀星團。任何像樣的天文學家都會認得的。感謝老天他沒吵醒布萊恩姨丈叫他來看；否則就糗大了。

一個小樹枝斷裂聲讓他再度迅速回頭看。樹林裡有個什麼在移動。絕對有。

那爆炸轟得他往前仆倒。他頭朝下狠狠摔在草地上，被那衝擊的力道給嚇呆了。一片火光閃爍著，更亮了，他抬起頭看到前方那幾棵樹閃著橘色的微光，覺得脖子發燙，像是妖怪的氣息。他轉頭看。

農舍著火了，火焰往上竄，像是一根根手指抓著天空。

「布萊恩姨丈！」威爾放聲大叫，「琳恩阿姨！」

他跑向屋子，但一道火牆擋住他的路，那熱力逼得他後退，連喉嚨都燒得發乾。他踉蹌往後，嗆咳著，聞到了自己的毛髮被燎焦的臭味。

去找人幫忙！鄰居！他轉向馬路跑了兩步，然後停下。

一個女人正走向他。她穿得一身黑，瘦得像隻豹。她的金髮在後頭紮成馬尾，閃爍的火光照得她臉上稜角分明。

「幫我！」他嘶喊，「我阿姨和姨丈——他們在屋子裡！」

她看著那農舍，現在完全被火焰吞噬。「對不起，但現在太遲了，救不出他們了。」

「不會太遲。你一定要去救他們！」

她悲傷地搖頭。「我幫不了他們，威爾。但是你，我可以救你。」她伸出一隻手。「跟我走，如果你想活命的話。」

3

有些女生穿粉紅色很漂亮。有些女生身上可以用蝴蝶結和蕾絲裝飾，可以穿著塔夫綢俐落地轉身，看起來魅力十足又女性化。

珍．瑞卓利不是這種女生。

她站在她母親的臥室裡，瞪著穿衣鏡裡面的自己瞧，心想：開槍斃了我吧。現在就開槍斃了我吧。

那個鐘形禮服的顏色是泡泡糖粉紅，領口的荷葉邊寬得像小丑服的領子。裙子被一層疊一層的怪誕荷葉滾邊給撐得鼓脹起來。腰帶綁著一個巨大的蝴蝶結。就連《亂世佳人》的郝思嘉穿了都會很可怕。

「啊，小珍，看看你！」安琪拉．瑞卓利說，開心地拍著手。「你好美，這樣會搶走我的鋒頭。你一定很喜歡吧？」

珍眨眨眼，震驚得一個字都說不出來。

「當然了，你還得穿上高跟鞋才配。我想要穿緞面細跟的，然後一束粉紅玫瑰配滿天星，或者這樣太過時了？你覺得應該現代化一點，改用海芋或什麼的嗎？」

「媽……」

「我還得幫你收一下腰身。你怎麼又瘦了？你都沒吃飽嗎？」

「你是認真的嗎？這個就是你希望我穿的？」

「怎麼了？」

「這是……粉紅色。」

「你穿起來很美啊。」

「你看過我穿粉紅色嗎？」

「我幫瑞吉娜做了一件像這樣的小禮服。你們在一起會可愛極了！媽媽和女兒穿著同樣的禮服！」

「瑞吉娜會很可愛。我絕對不會。」

安琪拉的嘴唇開始顫抖。那是核子反應器的警示指針第一次抽動的微妙預兆。「我忙了一整個星期，做了這件禮服。我親手縫了每一針、每個皺褶。然後你不想穿，即使是為了參加我的婚禮？」

珍吞嚥著。「我沒這麼說。不完全是。」

「我從你臉上看得出來。你痛恨這件禮服。」

「不，媽，這件禮服很棒。」對哪個該死的芭比娃娃來說，或許吧。

安琪拉垮坐在床上，像個垂死的女主角般嘆氣。「你知道，或許文斯和我應該私奔算了。這樣大家都會比較高興，不是嗎？那我就不必去對付法蘭基了，也不必擔心賓客名單要請誰或不要請誰。而且你就不必穿一件你痛恨的禮服了。」

珍坐在母親旁邊的床緣，膝上的塔夫綢高高鼓起，像一大球棉花糖。她把那蓬起的裙襬壓扁。「媽，你離婚手續都還沒辦完呢，還可以慢慢花時間規劃。這就是婚禮的樂趣所在，不是嗎？你不必急著要完成什麼。」她聽到電鈴響，抬頭看了一眼。

「文斯不太耐煩了。你知道他跟我說什麼嗎？他說他想宣布我是他的新娘，這樣是不是很貼心？我感覺好像那首瑪丹娜的歌。再度宛如處女。」

珍跳起來。「我去開門。」

「我們應該去邁阿密結婚算了！」安琪拉朝著走出臥室的珍喊道，「那樣就容易太多。也比較便宜，因為我就不必餵飽那一大堆親戚了！」

珍打開前門。站在門廊裡的，是兩個她最不想在這個星期天早晨看到的人。

她哥哥法蘭基笑著走進門。「這件醜衣服是怎麼回事？」

他父親老法蘭克跟著進屋，宣布道：「我是來找你媽談的。」

「爸，現在不是好時機。」珍說。

「我來了，這就是好時機。她人呢？」他問，四下看著客廳。「她非得跟我談不可。我們得阻止這個瘋狂的行為才行。」

「瘋狂行為？」安琪拉說著走出臥室。「你還真有資格談瘋狂行為啊。」

「法蘭基說你要完成這件事，」珍的父親說，「你真的要嫁給那個男人？」

「文斯跟我求婚，我答應了。」

「那我們還在已婚狀態的事實呢？」

「那只是一個紙上程序而已。」

「我不會簽字的。」

「什麼？」

「我說我不會簽離婚協議書的。你也別想嫁那個男人。」

安琪拉不敢置信地大笑一聲。「當初拋棄這個婚姻的人是你。」

「我不曉得你會轉身就要再婚！」

「那你離開我去找她之後，我應該怎麼辦？坐在那裡憔悴到死？我還很年輕，法蘭克！男人想要我。他們想跟我睡覺！」

法蘭基咕噥著。「耶穌啊，媽。」

「而且你知道嗎，」安琪拉又說，「性愛從來沒有這麼棒過！」

珍聽到自己的手機在臥室裡響了。她沒理會，抓住父親的一邊胳膊。「我想你最好離開了，爸。來吧，我陪你出去。」

「我很高興你當初離開我，法蘭克，」安琪拉說，「現在我重新拿回了自己的人生，我知道被欣賞是什麼滋味。」

「你是我老婆。你還是屬於我。」

珍的手機之前短暫安靜了一會兒，現在再度響起鈴聲，堅持且無法忽略。「法蘭基，」珍懇求她哥哥，「老天在上，幫我一下！帶他離開吧。」

「來吧，老爸，」法蘭基說，拍拍他父親的背。「我們去喝啤酒吧。」

「我這裡的事情還沒辦完。」

「不，你辦完了。」安琪拉說。

珍跑回臥室，挖出她皮包裡面響個不停的手機，設法不理會外頭的爭吵聲，接了電話：「我是瑞卓利。」

達倫．克羅警探說：「這個案子我們需要你。你多快能趕到這裡？」沒有禮貌的寒暄，沒有拜託或可不可以麻煩你，只有平常那個迷人的克羅。

她的回應也同樣直率：「我現在不是待命狀態。」

「馬凱特副隊長已經召回三組人馬。我是這個案子的主責警官。佛斯特剛趕到這裡，但我們需要一個女人。」

「我剛剛沒聽錯吧？你說你真的需要一個女人幫忙？」

「聽我說，我們的目擊證人嚇糊塗了，沒辦法告訴我們什麼。摩爾已經試著跟那孩子談，但是他覺得你來試試，比較可能交上好運。」

孩子。這個字眼讓珍平靜下來。「你的目擊證人是兒童？」

「看起來大概十三歲、四歲。他是唯一的倖存者。」

「發生了什麼事？」

隔著電話，她聽到背景裡的其他聲音，鑑識人員斷續的談話，還有幾組腳步聲在硬木地板上走動的回音。她可以想像克羅大搖大擺走到犯罪現場中央，挺著胸膛，抬高雙肩，秀出他的好萊塢髮型。「這裡是一場他媽的大屠殺，」他說，「五個被害人，包括三個兒童。最小的不可能超過八歲。」

我不想看到這個，她心想。今天不行。哪一天都不行。但她設法開口：「你人在哪裡？」

「這棟住宅在路易斯堡廣場。該死的新聞轉播車把這邊都擠滿了，所以你大概得把車子停在一兩個街區外。」

她驚訝地眨眨眼。「這個案子發生在烽火台丘？」

「是啊。有錢人也會被謀殺的。」

「被害人是誰？」

「柏納德·艾克曼和瑟西麗亞·艾克曼夫婦，五十五歲和四十八歲。還有他們收養的三個女兒。」

「那倖存者呢？也是他們的小孩嗎？」

「不。他的名字是泰迪·克拉克。他在艾克曼家住兩年了。」

「住在他們家？他是他們的親戚嗎？」

「不，」克羅說，「他是寄養的小孩。」

4

珍走進路易斯堡廣場時，看到那輛熟悉的黑色Lexus汽車停在一批波士頓市警局的警車陣裡，於是知道法醫莫拉·艾爾思已經來到現場。從那麼多新聞轉播車看來，波士頓的每個新聞電視台都派人來了，也難怪：這個城市裡最令人嚮往的住宅區裡，沒有幾個能比得上這裡擁有珠寶般的公園和綠葉繁茂的大樹。一棟棟希臘復興式的大宅俯瞰著這座公園，周圍住著老牌富豪和暴富新貴，還有企業大亨和波士頓世家名門，外加一個前任參議員。即使在這樣的區域裡，也對暴力不陌生。有錢人也會被謀殺的。之前克羅警探這麼說，但是發生在有錢人身上時，每個人都會注意。在警察封鎖膠帶外頭，一群人推擠著想搶到更好的視野。烽火台丘是觀光團的熱門參觀景點，今天那些觀光客絕對是值回票價了。

「嘿，你們看！是瑞卓利警探！」

珍看到那個電視台女記者和攝影師朝她接近，於是舉起一隻手擋掉任何問題。他們當然不理會，照樣穿過廣場追著她跑。

「警探，我們聽說有個目擊證人！」

珍擠過人群，一面咕噥著：「我是警察。麻煩借過一下。」

「保全系統被關掉了是真的嗎？沒有東西被偷嗎？」

這些該死的記者知道得比她還多。她從犯罪現場封鎖膠帶底下鑽過去，把自己的姓名和單位號碼告訴那個當班的巡邏警察。這只是例行公事；他很清楚她是誰，已經在他的寫字板上打鉤了。

「你該看看那個妞兒追著佛斯特跑的樣子，」那巡邏警員笑著說，「他看起來像隻嚇壞的兔子。」

「佛斯特在裡頭了？」

「還有馬凱特副隊長。局長正在趕來的路上，我還半期待市長大人也會出現呢。」

她抬頭看著那棟優美的四層樓紅磚建築，喃喃說：「哇噢。」

「我想這棟值一千五百萬、兩千萬。」

但那是在鬼魂進駐之前，她心想，望著那漂亮的凸窗和巨大前門上方精緻雕刻的三角楣飾。進了那扇門之後，就是種種她無法忍受的恐怖場景。三個死掉的兒童。這就是為人父母的詛咒；每個死去小孩的臉都像你自己的小孩。她戴上手套和鞋套時，也同時罩上了情緒的保護層。就像建築工人戴上硬頭盔一般，她穿戴上自己的盔甲，走入屋內。

她抬頭，看到一道樓梯盤旋往上四層樓，通到玻璃圓頂，陽光灑下一片金色細雨。很多人講話的聲音，大部分是男性，從上方樓層沿著樓梯迴盪下來。雖然她伸長了脖子，在門廳還是看不到任何人，只能聽到他們的聲音，就像一群鬼在一棟超過一世紀的房子裡喃喃低語。

「看看另一半的人是怎麼活的。」一個男性的聲音說。

她轉身看見克羅警探站在門口。「還有怎麼死的。」她說。

「我們把那男孩留在隔壁的人家。那位鄰居女士很好心，讓他在她家屋子裡等著。那男孩認識她，我們覺得他在那邊接受問話會比較自在。」

「首先我得知道，這棟房子裡發生了什麼事。」

「我們還在查。」

「這麼多大官跑來是怎麼回事？我聽說局長正在趕來的路上。」

「你看看這個地方嘛。有錢就是大爺，就算你死掉了都還是很管用。」

「這一家的錢是哪裡來的？」

「柏納德．艾克曼是退休的投資銀行家。他們家兩代都擁有這棟房子。兩代都是大慈善家。你講得出來的慈善單位，他們大概都捐過錢。」

「這事情是怎麼發生的？」

「你就自己去看一圈吧？」他朝著自己剛剛走出來的房間指了一下。「然後再告訴我你有什麼想法。」

其實她的意見對達倫．克羅根本不重要。打從她剛加入兇殺組，兩人就嚴重不和，他擺明了瞧不起她。至今從他的笑聲、他講話的口氣，她還是感覺得到那種鄙視的意味。這些年來，無論她贏得了什麼樣的尊重，從他眼中她看得出那種尊重永遠都在試用期，眼前就又是一個失去尊重的機會了。

她跟著他經過一處客廳，六公尺高的天花板上有小天使和葡萄藤的彩繪和金箔玫瑰花飾。但她幾乎沒機會欣賞天花板或沿途的油畫，因為克羅直接進入圖書室，珍發現馬凱特副隊長和莫拉．艾爾思醫師也在裡頭。在這個溫暖的六月天，莫拉穿著一件粉橘色的襯衫，對她來說是很不尋常的亮麗顏色，因為她平常總是穿冷冰冰的黑色和灰色。配上時髦的幾何髮型和精緻的五官，莫拉看起來就像是住在眼前這類大宅裡的人，周圍環繞著油畫和波斯地毯。

他們站在圖書室，裡頭從地板到天花板的桃花心木書架上滿滿都是書。有幾本書跌到地板上，旁邊還有個銀髮男子臉朝下躺在地上，舉起一手撐靠在書架，彷彿死了也仍要伸手拿一本書。他穿著睡衣褲和拖鞋。子彈穿透他一隻手和前額，屍體上方的書架上有一片星爆狀的血跡，濺在那些皮面書背上。被害人舉起一手要擋子彈，珍心想。他看到對方開槍，他知道自己會死。

「我估計的死亡時間符合目擊證人的說法。」莫拉對馬凱特說。

「那就是凌晨了，過了午夜十二點之後。」

「是的。」

珍在屍體旁蹲下來，審視著子彈穿入的傷口。「九毫米子彈？」

「或者有可能是點三五七的。」莫拉說。

「你不確定？沒找到彈殼嗎？」

「整棟屋子裡都沒找到。」

珍驚訝地抬頭看。「哇，這個兇手很愛乾淨呢。事後還收拾過。」

「在很多方面都很愛乾淨，」莫拉說，若有所思地看著死去的柏納德・艾克曼。「這回殺人很快又很有效率。把混亂程度減到最低。樓上也是一樣。」

樓上，珍心想。有小孩。

「其他的家人，」珍說，裝出平靜的語氣。「死亡時間也是跟艾克曼先生差不多嗎？或者有任何延遲？」

「我的估計只是大概。要更精確的話，就得從目擊證人那邊問出進一步資訊。」

「這一點，就要靠瑞卓利偵探幫我們辦到了。」克羅說。

「你怎麼知道我對那個男孩會比較有辦法？」珍說，「我又不會變魔術。」

「我們就只能靠你了，因為眼前能查到的不多。只有廚房門鈕上的幾個指紋。沒有強行進入的跡象。而且保全系統關掉了。」

「關掉了？」珍低頭看著屍體。「看起來好像是艾克曼先生讓兇手進來的。」

「也或許他只是忘了打開保全系統而已。半夜時他聽到了聲音，下樓來察看。」

「劫財？屋裡少了什麼嗎？」

「樓上艾克曼太太的珠寶盒看起來沒人動過，」克羅說，「先生的皮夾和太太的皮包也都還放在臥室的梳妝台上。」

「兇手還進了他們的臥室？」

「是啊，他進了那個臥室。他進了所有的臥室。」她聽出克羅口氣中的不祥意味，知道樓上的狀況一定比這個濺血的圖書室要糟糕得多。

莫拉平靜地說：「我可以帶你上樓，珍。」

珍跟著她回到門廳，兩個人都沒說話，彷彿這場艱難的考驗最好能沉默進行。她們在主樓梯往上走時，珍舉目所及都是貴重的珍寶。一個古董鐘、一幅紅衣女子的畫像。她無意識地注意到這些細節，同時準備好要面對上方樓層臥室裡的狀況。

上了二樓，莫拉右轉，來到走廊盡頭的房間。隔著打開的門，珍看到自己的搭檔巴瑞．佛斯特在裡頭，雙手戴著豔紫色的乳膠手套。他站在那裡，手肘緊貼著身側，那是每個進入犯罪現場的警察出自本能要避免交叉污染的姿勢。佛斯特看到珍，悲傷地搖了一下頭，那表情的意思是：這麼美好的一天，我也不想待在這裡。

珍踏入房間，一時之間被照進落地窗的陽光弄得目眩。這個臥室不需要窗簾保護隱私，因為窗子外頭是一片有圍牆的庭院，裡頭種了一棵紫紅色葉子的日本楓，以及正值盛放期的玫瑰。但珍必須注意的是房間裡的那具女人屍體。瑟西麗亞．艾克曼身穿米色睡袍，仰天躺在床上，被子往上蓋到她的肩膀。她看起來比實際的四十八歲要年輕，頭髮挑染成金色。她的雙眼緊閉，那張臉出奇地平靜。子彈從她左眉上方穿入，皮膚上留下的火藥環顯示那是接觸性傷口，槍口是抵著她的前額扣下扳機。兇手開槍時，你還在睡夢中，珍心想。你沒尖叫或抗拒，完全不構成威脅。但是入侵者走進這個房間，來到床邊，朝你腦袋開了一槍。

「後頭還更糟。」佛斯特說。

她看著自己的搭檔，他在刺目的晨光中顯得很憔悴。她在他眼中看到的不光是疲倦而已；無論他之前看到了什麼，都讓他大為震驚。

「小孩的房間在三樓。」莫拉說，那口氣不帶感情，像是房屋仲介人員在描述這棟豪宅的特色似的。珍聽到上方傳來了吱呀聲，是其他組人員在樓上房間走動所發出的，她忽然想起自己讀高中那年的鬼節，她幫忙佈置學校裡的鬼屋。他們到處灑了好多假血，佈置出各種誇張的恐怖場景，遠比眼前這個有著平靜姿態被害人的臥室要恐怖太多。真實狀況不需要太多血，就能讓人驚恐。

莫拉走出房間，擺明他們已經看完這裡的重點，應該要去看下一個了。珍跟著她回到樓梯。金光從天窗照下來，他們彷彿在爬一道登上天堂的樓梯，但這些階梯的終點其實截然不同，是要通往一個珍不想去的地方。莫拉那件反常的夏季襯衫似乎不恰當又刺眼，像是穿著一件豔桃紅的衣服去參加葬禮。那只是一個小細節，但珍覺得很煩，更煩的是，莫拉哪天不穿，偏偏就挑了三個兒童死掉的這天，穿上這麼歡樂的顏色。

他們來到三樓，莫拉優雅地橫跨一步，穿了鞋套的腳閃過樓梯平台上的某個障礙。等到珍爬到階梯頂端，才看到那個令人心碎的小小形體，蓋著一張塑膠布。莫拉蹲下來，揭開罩布的一角。

那小女孩側躺著，蜷縮成胚胎的姿勢，彷彿設法退回隱約記得的子宮內安全狀態。她的皮膚是咖啡色，一頭黑髮編成玉米壟般的辮子頭，還裝飾著鮮豔的珠子。不同於樓下的白人，這個小孩是非洲裔美國人。

「三號被害人是琴咪．艾克曼，八歲。」莫拉說，用一種不帶感情的冷靜聲音說，珍低頭看著樓梯平台上的那小女孩，覺得莫拉的聲音愈來愈刺耳。只是個小女孩啊，身上的粉紅色睡衣褲印著舞動的小馬圖樣。靠近屍體的地板上有個細長的赤足腳印。有人要逃出屋子時踩到了這個小孩的血，留下了腳印。那腳印太小了，不可能是成年男子的。*泰迪的腳印*，珍心想。

「子彈射入了這個女孩的枕骨，但是沒穿出來。角度看起來是一個比較高的射手，從被害人背後開火。」

「她正在移動，」珍輕聲說，「想要逃走。」

「從她的姿勢看，顯然她中槍時，正朝三樓的其中一間臥室跑。」

「腦後中槍。」

「是的。」

「媽的誰會幹出這種事？殺害一個小女孩？」

莫拉蓋回罩布，站起身來。「她可能看到了樓下所發生的事情。看到了兇手的臉。那就是行兇動機了。」

「別在那邊跟我講一堆邏輯。任何做出這種事情的人，走進這屋子就是打算要殺掉他們全家人的，包括小孩。」

「我沒辦法推測動機。」

「只要講死亡方式就好了。」

「那就是兇殺。」

「你認為？」

莫拉朝她皺起眉頭。「你為什麼生我的氣？」

「你為什麼對這件兇案無動於衷？」

「你以為我無動於衷？你以為我可以看著這個小女孩，沒有跟你一樣的感覺？」

她們瞪著彼此好一會兒，小女孩的屍體就躺在兩人之間，再次提醒她們兩人間友誼的深深裂痕。自從莫拉前陣子在法庭上說出對一名波士頓警察不利的摧毀性證詞、害得那個警察去坐牢之後，她們兩人之間就有了嫌隙。儘管執法人員不會輕易忘記同袍的背叛，但珍很想修復這份友誼。只不過道歉並不容易，而且太多個星期過去了，兩人之間的裂痕變得愈來愈難以挽回。

「只不過……」珍嘆了一口氣。「我痛恨這種事發生在小孩身上，那會讓我很想勒死某個人。」

「我也是。」雖然口氣很平靜，但珍看到莫拉的雙眼有一絲冷冷的閃光。沒錯，她很憤怒，但最好遮掩起來，好好控制自己，就像莫拉努力控制她人生中的其他所有事物一般。

「瑞卓利，」湯瑪士・摩爾從一個房間門口喊道。就像佛斯特，他看起來也累壞了，好像這一天的死亡人數讓他們瞬間老了十歲。「你跟那個男孩談過了嗎？」

「還沒有。我想先看看這個案子是怎麼回事。」

「我陪了他一個小時。他幾乎都不跟我說話。隔壁的那位萊蒙太太說他今天早上大約八點跑到她家時，幾乎是有緊張性抑鬱障礙了。」

「這樣看起來，他真正需要的是一個心理醫師。」

「我們打過電話給札克醫師了，另外社工人員也正要趕過來。不過我覺得，泰迪可能會跟你講話。因為你當了母親。」

「那個男孩看到了什麼，你知道嗎？」

摩爾搖搖頭。「我只希望他沒看到這個房間裡的樣子。」

那個警告已經足以讓珍戴著乳膠手套的十指發寒。摩爾個子很高，他的肩膀擋住了她望向臥室內的視線，好像他在設法保護她，避免讓她看到裡頭的狀況。然後他沉默地站到一旁，讓她進去。

兩個鑑識人員蹲在房間理的一角，珍走進去時，他們都抬起頭來。兩人都是年輕女性，是鑑識科學這一行眾多新生代女性從業人員的其中兩位。她們看起來都年輕得還沒有小孩，不會曉得擔心地吻著一張發燒的臉頰，或是看到一扇打開的窗戶、一張空蕩的嬰兒床會是什麼滋味。當了母親，隨之而來的就是一整套夢魘。在這個房間裡，其中一個夢魘就成真了。

「我們相信這兩名被害人是艾克曼夫婦的女兒，十歲的卡珊卓拉，以及九歲的莎拉。兩人都是領養的。」莫拉說，「因為她們都沒在床上，所以一定是被什麼吵醒了。」

「槍聲？」珍輕聲問。

「鄰居沒人聽到開槍，」摩爾說，「一定是用了滅音器。」

「不過有什麼驚動了這兩個女孩，」莫拉說，「讓她們爬下床。」

珍仍站在門邊的位置不動。一時之間沒人講話，她這才明白他們都在等著她走向屍體，做她警察該盡的本分。但她一點也不想去做。她逼著自己走向那兩具依偎在一起的屍體，跪下來。她們死時抱著彼此。

「從她們的位置來看，」莫拉說，「顯然卡珊卓拉想保護妹妹。兩顆子彈先射穿卡珊卓拉的身體，然後再穿過莎拉的身體。兩個女孩的致命槍傷都是頭部各挨了一槍。她們的衣服看起來都很完整，所以沒有性攻擊的明顯痕跡，不過這點還得等到解剖時才能確定。我今天下午會解剖，如果你想看的話，珍。」

「不必了。我不想看了。我今天根本就不該來這裡的。」她忽然轉身走出房間，逃離那兩個女孩蜷縮著死在一起的景象，紙鞋套發出劈啪的脆響。但她接近樓梯時，再度看到了那個最年幼小孩的屍體。琴咪，八歲。這棟房子裡頭，她心想，看到哪裡都令人心碎。

「珍，你還好吧？」莫拉說。

「除了想把這個混蛋狠狠揍死？」

「我也有同樣的感覺。」

那麼你比較善於隱藏。珍往下瞪著那具蓋著布的屍體。「我看著這個小孩，」她輕聲說，「忍不住就想到了我自己的孩子。」

「你當了媽媽，這是很自然的。聽我說，克羅和摩爾會來看我驗屍，所以你不必來了。」她看了手錶一眼。「這一天會很漫長。我都還沒打包呢。」

「你就是這個星期要去拜訪朱利安的學校？」

「無論如何，明天我就要動身去緬因州了，風雨無阻。跟一個十來歲男孩和他的狗共度兩星期。我不曉得該期待什麼。」

莫拉沒有自己的小孩，所以她怎麼可能明白？她和十六歲的朱利安．柏金斯沒有任何共同點，只除了他們去年冬天曾共度一段考驗，在懷俄明州的荒野中奮戰倖存下來。多虧那個男孩，莫拉才能保住一條命，而現在她決心要成為他失去的母親。

「我想想，有關十來歲的男孩，我能告訴你什麼？」珍說，設法想幫忙。「我哥和我弟的鞋子很臭、他們會睡到中午，而且他們一天大概要吃十二頓。」

「男性青春期的新陳代謝作用。他們也沒辦法。」

「哇。你真的已經變成一個媽媽了。」

莫拉微笑。「其實這種感覺很好。」

可是為人母親有隨之而來的種種夢魘，珍轉身離開琴咪的屍體時提醒自己。她很高興走下樓梯，很高興能離開這棟恐怖的房子。最後她終於走出大門時，趕緊深呼吸幾口氣，彷彿要洗淨肺臟裡的死亡氣味。外頭的媒體更多了，眾多電視攝影機像破城槌似的，沿著犯罪現場封鎖膠帶外頭一字排開。克羅站在最前排中央，好萊塢警探對著他的觀眾表演。沒人注意到珍溜過去，走到隔壁那棟屋子。

一個巡邏警員站在前門廊看守，咧嘴笑著觀察克羅面對攝影機表演。「你想電影裡面會由誰扮演他？」他問，「布萊德．彼特夠帥嗎？」

「沒人帥到有資格扮演克羅。」她嗤之以鼻。「我得跟那男孩談談。他在裡頭嗎？」

「跟維斯蓋茲警員在一起。」

「我們也找了心理醫師過來。所以如果札克醫師出現了，就讓他進來。」

「是的，警官。」

珍忽然意識到自己還戴著犯罪現場的手套和鞋套，於是趕緊脫下來，塞進口袋裡，然後按了門鈴。過了一會兒，一個健美的銀髮女人來開了門。

「萊蒙太太？」珍說，「我是瑞卓利警探。」

那女人點點頭，擺手示意她進去。「快進來吧。我不想讓那些可怕的電視攝影機拍到我們。這真是太侵犯隱私了。」

珍走進房子裡，那女人迅速關上門。

「他們跟我說你會來。但是我不確定你對泰迪會更有辦法。那個好心的摩爾警探之前對他非常有耐心的。」

「泰迪人呢？」

「在花園的溫室裡。可憐的孩子，對我都難得說一個字。他今天早上跑來我門口，身上還穿著睡衣褲。我看他一眼就曉得，一定有很可怕的事情發生了。」她轉身。「這邊請。」

珍跟著萊蒙太太走進門廳，抬頭看著一道跟艾克曼大宅裡類似的階梯。而且跟艾克曼家一樣，這棟房子裡也有許多精緻——而且看起來很昂貴——的藝術品。

「他跟你說了什麼？」珍問。

「他說：『他們死了。他們全都死了。』他能講出來的大概就是這些話。我看到他赤腳上的血跡，就立刻打電話報警。」她停在通往溫室的門外。「瑟西麗亞和柏納德是大好人。而且她很快樂，因為她終於有了一屋子小孩，這是她一直想要的。他們正在辦理收養泰迪的手續。但是現在他又孤單一個人了。」她暫停一下。「你知道，我不介意把他留在這裡。他跟我認識，也熟悉這棟房子。瑟西麗亞會希望這樣的。」

「這樣的提議太慷慨了，萊蒙太太。但是社工單位有一些寄養家庭，他們受過特別的訓練，知道要怎麼處理受過創傷的兒童。」

「喔，好吧，反正只是個想法。因為我本來就認識他。」

「那麼，你可以跟我多談談他。有什麼能有助於拉近我跟泰迪的距離嗎？他有什麼興趣？」

「他很安靜。很愛他的書。每回我去隔壁拜訪，泰迪總是在柏納德的書房裡，在讀古羅馬歷史方面的書。你一開始可以試著談這方面的話題，逗他講話。」

古羅馬歷史。是喔，還真是我的專長呢。「他還有其他什麼興趣嗎？」

「園藝。他喜歡我溫室裡的異國植物。」

「那運動呢？我們可以談談波士頓棕熊隊？或是新英格蘭愛國者隊？」

「啊，他對那個沒興趣。他太優雅了。」

所以我就是野蠻人了。

萊蒙太太正要打開溫室門時，珍又說了：「那他的原生家庭呢？他怎麼會來到艾克曼家的？」

萊蒙太太轉身看著珍。「你不曉得？」

「他們只跟我說他是孤兒，沒有任何親戚還在世。」

「所以這件事才會讓人這麼震驚，尤其對泰迪。瑟西麗亞好希望給他一個新開始，能有重新快樂起來的機會。現在這種事情再度發生，我不認為他能有機會了。」

「再度？」

「兩年前，泰迪和他的家人開著他們的遊艇，停泊在聖托馬斯島岸邊。那天晚上，全家人都在睡覺的時候，有個人上了船。泰迪的父母和兩個妹妹都被謀殺了。開槍射殺的。」

接下來的短暫停頓中，珍忽然意識到這棟房子好安靜。安靜得她下一個問題都得壓低聲音。

「那泰迪呢？他怎麼能保住命的？」

「瑟西麗亞跟我說，他是在水裡被發現的，穿著救生衣漂浮在海上。他不記得他是怎麼會在那裡的。」萊蒙太太看著溫室緊閉的門。「現在你就能明白，為什麼這件事情對他這麼有毀滅性。失去你的家人一次就已經夠可怕了。但再一次？」她搖搖頭。「任何小孩都會受不了的。」

5

對於一個飽受心靈創傷的孩子來說，再也找不到比萊蒙太太的溫室更撫慰人的地方了。這個玻璃屋的窗子面對著一座有圍牆的花園。早晨的陽光照進玻璃內，滋養著一片由藤蔓和蕨類形成的溼潤叢林，以及眾多的盆栽植物。在那片繁茂的綠意中，珍看不到那個男孩，只看到一名女警迅速從一張花園籐椅站起來。

「瑞卓利警探嗎？我是維斯蓋茲警員。」那女警說。

「泰迪怎麼樣了？」珍問。

維斯蓋茲雙眼瞥向一個角落，那裡繁茂的藤蔓形成一片厚厚的頂篷，然後她低聲說：「他一個字都沒跟我說過，就只是躲在那邊哭。」

此時珍才看到那個纖瘦的形影蹲坐在藤蔓涼亭下。他抱住攏在胸前的雙腿，整個人縮成一團。儘管她聽說過他十四歲，但他看起來要小得多，穿著粉藍色的睡衣褲，額頭的淺褐色頭髮遮住了臉。

珍跪下來爬過去，鑽過藤蔓，進入綠蔭深處。她來到他旁邊坐下時，那男孩還是沒動。

「泰迪，」她說，「我的名字是珍。我是來幫你的。」

他沒有抬頭看，也沒有反應。

「你坐在這邊好一會了，對吧？你一定餓了。」

他的頭是不是搖了一下？或者那是一陣顫抖，是壓抑在那具瘦弱身軀裡的種種痛苦所發出的震波？

「要不要喝點巧克力牛奶？或許冰淇淋？我敢說萊蒙太太的冰箱裡有冰淇淋。」

那男孩似乎更退入內心深處，整個人蜷曲成緊緊一球，緊得珍好怕他的四肢再也無法扳開來。隔著糾結的藤蔓，她往上看著正站在外頭專注往裡瞧的維斯蓋茲。「你能不能離開？」珍說，「我想我們兩個都在這溫室裡，有點嫌太多了。」

維斯蓋茲走出去，順手帶上門。有十分鐘，或十五分鐘，珍一個字都沒說，也沒看那男孩。他們只是並肩坐著，沉默作伴，唯一的聲音就是一座大理石噴泉所發出的輕柔潑濺聲。她往後靠著那片藤蔓，仰望上方形成拱頂的樹枝。在這個伊甸園裡，隔絕了外頭的寒冷，就連香蕉和柳橙樹都繁茂生長，她想像在下雪的冬天走進這個溫室，呼吸著溫暖的泥土和綠色植物的芳香。這就是金錢能買到的，她心想。永恆的春天。她目光固定在頭頂的陽光時，也一面注意著旁邊男孩的呼吸，比之前更緩慢、更平靜了。她聽到他往後靠向藤蔓時所發出的樹葉窸窣聲，但抗拒著朝他看的衝動。她想到兩歲的女兒瑞吉娜上星期亂發脾氣，一再尖叫個不停，吵得人耳朵都快聾掉，別再看我了！別再看了！珍和她先生嘉柏瑞都大笑，結果惹得瑞吉娜更生氣。就連兩歲的小孩都不喜歡被盯著看，會因為自己的隱私被侵犯而忿恨。所以她試圖不要侵犯泰迪．克拉克的隱私，只是分享他的綠葉洞窟。即使當她聽到他在動，她還是專注望著照進上方枝葉中的斑駁陽光。

「你是誰？」那聲音只是氣音。她逼自己坐著不動，先暫停一下。

「我是珍。」她輕聲說。

「可是你是誰？」

「我是一個朋友。」

「不，才不是。我根本不認識你。」

她思索著他的話，不得不承認他說得沒錯。她不是他的朋友。她是一個對他有所要求的警察，一旦她得到了自己想要的，就會把他交給社工人員。

「你說得對，泰迪，」她承認。「我其實不是你的朋友。我是個警探，但我的確想幫你。」

「沒人幫得了我。」

「我幫得了你，而且我願意幫你。」

「那麼你也會死掉。」

這句話的口氣那麼平淡，卻讓珍的背脊發寒。*你也會死掉*。她轉頭望著那男孩。他沒在看她，只是悲觀地凝視前方，彷彿看到了沒有希望的未來。他的眼珠是淡藍色，簡直不像塵世的眼睛；一頭淡褐色捲髮看起來纖細得像玉米鬚，其中一縷垂下來，遮住了蒼白而突出的前額。他打著赤腳，而當他前後搖晃時，她看到他右腳的腳趾底下有乾掉的血跡；她想起隔壁樓梯平台上那個腳印，離開八歲琴咪的屍體。泰迪一定是為了逃離那屋子，不得不踩過她的血。

「你真的會幫我嗎？」他問。

「是的，我保證。」

「我什麼都看不到。我找不到它，而且現在我很怕要回去找。」

「找什麼，泰迪？」

「我的眼鏡。我想是在我房間裡。我一定是留在我房間裡了，可是我想不起來……」

「我會去幫你找的。」

「這就是為什麼，我沒辦法告訴你們他長得什麼樣子。因為我看不到他。」

珍整個人僵住不動，很怕打擾他。很怕她說的任何話、做的任何動作，會害他又縮回自己的殼裡。她等著，但是只聽到噴泉的水濺聲。

「你在說的是誰？」最後她終於問。

他看著她，雙眼裡似乎有藍色的火焰在燃燒。「殺了他們的那個男人。」他的嗓子發啞，哽咽的喉嚨吐出那些話，變成一種高音調的慟哭。「我真希望我能幫你，但是我沒辦法。我沒辦法，我沒辦法……」

母親的本能讓她忽然張開雙臂，然後他哭倒在她懷裡，臉緊靠著她的肩膀。他震顫又發抖得好厲害，讓她覺得他的身體可能會整個散掉，覺得自己是唯一讓這一籃顫抖骸骨能保持完整的力量。他雖然不是她的小孩，但在那一刻，當他緊抓住她，眼淚沁溼她的襯衫，她感覺自己完全就是他的母親，準備好要捍衛他，對抗全世界的惡魔。

「他不會停止的。」那男孩的聲音幾乎被她的襯衫蒙住了，她差點沒聽到。「下一回，他會找到我的。」

「不，他不會的。」她握住他的雙肩，輕輕把他往外稍微推開，好讓自己直視他的臉。長長的睫毛在他蒼白的臉頰投下陰影。「他不會找到你的。」

「他會回來的。」泰迪抱住自己，退縮了一些，退到一個沒有人可以碰觸的安全之處。「他總是會回來的。」

「泰迪，如果你能幫我們，我們才有辦法抓住他、阻止他。你要告訴我們昨天夜裡發生的事情。」

她看著他單薄的胸膛挺起，接下來的嘆息聽起來太疲倦又太挫敗，實在不像是出自一個年紀這麼小的人。「我當時在我房間裡，」他低聲說，「我正在讀一本柏納德的藏書。」

「然後發生了什麼事？」珍鼓勵地問道。

泰迪煩惱的雙眼看著他。「然後事情就開始了。」

◆

珍回到艾克曼大宅時，最後一具屍體正要推出來——是一個兒童的。珍在門廳暫停一下，看著那擔架經過眼前，輪子在發亮的拼花地板上發出吱嘎聲，她眼前不禁忽然浮現出女兒瑞吉娜躺在罩布底下的影像。她打了個寒噤，轉身看到摩爾正走下樓梯。

「那男孩跟你講話了嗎？」

「不多，但是已經足以告訴我，他沒看到什麼能幫得上我們的。」

「那你的收穫已經比我多太多了。我就覺得你可以跟他溝通。」

「我又不是那種溫暖又細心的人。」

「但他的確跟你講話了。克羅希望你成為那個男孩的主要聯繫人。」

「所以我現在成了正式的保姆了？」

摩爾歉意地聳聳肩。「這案子是由克羅主責的。」

她沿著樓梯看著上方的樓層，現在似乎出奇地安靜。「這裡發生了什麼事？大家都跑哪兒去了？」

「他們去追一個管家的線索了。那管家名叫瑪麗亞．薩拉札。她有這房子的鑰匙，也知道保全系統的密碼。」

「管家本來就會有這些的啊。」

「但結果她還有個男朋友，而且這男朋友有一些問題。」

「他是誰？」

「一個非法移民，叫安德烈．札帕塔。他在哥倫比亞有犯罪前科。入室竊盜、走私毒品。」

「有暴力前科嗎？」

「據我們所知是沒有。不過你知道的。」

珍望著牆上的那個古董鐘，任何一個像樣的竊賊都不會放棄不偷的。而且她想起自己稍早聽到的，瑟西麗亞的皮包和柏納德的皮夾都還在他們的臥室裡，珠寶盒也沒人動過。

「如果這是入室竊盜，」她說，「那他偷走了什麼？」

「這麼大的房子，有這麼多值錢的東西？」摩爾搖搖頭。「唯一有可能告訴我們少了什麼的人，就是管家了吧。」

這管家現在聽起來像個嫌疑犯。

「我要上去看泰迪的房間。」她說著走向樓梯。

摩爾沒跟著她。她爬到三樓時，發現只剩自己一個人：就連鑑識小組的人員都離開了。之前她只是站在房門口看了一眼；現在她走進去，緩緩審視著泰迪整潔的房間。面窗的書桌上有一疊書，其中許多都很舊且顯然深受喜愛。她瀏覽著標題：《古代戰爭技術》、《民族植物學入門》、《神祕動物學手冊》、《亞歷山大在埃及》。不是她預料中十四歲少年會閱讀的書，但泰迪．克拉克的確不像她認識的任何男孩。房裡沒有電視，但那疊書旁邊有一台打開的筆記型電腦。她敲了一個鍵，螢幕亮起來，秀出了泰迪看過的最後一個網頁。那是Google搜尋頁，他之前鍵入的字串是：*亞歷山大大帝是被謀殺的嗎？*

從收拾得井井有條的書桌、上頭那疊對齊擺放的書來看，這個男孩有潔癖。他抽屜裡的鉛筆全都削得像準備要打仗的長矛一般，迴紋針和訂書機放在各自的小格子裡。才十四歲，就有這種無可救藥的強迫症。昨天午夜十二點左右，他就是坐在這裡，他之前告訴她，當時他聽到微弱的啪一聲，接著是琴咪跑上樓梯的尖叫聲。雖然他嚇壞了，但他的潔癖迫使他先闔上了《亞歷山大在埃及》。他知道那些啪啪聲、那些叫喊聲代表什麼。

這種事以前發生過。我在船上聽過同樣的聲音。我知道那是有人開槍。

這間位於三樓的臥室沒有可以爬出去的窗子，沒有可以輕易脫逃的出口。於是他關掉電燈。接下來他聽到女孩們的叫喊，聽到更多啪啪聲，於是他躲到一個害怕的小孩頭一個能想到的地方：床底下。

珍轉身檢查那條鋪得極其平順的羽絨被，看著塞得像軍人床那樣緊的床單。泰迪的潔癖使得他把床鋪得很完美嗎？若是如此，這很可能救了他的命。正當泰迪躲在床底下時，兇手開了燈，走進來。

黑鞋子。我只看到這個。他穿了黑鞋子，就站在我的床旁邊。

一張半夜十二點還沒人睡過的床。對一個入侵者來說，會以為住在這個房間的小孩當天晚上沒在家裡過夜。

穿著黑鞋的兇手走出去。好幾個小時過去了，泰迪還繼續躲在床底下，因為每個地板發出的吱嘎聲而畏縮。他覺得自己聽到了腳步聲回來，更安靜、更偷偷摸摸，於是想像著兇手還在屋裡，正在悄悄等待。

他不知道自己是什麼時候睡著的，只知道醒來時，太陽已經出來了。此時他才終於爬出床底下，且因為在地板上躺了大半夜而全身僵硬痠痛。隔著窗子，他看到萊蒙太太正在打理花園。隔壁很安全；隔壁有人可以讓他投靠。

於是他跑去了。

這會兒珍跪下來，看著床底下。彈簧床墊下方的空間好小，換作她根本鑽不進去。但是一個害怕的男孩擠進了那個比棺材還小的空間。她看到那些陰影深處裡有個東西，還要趴在地上才有辦法搆到。

那是泰迪遺失的眼鏡。

她起身，又環視房間裡最後一周。雖然窗外的太陽很明亮，外頭是攝氏二十四度的夏天，但在這個房間內，她卻感覺到一股寒氣，不禁打了個哆嗦。奇怪，她在艾克曼家其他成員死掉的那些房間裡都不覺得冷。不，只有在這裡，昨夜發生的那種恐怖還依然縈繞不去。

在這裡，唯一倖存的男孩所住過的房間裡。

6

「泰迪．克拉克，」湯瑪士．摩爾警探說，「一定是全世界最不幸的男孩。想想他的遭遇，難怪他會有嚴重的情緒問題。」

「他本來就不太正常，」達倫．克羅說，「那小鬼就是怪。」

「怎麼個怪法？」

「他十四歲了，可是沒參加任何體育活動？不看電視？他每天晚上、每個週末都花在電腦前和一堆舊書上頭。」

「有些人不認為這樣就叫怪。」

克羅轉向珍。「你花最多時間跟他在一起，瑞卓利。你得承認，這個小鬼不對勁。」

「那是以你的標準，」珍說，「泰迪比那個標準要聰明太多了。」

一陣哇聲在會議桌上此起彼落，其他四名警探等著看克羅對這個不太婉轉的侮辱作何反應。

「有些知識根本沒用，」克羅回嘴，「另外還有街頭智慧。」

「他才十四歲，已經從兩次大屠殺中倖存，」她說，「所以別跟我說這個男孩沒有街頭智慧。」

身為艾克曼案調查小組的主責警官，克羅表現得比平常更粗暴。他們的晨間小組會議進行了快一個小時，大家都煩躁不安。艾克曼一家被屠殺至今已經超過三十小時了，媒體的狂熱有增無滅，今天早上珍醒來，看到小報上的標題是「烽火台丘的駭人血案」，配上的照片是主嫌犯安德烈．札帕塔，也就是艾克曼家那名管家失蹤的男友。那是哥倫比亞一樁毒品案被捕嫌犯的檔案照片，他那張臉看起來就像個兇手。他是非法移民，有入室竊盜前科，而且艾克曼家廚房門上有他的指紋。他們已經有足夠證據可以申請逮捕令了，不過要定罪？珍不太確定。

她說：「我們不能指望泰迪說出對札帕塔不利的證詞。」

「你有很多時間可以幫他準備。」克羅說。

「他沒看到兇手的臉。」

「他一定看到了什麼，可以在法庭上幫得了我們。」

「泰迪比你以為的脆弱很多。我們不能指望他出庭作證。」

「他都十四歲了，老天在上，」克羅兇巴巴地說，「我十四歲的時候——」

「別告訴我，讓我猜。你赤手空拳勒死了好幾條蟒蛇吧。」

克羅身體往前湊。「我不希望這個案子搞砸了。你一定得讓我們的鴨子們乖乖排好隊。❶」

「泰迪不是鴨子，」珍說，「他是個小孩。」

「而且是心理上被嚇壞的小孩，」摩爾說。他打開自己帶來的檔案夾。「我跟美屬維京群島的艾德蒙警探又談了一次。他把克拉克一家謀殺案的相關檔案傳真過來了，而且——」

「他們是兩年前被殺害的，」克羅插嘴，「不同的司法管轄區域，甚至是不同的國家。跟這

❶ get our ducks lined up，字面意思是「讓我們的鴨子們乖乖排好隊」，引申意為「讓我們的人馬做好充分準備」。

個案子有哪裡相關的？」

「大概沒有，」摩爾承認，「不過這些資訊說明了這個男孩的情緒狀態，也說明了為什麼他這麼心力交瘁。他在聖托馬斯島碰到的事情，就跟這裡所碰到的同樣令人驚駭。」

「那個案子始終沒破嗎？」佛斯特問。

摩爾點點頭。「不過媒體報導了很多。我還記得當時看到過相關報導。一個美國家庭進行一趟環遊世界的夢幻之旅，結果在他們七十五呎的遊艇上被謀殺。沒錯，美屬維京群島的兇殺案發生率是我們本土的十倍，但就算在那裡，這種血腥屠殺還是很令人震驚。其實案子是發生在卡佩亞群島，就在聖托馬斯島旁邊。克拉克一家——尼可拉斯和安娜貝爾和他們的三個小孩——就住在他們的遊艇『默劇號』上。那天夜裡他們停泊在一個安靜的海灣，附近沒有其他遊艇。這家人睡覺時，兇手登上船。有人開槍。當時有大喊，有尖叫，然後是爆炸。至少泰迪事後是這麼告訴警方的。」

「他怎麼有辦法逃過一劫？」佛斯特問。

「爆炸讓他失去意識，所以他的記憶裡有很多空白。他最後記得的一件事就是他父親的聲音，叫他跳船。等到他恢復意識時，發現自己在水裡，身上穿著救生衣。次日早晨一艘潛水船發現了他，周圍環繞著『默劇號』的殘骸。」

「那他的家人呢？」

「當局對那一帶的水域進行過廣泛的搜索，後來發現安娜貝爾和其中一個女孩的屍體。總之是屍體的局部，因為很多都被鯊魚吃掉了。解剖顯示兩人都頭部中彈。尼可拉斯和另一個女兒的屍體始終沒有尋獲。」摩爾把那份傳真報告的影本傳給大家。「艾德蒙副隊長說這是他碰到過最煩惱的案子。七十五呎的遊艇是誘人的目標，所以他假設動機是劫財。兇手大概搶走了船上值錢的東西，然後炸掉船以摧毀證據，讓警方無從查起。案子到現在還是沒破。」

「而且那個男孩也同樣不記得任何有用的消息，」克羅說，「這小鬼是有什麼嚴重的毛病嗎？」

「他當時才十二歲，」摩爾說，「而且他肯定很聰明。克拉克一家去航行之前，住在羅德島州的首府普羅維登斯。我打電話給他們以前的隔壁鄰居，她說泰迪被公認天資聰慧，在學校是跳級的資優生。沒錯，他在交朋友和適應方面的確有些問題，但至少他的智商超越同輩。」

珍想到她在泰迪的臥室裡看到的那些書，還有各種冷僻難解的主題。古希臘史、人類植物學、神祕動物學。有些主題她懷疑大部分十四歲的小孩根本連聽都沒聽說過。「亞斯伯格症候群。」她說。

摩爾點點頭。「那個鄰居也是這樣說。克拉克夫婦送泰迪去評估過，醫師說泰迪是高功能的那種，不過某些情緒訊號他就是不會發現。這也是為什麼他很難交到朋友。」

「而現在只剩他孤零零一個人了。」珍說。她想到他在鄰居家的溫室如何抱著她不放。她還可以感覺到他如絲線般的頭髮貼著她的臉頰，還記得他睡衣上那種瞌睡男孩的氣味。她很好奇他是怎麼調整自己，以適應社福單位幫他緊急安置的寄養家庭。昨天夜裡，在回家抱女兒之前，珍還特地開車到泰迪的新家，把眼鏡送去給他。新的寄養家庭是一對經驗豐富的老夫婦，多年來接納過許多危機中的寄養兒童。

但是當珍訪視過後走出門，泰迪看著她的表情能讓任何母親心碎。彷彿她是唯一能救他的人，而她卻把他丟給一群陌生人。

摩爾又打開他的檔案夾，拿出一張印出來的聖誕卡照片，上頭的標題是克拉克家祝你佳節快樂！「這是鄰居所收到克拉克家最後的來信。是電子卡片，大約在他們離開普羅維登斯的一個月後寄出的。他們讓三個小孩休學，賣掉房子，然後全家人出發去環遊世界。」

「搭一艘七十五呎的遊艇？真有錢，」佛斯特說，「他們原先是做什麼工作的？」

「安娜貝爾是家庭主婦。尼可拉斯．克拉克是普羅維登斯一家公司的財務顧問。那個鄰居不記得公司的名字了。」

克羅大笑。「是啊，財務顧問這種職稱，聽起來就是有錢人呢。」

「這種舉動也太極端了，不是嗎？」佛斯特說，「忽然就這樣連根拔起？丟下一切，全家人搬到一艘船上？」

「那鄰居當然是這樣想，」摩爾說，「而且發生得很突然。甚至安娜貝爾之前都沒提過，直到離開的前一天才告訴鄰居。這會讓你很好奇。」

「好奇什麼？」克羅問。

「這家人是要逃離什麼？他們在害怕什麼嗎？或許泰迪碰上的這兩樁攻擊之間，其實是有關聯的。」

「相隔兩年？」克羅搖搖頭。「據我們所知，克拉克一家和艾克曼一家彼此根本不認得。他們唯一的共同點，就是那個男孩。」

「我只是覺得想不透，如此而已。」摩爾說。

珍也覺得想不透。她看著那張聖誕節照片，或許是現存克拉克家的最後一張全家福。安娜貝爾．克拉克向上攏起的栗色頭髮略帶一點金色，有種不經意的優雅。她的臉像雕刻的象牙般，加上彎彎的細緻雙眉，就像中世紀油畫裡的人物。

尼可拉斯．克拉克則是一頭金髮的運動健將型，厚實的雙肩填滿了檸檬黃的馬球衫。加上方正的下巴、直視的眼神，他看起來就像是會保護家人避免任何威脅的男人。拍攝這張照片的那天，他微笑站在那裡，一隻肌肉發達的手臂攬著旁邊的妻子時，不可能想像到未來即將會碰上的那場橫禍。他自己將會葬身大海。他太太和兩個女兒會慘遭殺害。那一刻，相機拍下的這家人沒有理由畏懼未來；他們的樂觀明白表現在他們的雙眼和笑容中，也在他們身後聖誕樹上掛的裝飾品裡。就連站在兩個妹妹旁邊的泰迪，都一副興高采烈的模樣，三個天使般的小孩，有著同樣淺褐色的頭髮和藍色的大眼睛。他們全都一臉微笑，置身在他們平安家庭的幻想中。

然後她心想：泰迪再也不會覺得安全了。

殺人很簡單。你唯一需要的就是門路，以及適當的工具，無論是子彈、刀子，或塞姆汀炸藥。如果你計畫得對，就不必清理收尾。但碰到像伊卡魯斯這種人，因為要活捉、他會反抗你，而且他身邊總是包圍著家人和保鏢，那個過程就要微妙細緻得多。

這就是為什麼那年六月的大半時間，我們都花在監視、偵察和排練。工作時間很長，一週七天，但沒有人抱怨。為什麼要抱怨？我們的飯店很舒服，我們的花費可以報銷。而且每天工作完畢，總是有很多酒可以喝。可不是一般便宜爛酒，而是很棒的義大利葡萄酒。以我們的任務而言，我們相信自己有資格享受最好的。

我們在一個星期四接到當地眼線的情報。他是「老奶奶」餐廳裡的服務生，那一晚有人訂了相鄰的兩張餐桌。一張四個人，另一張是兩個人。還先訂了幾瓶蒙塔奇諾紅酒，客人一到就要先開瓶醒酒。他很確定這兩張桌子是誰訂的，沒有任何懷疑。

他們開了兩輛車抵達餐廳，兩輛前後緊跟著。黑色的BMW裡是兩個保鏢。銀色的Volvo是伊卡魯斯自己開的。這是他的怪癖之一：他總是堅持自己開車，要當控制全局的那個人。兩輛車都停在「老奶奶」餐廳的正對面，這樣他們吃飯時從頭到尾都能看到車子。此時我早已經就位，坐在附近一家咖啡店的戶外座位，喝著我的濃縮咖啡。從那裡，我可以近距離看到即將上演的這齣芭蕾舞劇的種種細節。

我看到那兩個保鏢先下了他們的BMW，然後看著伊卡魯斯從Volvo車下來。他向來開Volvo車，對於一個買得起一整個瑪莎拉蒂跑車車隊的人來說，這個選擇太乏味了。他打開後門，出來的人就是他選擇這麼一輛安全汽車的原因之一。他的么子小卡羅，當時八歲，有著大大的深色眼珠以及類似母親的一頭亂髮。那男孩的鞋帶鬆了，伊卡魯斯彎腰幫他繫好。

就在那一刻，小卡羅注意到坐在附近的我。他雙眼牢牢盯著我的眼睛，熱切得害我一時恐慌起來。我心想：那男孩知道了。不知怎地他知道即將發生的事情。我當時沒有小孩：我們這個小組裡當時沒人有小孩，所以兒童對我們來說是個謎。他們就像小小外星人，是未成形的活物，不必理會。但卡羅的雙眼好明亮又好睿智，我覺得被脫下了所有偽裝，無法辯解我們即將對他父親所做的事情是正當的。

然後伊卡魯斯站起身。他牽著卡羅的手，帶著妻子和長子過街，走進「老奶奶」餐廳吃晚餐。

我又可以呼吸了。

我們整個小組也開始行動。

一個年輕女人推著一輛嬰兒車走過來，她的嬰兒藏在層層衣服之下。那嬰兒忽然大哭，女人停下來哄著。只有我近得能看清她暗自拿刀劃破了保鏢車的輪胎。那女人的嬰兒安靜下來，然後她繼續沿著人行道往前走。

那一刻，在「老奶奶」餐廳內，侍者開始幫他們倒葡萄酒，兩個小男孩用叉子捲著義大利麵條，一盤盤小牛肉、小羊肉和豬肉從廚房送出來。

而外頭的街道上，陷阱的活門即將關上。一切都按照計畫進行。

但我甩不掉小卡羅那張臉凝視著我的影像。那表情深入我的胸腔，抓著我的心臟。當你感覺到那麼強烈的徵兆，就絕對不該忽視。

我很後悔當初我忽視了。

7

莫拉敞著車窗行駛，夏日的氣味吹進車裡。幾個小時前，她才離開緬因州海岸地帶，轉向西北邊，進入和緩起伏的丘陵，午後的陽光照得收割過的麥田裡一片金黃。然後森林進逼，周圍的樹忽然變得好濃密，彷彿黑夜在瞬間降臨。她開過好幾哩都沒碰到任何車子經過，想著自己之前是不是轉錯彎了。這裡沒有房屋，沒有私人車道，沒有任何路標告訴她是否走對了方向。

她正打算要掉頭時，路的盡頭忽然出現一道大門。拱狀門頂有一個字彙，用優雅交纏的字母拼出來：晚禱。

她下了她的Lexus車，皺眉看著那上鎖的門，兩邊各有一座巨大的石柱。她沒看到對講機按鈕，鍛鐵柵欄圍牆往左右延伸進入樹林，能看到的範圍內都圍了起來。她拿出手機想打電話給學校，但在這樣的森林深處根本沒有訊號。樹林的靜默使得一隻蚊子的不祥嗡響更顯得大聲，她朝臉頰一陣突來的刺痛拍下去。低頭看到手上那抹鮮紅的血。其他蚊子也飢餓地成群朝她逼近。她正想回到車上，忽然看到大門裡頭有一輛高爾夫球車朝她駛來。

一個眼熟的年輕女子下了高爾夫球車，朝她揮手。那是莉莉．索爾，三十出頭，穿著修長的藍色牛仔褲和綠色的防風夾克，看起來遠比上回莫拉見到她時要更健康也更快樂。莉莉的褐色頭髮現在夾雜著金色挑染，往後綁成一束鬆鬆的馬尾；她的臉頰有一種健康的紅光，跟莫拉記憶中截然不同。她們是在一個濺血的聖誕節認識，當時正在進行一場兇殺案調查。那樁調查的暴力收場幾乎奪去了她們兩個人的命。但多年來一直努力逃離真實與想像中惡魔的莉莉．索爾是個精明的倖存者，而莫拉從莉莉此刻愉快的微笑判斷，她終於逃離她的夢魘了。

「我們以為你會更早來，艾爾思醫師，」莉莉說，「很高興你天黑前趕到了。」

「我還擔心我得爬過這道圍牆呢，」莫拉說，「這裡沒有手機訊號，我沒辦法打電話給你們。」

「喔，我們知道你到了。」莉莉在大門的保全鍵盤鎖上輸入密碼。「這條路沿途都有動作感應器。你大概沒看到，不過反正也都有攝影機。」

「以一所學校來說，你們的保全設施真嚴密啊。」

「都是為了要保護學生的安全。而且你知道安東尼對保全的想法。再嚴密也不嫌多。」

莫拉凝視著莉莉的雙眼，明白這位年輕女子的夢魘從來不曾止歇。陰影依然繚繞不去。

「都快兩年了，莉莉。有其他事情發生嗎？」

莉莉打開大門，不祥地說：「還沒有。」

這正是安東尼．桑索尼會說的那種話。罪行在桑索尼和莉莉這類倖存者身上留下了永遠的傷疤，他們兩人都被暴力的個人悲劇所糾纏。對他們來說，這個世界永遠都是一片充滿危險的地景。

「跟著我，」莉莉說著回到高爾夫球車上。「城堡還要往前幾哩。」

「你不必關上大門嗎？」

「會自動關的。如果你要離開，這個星期的密碼是四五九六，大門和學校的前門都是。號碼每個星期一更換，我們會在早餐時宣布。」

「所以學生也都知道密碼。」

「當然了。這道門不是為了要把我們關在裡頭，艾爾思醫師。而是要把這個世界關在外頭。」

莫拉回到她的Lexus車上，開過兩根柱子之間，然後大門已經開始要關上了。儘管莉莉保證這道門不是要把她們關在裡頭，但那些鍛鐵柵條讓她想起高度戒備的監獄。繼而聯想到金屬敲擊的聲音，以及牢內一張張瞪著她看的臉。

莉莉的高爾夫球車帶領她沿著一條單線道路，穿過濃密的樹林。在這些樹所形成的昏暗中，一棵老邁櫟樹的樹幹上冒出一株鮮橘色的蕈菇，特別顯眼。在森林頂端高高的樹冠上，鳥兒振翅飛起。一隻紅棕色的松鼠棲息在樹枝上，尾巴抽動著。在緬因州這麼濃密的森林中，一旦天黑之後，還會有其他什麼生物冒出來？

前面樹林不再那麼濃密，露出開闊的天空，同時一座湖在她眼前展開。在遠方，隔著這片無法穿透的黑暗水面，就是晚禱學校的校舍。莉莉之前說起城堡，而這座位於荒涼花崗岩上的校舍，也的確就是那個模樣。城堡由同樣的灰色花崗岩所建造，牆壁高高聳立，像是從山丘直接冒出來的岩脈。

她們開過一道石拱門，進入庭院，莫拉把她的Lexus車停在一片青苔覆蓋的牆壁旁。才一個小時前，四周還是溫暖的夏日，但她下車後，感覺空氣冰冷而潮溼。她抬頭看著高聳的花崗岩牆壁，看著尖尖的屋頂，想像著一群蝙蝠在塔樓上空打轉。

「先別管你的行李了，」莉莉說，幫她提出後行李廂。「我們就放在這裡的台階上，羅門先生會搬到你的房間去。」

「怎麼都沒看到學生？」

「大部分學生和員工都放暑假離開了。現在只有二十幾個學生和全年無休的少數必需職員。到了下星期，你和朱利安就會發現這裡變得很安靜，因為我們要帶其他學生去魁北克進行戶外教學旅行。我很快幫你介紹一圈吧，然後再帶你去找朱利安。他現在正在上課。」

「他現在狀況怎麼樣？」莫拉問。

「啊，他自從來到這裡之後，真的是大放異彩！他還是不喜歡上課，但是非常能隨機應變，會注意到其他人都忽略掉的事情。而且他會保護年紀比較小的學生，總是留意照顧他們。真的是個保護者。」莉莉暫停下來。「不過他花了好一陣子才信賴我們。在他經歷了懷俄明的事情之後，你應該能了解。」

是的，莫拉的確了解。因為他和朱利安一起經歷了那段，當時兩人一起為求生而奮戰，不知道能信賴誰。

「那你呢，莉莉？」莫拉問，「你現在的狀況怎麼樣？」

「這裡是我真正的歸宿。住在這個美麗的地方。教那些很棒的孩子。」

「朱利安跟我說過，你在課堂上製作了一架古羅馬的投石機。」

「是啊，當時我們在上圍城戰爭的那個單元。學生們很喜歡那個投石機。不過很不幸，打破了一扇窗戶。」

兩人爬上石階，來到一道高得可以讓巨人走過的門。莉莉又按了密碼，然後一推，那扇巨大的木門就輕易盪開。她們跨入門檻，進入一座大廳，裡頭古老的木材構築出一道道高聳的拱門。頭頂上掛著一具鐵製枝形吊燈，上方的拱頂裡嵌著一面圓形彩繪玻璃窗，像一顆彩色的眼睛。在這個昏暗的下午，那彩色窗裡只透進一束黯淡渾濁的光。

莫拉停在一道巨大階梯的底端，欣賞著牆上褪色的掛毯，上頭的圖案是兩隻獨角獸在一座藤蔓涼亭和果樹下歇息。「這裡真的是一座城堡。」她說。

「是在大約一八三五年，由一個叫西瑞爾．麥格納斯的自戀狂蓋的。」莉莉的腦袋厭惡地搖了一下。「他是個鐵路大亨，喜歡狩獵大型動物，收集藝術品，而且根據大部分的說法，他從各個方面來說，都是個刻薄的混蛋。他蓋了這座私人城堡。設計上是採取他多次去歐洲旅行時很欣賞的哥德式風格。花崗岩是在離這裡五十哩的地方開採的。木材是緬因州優良的老橡木。三十年前晚禱學校買下這片產業時，整個都還維護得很好，所以你在這裡所看到的，大部分都是城堡原本就有的。多年來，西瑞爾．麥格納斯一直持續增建，所以要認路有點困難。要是你迷路了，也不必太驚訝。」

「那張掛毯，」莫拉說，指著那幅編織的獨角獸。「看起來像是中世紀的。」

「就是中世紀的沒錯。那是從安東尼在佛羅倫斯的別墅搬來的。」

莫拉曾去安東尼位於烽火台丘的住宅裡，看過他所收藏的珍貴十六世紀畫作和威尼斯家具。她毫不懷疑，他在佛羅倫斯的別墅也會像這座建築一樣宏偉，甚至裡頭收藏的藝術品更了不起。

但眼前沒有溫暖、蜂蜜色澤的托斯卡尼牆壁；這些灰色的石材散發出一股寒氣，連陽光普照的天氣都無法驅散。

「你去過那裡嗎？」莉莉問，「他在佛羅倫斯的家？」

「他沒邀過我。」莫拉說。顯然地，不像你。

莉莉體貼地看了她一眼。「我很確定只是早晚的問題，」她說，然後轉身走向一道鑲板牆。她按了其中一塊鑲板，那牆壁滑開，成為一個出入口。「這裡是前往圖書館的通道。」

「你們是想把那些書藏起來嗎？」

「不，這個入口只是這棟建築物的奇怪特色之一。我想老西瑞爾·麥格納斯喜歡給人驚喜，因為這不是這棟大宅裡唯一隱藏的門。」莉莉帶著她走進那條沒有窗戶的走道，深色鑲板更加強了整體的幽暗感。到了盡頭，她們來到一個房間，裡頭高高的拱窗迎進來白晝的最後一絲灰光。莫拉驚奇地往上看著一層又一層的書架，往上總共三層，圓拱的天花板灰泥上是一片藍天裡飄浮著鬆軟白雲的壁畫。

「這是晚禱學校的心臟，」莉莉說，「這個圖書館。任何時間，白天或晚上，都歡迎學生來這裡，拿出架上的任何書，只要他們保證尊重這些書。而如果他們在這個圖書館裡找不到自己想要的書……」莉莉·索爾走到一扇門前，打開來，裡頭的房間放了十幾台電腦。「最後的手段，總是可以求助於Google博士。」她又關上門，一臉反感。「不過真的，當真正的寶藏就在這裡的時候，誰還想用網際網路？」她指著那三層樓的書。「幾個世紀以來的集體智慧，就放在同一個屋頂下。光是看著這些書，就會讓我流口水。」

「你講話就像一個不折不扣的古典文學老師。」莫拉說，瀏覽著那些書的書名。《拿破崙的女人》、《聖人的一生》、《埃及神話集》。她看到一本書的書名，暫停下來，深色皮革封面上的燙金字體。《路西法》這本書彷彿召喚著她，要求她的注意。她拿出那本書，凝視著那陳舊的皮革封面，上頭用壓花印著一個蹲伏的魔鬼。

「我們相信，任何知識都不必禁止。」莉莉低聲說。

「知識？」莫拉把那本書放回書架上，看著莉莉。「或是迷信？」

「這本書有助於了解兩者，你不覺得嗎？」

莫拉往前走，經過幾排長木桌和椅子，以及一連串地球儀，每一個都代表不同年代的世界。「只要你們別當成事實來教，」她說，停下來檢視著一六五〇年的地球儀，各大洲的形狀跟今天不同，還有大片未知且未被探索過的領域。「那是迷信，是神話。」

「事實上，我們教學生的是你的信仰系統，艾爾思醫師。」

「我的信仰系統？」莫拉困惑地看著她。「那是什麼？」

「科學。化學與物理學，生物與植物學。」她看了那個古董老爺鐘一眼。「朱利安現在就在上那些課，而且應該快結束了。」

她們離開圖書館，又從那道深色鑲板走廊出來到門廳，然後爬上那道巨大的階梯。經過掛毯下方時，莫拉看到掛毯貼著牆壁舞動，似乎有一陣穿堂風剛好吹進來，讓那兩隻獨角獸彷彿活了過來，在青翠茂密的果樹下顫抖。樓梯彎過一扇窗，莫拉暫停下來看著遠方長滿樹林的丘陵。朱利安曾告訴她，他的學校被森林環繞，最接近的村子在好幾哩之外。但直到現在，她才明白晚禱學校有多麼與世隔絕。

「在這裡，誰都碰不了我們，」那聲音好輕，但因為湊得很近，她還是被嚇了一跳。莉莉站在那裡，有一半隱藏在拱門陰影中。「我們自己種植作物。自己養雞下蛋，自己養牛擠奶。用自己的柴火當燃料。我們完全不需要外頭的世界。這是我第一個真正覺得安全的地方。」

「就在這片森林裡，裡頭有熊和狼？」

「你我都知道，有很多東西比大門外的熊和狼更危險。」

「你覺得生活得比較輕鬆了嗎，莉莉？」

「我還是會回想起發生過的事，每天都會想到。想到他對我家人、對我做過的那些。但是住在這裡，對我的幫助很大。」

「是嗎？或者這種孤立會加強你的恐懼？」

莉莉直視著她。「對世界懷有合理的恐懼，是我們某些人能保住一條命的原因。這是我兩年前學到的一課。」她繼續往上爬著階梯，經過一幅陰暗的畫，裡頭是三個穿著中世紀長袍的男人，無疑又是安東尼．桑索尼家族的收藏。莫拉想著難以駕馭的學生們每天狂奔經過這件傑作，很好奇這件作品要是放在其他學校，能夠倖存幾秒鐘。她也想到圖書館裡那些皮面燙金的珍貴書籍。晚禱學校的學生一定很奇特不凡，才能把這些珍貴的東西託付給他們。

她們來到二樓，莉莉・索爾往上指著三樓。「生活區在樓上。東翼是學生宿舍，西翼是教職員宿舍和客房。你會住在西翼比較古老的區域，那裡的房間裡有很棒的石砌壁爐。夏天時，那裡是整棟大宅裡最受歡迎的地點。」

「那冬天呢？」

「冬天就不適合居住了。除非你想整夜不睡，朝火裡丟柴火。天氣變冷時，我們就會把那些房間封鎖起來。」莉莉帶頭沿著二樓走廊往下。「我們去看老佩斯基上完課沒。」

「誰？」

「大衛・佩斯昆托尼歐教授。他教植物學、細胞生物學，以及有機化學。」

「對於高中學生來說，是相當進階的科目。」

「高中？」莉莉大笑。「我們從初中就開始教這些科目了。十二歲的人其實比大部分人所想的要聰明很多。」

她們經過幾扇打開的門，以及幾間空蕩的教室。莫拉看到講台上有一具人類骷髏懸吊著，一張實驗台上放著試管架，還有一面延伸至各牆面的圖，是世界史的時間表。

「現在是暑假了，沒想到你們還會上課，」莫拉說。

「要是不上課的話，這二十幾個學生就會無聊到發瘋。不，我們要讓他們的腦細胞持續運作。」

她們彎過轉角，面對著一隻巨大的黑狗，正伸展四肢趴在一扇關起的門前。一看到莫拉，那狗的頭立刻昂起，然後走過來，尾巴拚命搖著。

「哇！大熊！」莫拉笑著，看那狗抬起前腳站立。兩隻巨大的腳爪搭在她雙肩上，溼溼的舌頭舔著她的臉。「我看你的行為還是沒有改善。」

「牠顯然很高興又看到你了。」

「我也很高興看到你。」莫拉擁抱著那狗，偷偷咬耳朵。然後牠前腳放回地上，她敢發誓牠正在朝她笑。

「那我就把你留在這裡了，」莉莉說，「朱利安一直盼著你來，你就直接進去找他吧？」

莫拉跟莉莉揮手道別，接著悄悄走進教室，沒人注意到。她站在角落觀察講台上那位禿頭、戴眼鏡的老師用瘦削而靈巧的手，在黑板寫下這個星期的課表。

「八點整，我們要在湖邊集合，」他說，「如果你遲到了，我們不會等你。你就會錯過機會，沒辦法親眼看到罕見的東北美死亡天使鵝膏菌了，這種蕈類剛好在上一場雨後長出了一些。要穿靴子，帶著雨具。地上可能會很泥濘。」

即使莫拉站在後頭，看著圍繞在佩斯昆托尼歐教授演示桌前的二十幾名學生，也輕易就可以看到「鼠王」朱利安．柏金斯。才十六歲，他的體格已經像個成人，打從上回見過，他寬闊的肩膀又長出更多肌肉。去年冬天，他們在懷俄明山區掙扎求生時，她曾倚靠著那對肩膀，那場奮戰在他們兩人之間形成一種深切而持續的感情。朱利安是她經驗中最接近兒子的人，這會兒她很驕傲地看著他站得有多麼挺直，聽課有多麼認真，即使佩斯昆托尼歐教授絮絮叨叨的講話聲像蚊子叫。

「星期五你們大部分人去魁北克校外教學之前，要把植物毒性報告交過來。另外別忘了，星期三有蕈類辨識小考。下課。」

朱利安轉身要離開，這才看到莫拉，立刻臉色一亮，咧嘴笑了。才走兩步，他就來到她面前，雙臂已經展開來想給她一個擁抱。但在最後一刻，意識到他的同學都在看，他好像有所猶豫，於是兩人只好改成互相吻頰，同時笨拙地拍拍肩膀。

「你終於來了！我整個下午都在等你。」

「好吧，現在我們有整整兩星期在一起了。」她撥開他前額的頭髮，露出整張臉，同時手指逗留在他的臉頰，然後驚訝地感覺到他開始長鬍子了。他長大得好快，太快了。

他被她的觸摸搞得臉紅起來，她這才意識到有些學生還沒離開教室，正站在那邊看熱鬧。大部分十來歲小孩都不會注意到大人的存在，但朱利安的同學似乎對這個來到他們世界的外來訪客很好奇。他們的年紀從初中到高中，衣服也有各式各樣風格。從一個穿著藍色破牛仔褲的金髮女孩到一個穿著西裝褲和牛津衫的男孩。他們全都瞪著莫拉看。

「你就是那個法醫，」一個穿著迷你裙的女孩說，「我們聽說你要來。」

莫拉微笑。「朱利安提過我？」

「拜託，常常講。你要來教課嗎？」

「教課？」她看著朱利安。「我沒計畫啊。」

「我們想聽聽法醫病理學，」一個亞洲男孩大聲說，「在生物學課堂上，我們解剖過青蛙和胚胎豬，但那些只是一般解剖而已。一點也不像你對死人做的那些事情那麼酷。」

莫拉看著一張張急切的臉。就像很多一般大眾，他們大概被太多電視警察影集和犯罪小說給搞得想像力過度豐富。「我不確定這個主題是適當的。」莫拉說。

「因為我們是小孩？」

「法醫病理學通常是醫學院的科目，即使大部分成人，都還是覺得這個科目很令人不安。」

「我們不會的，」那亞洲男孩說，「但或許朱利安沒告訴你我們是誰。」

你們是奇怪的人，莫拉心想，看著朱利安的同學拖著腳步走出教室，踩得地板吱呀響。接下來是一陣寂靜，大熊無聊地哀嘆一聲，大步走過來舔朱利安的手。

「我們是誰？他講這話是什麼意思？」

回答的是老師。「就像他很多同學一樣，那位秦同學講話常常不經大腦。想試圖解譯出青少年胡說八道的深刻含意，是沒有必要的。」那位男老師沒好氣地從眼鏡上端打量莫拉。「我是佩斯昆托尼歐教授。朱利安跟我們說過你這個星期會來訪，艾爾思醫師。」他看了朱利安一眼，扯著嘴唇露出半個微笑。「順便說一聲，他是個好學生。還得加強寫作技巧，拼字爛到沒藥救。不過在樹林裡眼睛很尖，老是能找到不尋常的植物，比任何人都厲害。」

雖然有批評，但這番恭維讓朱利安咧嘴笑了。「我會努力加強拼字的，教授。」

「祝你來訪愉快，艾爾思醫師，」佩斯昆托尼歐說，收拾著演示桌上他的筆記和植物標本。

「你很幸運，每年這段期間這裡比較安靜，沒有一大堆吵得要死的腳，像大象似的在樓梯跑上跑下。」

莫拉注意到那人手裡拿著一叢紫色的花。「烏頭。」

佩斯昆托尼歐點點頭。「非常好。學名是*Aconitum*。」

她又看了他攤在桌面上的其他植物標本。「毛地黃。紫花茄。大黃。」

「那這個呢？」他拿起一根小樹枝，上頭有乾掉的葉片。「如果你能告訴我這是什麼樣的開花植物，就可以加分。」

「那是夾竹桃。」

他看著她，蒼白的眼珠發出興致勃勃的亮光。「這種氣候根本沒有夾竹桃，可是你卻認得。」他尊重地點了個頭。「我很佩服。」

「我是在加州長大的，夾竹桃在那裡很常見。」

「我懷疑你也熱衷園藝。」

「很想，但是我只是個病理學家。」她看著排列在桌上的那些植物標本。「這些全都是有毒植物。」

他點點頭。「而且其中有些很美。我們這裡有種烏頭和毛地黃，在我們的花園裡。大黃種在蔬菜園裡。至於紫花茄，生著這麼漂亮的小花和漿果，是到處都很常見的野草。就在我們周圍，有這麼漂亮的偽裝，全都是致命的工具。」

「你教小孩這些？」

「他們就跟其他任何人一樣需要這些知識。這提醒他們，自然世界是很危險的，你應該也很明白。」他把標本放到一個架子上，然後抓起自己的筆記。「很高興認識你，艾爾思醫師。」他說完轉向朱利安。「柏金斯同學，你的朋友來訪不能當成遲交作業的藉口。這件事我們要先講清楚。」

「是的，老師。」朱利安嚴肅地說。他一直保持那個嚴肅的表情，直到佩斯昆托尼歐教授進入走廊好一會兒，聽不到他們的聲音了，他才爆出一聲大笑。「現在你就知道，為什麼我們喊他『毒藥佩斯基』了。」

「他好像不是最友善的老師。」

「是啊。他寧可跟他的植物說話。」

「希望你其他的老師沒那麼怪。」

「我們這裡的人全都很奇怪。這就是為什麼這個地方這麼有趣。就像索爾老師說的，正常太無聊了。」

她微笑看著他，再度碰觸他的臉。這回他沒有閃躲。「你在這裡好像很快樂，鼠王。你跟大家都合得來嗎？」

「比以前在我家好太多了。」

家，懷俄明，對朱利安來說是個無情的地方。在學校裡，他是成績不及格的學生，被欺負和嘲笑，功課完全不行，只會違規、在學校跟人打架。到了十六歲，他好像註定以後就會去坐牢了。

所以朱利安剛剛所說身為怪人的那些話沒有錯。他不正常，永遠不會。他當年被自己的家人逐出，丟到荒野裡，於是學會靠自己。他殺過一個人。不過那是為了自衛，另一個人流的血永遠改變了他，她很好奇那段記憶還會困擾他多深。

他牽起她的手。「來吧，我帶你逛一逛。」

「索爾小姐已經帶我去過圖書館了。」

「你去過你房間了嗎？」

「還沒有。」

「在西翼比較古老的那一區，所有重要的客人都是安排住那邊。桑索尼先生來訪時也是住那裡。你的房間裡有個很大的石砌壁爐。布里安娜的阿姨上次來訪時，因為忘了打開煙道，結果整個房間充滿煙霧。他們還得把整棟屋子裡的人都撤出。所以你會記得打開煙道，對吧？」而且你不會給我丟臉是他沒說出口的暗示。

「我會記得的。誰是布里安娜？」

「只是這裡的一個女生。」

「只是一個女生？」一頭深色頭髮，加上犀利的眼神，朱利安已經長成一個俊美的青少年了，有一天他會吸引女人的目光。「多講點細節吧，拜託。」

「她沒什麼特別的。」

「剛剛上課時她在嗎？」

「在。留著黑色長髮。穿著一件很短的裙子。」

「啊，很漂亮的那個。」

「大概吧。」

她笑了。「拜託，別跟我說你沒注意到。」

「唔，我注意到了。但是我覺得她滿混蛋的。雖然我的確很替她覺得遺憾。」

「替她覺得遺憾？為什麼？」

他看著她。「她會來這裡，是因為她媽媽被謀殺了。」

莫拉忽然很後悔自己這麼漫不經心地刺探他朋友的事。十來歲的男孩對她來說是個謎，是長著一雙大腳、荷爾蒙分泌旺盛的龐然大物，這一刻脆弱，下一刻就變得冷酷又疏遠。儘管她很想當他的母親，但她永遠當不好，永遠都不會有身為母親的直覺。

她沉默跟著他沿著三樓的走廊往前，這裡的牆上都掛著中世紀村落和宴會桌的油畫，還有一幅是象牙白皮膚的聖母抱著聖嬰。她的客房靠近走廊盡頭；走進去時，她看到自己的行李箱已經拿上來，放在一個櫻木的行李架上。從拱形的窗子望去，她可以看到一座有圍牆的花園，裡面有許多石雕像。花園圍牆外不遠，就是濃密的森林，有如入侵的軍隊般逼近他們。

「你這邊朝東，明天日出時，你就會有很棒的視野。」

「這裡每個地點的視野都很美。」

「桑索尼先生認為你會喜歡這個房間。這裡最安靜。」

她還待在窗邊，然後轉過身看著窗外問他：「他最近來過嗎？」

「大概一個月前來過。他都會來參加晚禱校董會的會議。」

「下回是什麼時候？」

「要到下個月了。」他停頓一下。「你真的很喜歡他，對不對？」

她的沉默實在太明顯了。然後她冷靜地說：「他是個慷慨的人。」她轉身面對著朱利安。「我們都欠他很多。」

「你對他真的就只能說這些？」

「不然還能說什麼？」

「唔，你剛剛問起我有關布里安娜。我猜想，我也就問你有關桑索尼先生。」

「我懂你的意思了。」她承認。

但她還沒回答他的問題，她也不曉得如何回答。你真的很喜歡他，對不對？

她轉身看著精緻雕刻的四柱床，看著橡木衣櫃。或許又是桑索尼家搬來的古董。雖然那男人不在這裡，但她到處都看到他的影響，從牆上掛的貴重藝術品到圖書館的皮面精裝書。這座城堡與世隔絕，有上鎖的大門和私人道路，反映出對隱私的執迷。這個房間裡唯一刺眼的東西，就掛在壁爐台上方。那是一幅油畫，裡頭是個姿態傲慢的紳士穿著獵裝，一肩扛著步槍，穿著靴子的一腳踩在一隻倒下的公鹿身上。

「那是西瑞爾·麥格納斯。」朱利安說。

「蓋這座城堡的人？」

「他真的很迷打獵。閣樓裡有一大堆他從全世界帶回來的動物戰利品。以前都掛在餐室裡，直到最後維勒芙醫師說這些動物頭部標本毀了她的胃口，然後她叫羅門先生把那些標本拿下來。為了這些標本是不是在頌揚暴力，他們還大吵一架。最後鮑姆校長讓我們所有人投票，學生也可以投。然後就把那些動物頭全部拿下來了。」

他講的這些人，她一個都不認識。這又是個可悲的提醒，讓她明白自己不是他這個世界的一分子，也明白他現在已經遠離她，有自己的獨立生活。她已經覺得被拋在後頭了。

「……現在維勒芙醫師和羅門先生又在吵了，為了學生是否應該學習打獵。羅門先生說應該，因為這是一種古老的技藝，但維勒芙醫師說打獵很野蠻。然後羅門先生指出維勒芙醫師也吃肉，所以她也是野蠻人。老天，這話可把她給氣壞了！」

莫拉把行李箱內的牛仔褲和健行靴拿出來，把幾件襯衫和一件洋裝掛進衣櫃裡，同時朱利安就在旁邊聊他的同學和老師，聊他們在索爾老師的課堂上做的那架投石機，還聊他們去荒野裡旅行時，碰到一隻大黑熊逛進他們的營地裡。

「我敢說去把那黑熊趕走的人是你。」她微笑著說。

「不，羅門先生把牠嚇跑了。不會有哪隻熊想跟他打架的。」

「那他一定是個非常可怕的人。」

「他是林務員。你今天晚餐時會看到他，如果他出現的話。」

「他不必吃飯嗎？」

「他在躲維勒芙醫師，因為我剛剛跟你講的那些爭執。」

莫拉關上衣櫃抽屜。「那這位痛恨打獵的維勒芙醫師是誰？」

「她是我們的心理醫師。我每個隔週的星期四，會去跟她進行心理諮商。」

她轉過身來皺眉看著他。「為什麼？」

「因為我有一些問題。這裡的每個人都有。」

「你指的是什麼問題？」

他迷惑地看著她。「我以為你知道的。這就是為什麼我會在這裡，也是為什麼晚禱學校會挑選這些學生。因為我們跟一般小孩不一樣。」

她想著剛剛自己去旁聽的那堂課，二十幾名學生圍繞著「毒藥佩斯基」的演示桌。他們似乎就跟一般的美國青少年沒兩樣。

「你們到底有什麼不一樣？」莫拉問。

「我失去我媽的方式。這裡所有的小孩也都有類似遭遇，也因此讓我們不一樣。」

「其他學生也失去了父母？」

「有些是。或者失去姊妹或兄弟。維勒芙醫師幫助我們處理憤怒、夢魘。晚禱學校教我們如何反擊。」

莫拉想著朱利安的母親是怎麼死的。想到暴力犯罪如何影響家人，影響鄰居，影響下一代。

晚禱學校教我們如何反擊。

「你剛剛說，其他小孩失去了父母或兄弟姊妹，」莫拉說，「意思是……」

「謀殺，」朱利安說，「這就是我們所有人的共同點。」

8

今晚的用餐室裡有張新面孔。

朱利安幾個星期來都在談這個訪客艾爾思醫師，談她在波士頓法醫處解剖死人的工作。但他沒提到過她同時也很美。深色的頭髮和苗條的身材，眼神安靜而熱切，她長得好像朱利安，因而兩人幾乎就像母子一般。而且艾爾思醫師看著朱利安的眼神，就像母親看著自己的孩子那樣，一臉掩不住的驕傲，認真聽著他講的每個字。

再也不會有人像那樣看著我了，克蕾兒．沃德心想。她獨自坐在她平常的角落位置，雙眼始終盯著艾爾思醫師，注意到她用刀叉切肉的動作有多麼優雅。從這張桌子，克蕾兒看得到用餐室的一切動靜。她不在乎自己一個人獨坐；因為這表示她不必參與那些無意義的談話，可以觀察其他人都在做什麼。而且這個角落是她唯一覺得自在的地方，可以背對著牆，任何人都沒辦法從後面偷襲她。

今天晚餐的菜式是法式清湯、嫩萵苣沙拉、威靈頓牛肉佐烤馬鈴薯和蘆筍，甜點是檸檬塔。這表示要換著用各式各樣的叉子、湯匙和餐刀，一個月前，克蕾兒剛來到晚禱學校時，就被搞得很困惑。在易薩卡的鮑伯和芭芭拉．巴克利家，晚餐要簡單多了，只要用一把刀、一根叉子，外加一兩張餐巾紙就好。

在易薩卡，也從來不會有威靈頓牛排。

她沒想到自己會這麼想念鮑伯和芭芭拉。程度幾乎就像想念自己的父母一樣。兩年前她父母的死去，只留下令人痛苦的模糊回憶，且隨著每一天迅速褪淡。但鮑伯和芭芭拉才剛死，還很痛，因為他們的死全都是她的錯。如果她那天晚上不要偷溜出去，如果鮑伯和芭芭拉不必非得出門去找她，他們可能就還活著。

現在他們死了，而我卻在吃檸檬塔。

她放下叉子，看著其他學生，他們大部分人都忽視她，就像她也忽視他們一樣。她的注意力再度集中在朱利安和艾爾思醫師那桌。那位切開死人的女士。通常克蕾兒會避免盯著成人看，因為他們會搞得她很不安，老是問太多問題。尤其是學校的心理醫師安娜．維勒芙，克蕾兒每星期三下午都要去找她做諮商。維勒芙醫師很和氣，是那種捲髮大塊頭的老奶奶型，但她總是問同樣的問題。克蕾兒還是睡不著嗎？她記得什麼有關父母的事情？她做噩夢的狀況有好轉嗎？好像去談這些事，去想這些事，就能讓噩夢消失似的。

我們來到這裡的人，全都有噩夢。

克蕾兒四下看著用餐室裡的同學，注意到一般人可能會忽略掉的細節。列斯特．葛里密老是朝門看，要確認有可以脫逃的路徑。亞瑟．圖姆斯的雙臂上有醜陋的燒傷疤痕。布魯諾．秦拚命把食物塞進嘴裡，免得被他的幽靈綁架者搶走。我們這些人都有傷痕，她心想，但有些人的疤痕比其他人要明顯。

她摸摸自己的疤痕。藏在她的金色長髮之下，有一道隆起的疤痕組織，因為當初外科醫師必須割開她的頭皮、鋸開她的頭骨，好取出瘀血和子彈碎片。其他人看不到這些損傷，但她自己永遠忘不掉。

那天夜裡，克蕾兒躺在床上睡不著，又去摸著頭上的那道疤，很好奇底下的腦子看起來是什麼樣。腦子也會有疤痕，就像皮膚上這條凹凸不平的隆起一樣嗎？有個醫師——她不記得他的名字了，那家倫敦醫院裡有好多醫師——跟她說她很幸運，中彈時才十一歲，因為兒童的腦子比成人恢復得好。他真的就講出幸運這個字眼，蠢醫師。他對她康復的預估大部分都講對了。她可以跟其他人一樣走路、講話。但現在她的功課好爛，因為無論面對任何事，她都很難專心超過十分鐘，而且她好容易發脾氣，容易得連她自己都嚇到，事後又很羞愧。儘管她外表沒有損傷，但她知道自己完蛋了。那種損傷就害她現在半夜十二點還躺在床上睡不著，一如往常。

躺在床上浪費時間也沒有意義。

她起身打開燈。三個室友都已經回家過暑假了，所以房間裡只有她一個人，進來或出去都不必擔心有人打她的小報告。不到一分鐘，她就穿好衣服，溜到房間外的走廊上。

就在此時，她看見那張惡毒的字條貼在她的門上：腦子壞掉了！

又是布里安娜那個賤貨，她心想。每次看到克蕾兒經過，布里安娜都要低聲說智障，而且每次克蕾兒在教室裡被某人故意伸出的腳絆倒時，布里安娜就會歇斯底里地大笑。克蕾兒也報復過她，就是抓了一把黏糊糊的蚯蚓，偷偷放在布里安娜的床上。啊，那些尖叫聲真是太值得了！

克蕾兒扯下門上的那張字條，回到房間找了支筆，在上頭寫著：最好檢查一下你的床單。然後出來沿著走廊往前，把那張字條貼在布里安娜的宿舍房門上，接著又繼續走，經過了其他熟睡同學的房間。到了樓梯，她的影子輕快掠過牆面，像是她的雙胞胎鬼魂陪在身旁迴旋而下。她走出前門，來到月光下。

這一夜出奇地溫暖，微風聞起來像晒乾的草，彷彿那風是從很遠很遠的地方吹來的，來自大草原和沙漠及一些她永遠不會去的地方，也把那裡的氣味一併帶來。她深深吸了一口氣，一整天下來頭一次覺得自己真正自由了。脫離了課堂，脫離了觀察她的老師，脫離了布里安娜的嘲笑。

她走下石砌台階，刻意走在明亮的月光下。前面就是湖，起伏的湖水閃爍如亮片，正在召喚著她。她動手要脫掉T恤，急著想滑入那絲綢般的湖水中。

「你又跑出來了。」一個聲音說。

克蕾兒猛地轉身，看到一個人從樹下的陰影走出來。從那矮胖的輪廓，她立刻認出是誰。威爾・雅布朗斯基走進月光下，她看到了那張胖乎乎的臉，很好奇他是否知道布里安娜在背後偷偷喊他大白鯨。威爾和我有這個共同點，她心想。我們都是不酷的小孩。

「你在這裡做什麼？」她問。

「我正在用我的望遠鏡觀察。不過月亮現在出來了，所以我要收起望遠鏡回去了。」他朝湖的方向指去。「那裡有個點特別好，就在水邊。正適合搜尋天空。」

「你在找什麼？」

「彗星。」

「你剛剛看到了嗎？」

「沒有，我的意思其實是新彗星。沒有人通報過的。業餘天文學家發現新彗星並不稀奇。有個叫唐・麥寇茲的傢伙就發現了十一個新彗星，他跟我一樣也是業餘的。如果我發現了新彗星，就可以有命名的權利。就像科胡特克彗星，或者哈雷彗星、舒梅克—李維彗星。」

「那你會給你發現的取什麼名字？」

「尼爾・雅布朗斯基彗星。」

她大笑。「這名字一點也不響亮。」

「我覺得聽起來不差啊，」他平靜地說，「是為了紀念我爸。」

她聽出他聲音中的憂傷，恨不得收回自己剛剛的大笑。「是啊，我想這樣很不錯，用你爸的名字命名。」她說。即使雅布朗斯基彗星聽起來實在很蠢。

「我前幾天夜裡也看到你了，」他說，「你跑來這裡做什麼？」

「我睡不著。」她轉身看著湖水，想像自己游過湖，游過海洋。她不怕黑暗的水；在水中她活力十足，像美人魚回到家鄉。「我很少睡，自從⋯⋯」

「你也會做噩夢嗎？」他問。

「我只是睡不著。因為我的腦子整個搞壞了。」

「什麼意思？」

「我這裡有個疤，在頭上，因為醫師把我的頭骨鋸開過。他們從裡頭取出子彈碎片，那顆子彈傷到了裡頭一些部分。所以我會睡不著。」

「人一定要睡，不然會死掉的。你怎麼可能不睡？」

「我只是不像其他人睡得那麼多。短短幾個小時就夠了。」她吸了一口充滿夏日芬芳的氣息。「總而言之，我喜歡夜裡。因為很安靜，還有一些白天看不到的動物，比方貓頭鷹和臭鼬。有時候我走進樹林裡，會看到牠們的眼睛。」

「你記得我嗎，克蕾兒？」

這個問句講得很小聲，她聽了，疑惑地轉向他。「我每天上課都會看到你啊，威爾。」

「不，我的意思是，你記得在別的地方看過我嗎？在我們來到晚禱學校之前？」

「我以前沒見過你。」

「你確定？」

她凝視著月光下的他。看到一個大大的頭和滿月似的臉。威爾就是這樣，整個人都很大，從腦袋到雙腳。又大又軟，像一塊棉花軟糖。「你在說什麼啊？」

「我剛到這裡的時候，在用餐室裡看到你，就有這種詭異的感覺。覺得好像以前見過你。」

「我以前住在紐約州的易薩卡。你呢？」

「新罕布夏州。跟我阿姨和姨丈。」

「我從來沒去過新罕布夏州。」

他更湊近她，近得那顆大頭都遮住了部分月光。「另外我以前住在馬里蘭州。兩年前，我爸和我媽在世的時候。這對你有任何意義嗎？」

她搖搖頭。「我不會記得的。我連自己爸媽的事情都想不太起來了。他們的聲音是什麼樣，或是他們的笑容和氣味。」

「那真的好慘。你居然記不得他們。」

「我有幾本相簿，不過我很少看。那就像是看著一堆陌生人的照片。」

他的碰觸讓她嚇了一跳，不禁往後瑟縮。她不喜歡別人碰觸她。自從她在倫敦的醫院醒來之後就這樣，在醫院裡，別人的碰觸通常就意味著要打針，又要害她疼痛了，無論是出於什麼樣的好意。「現在晚禱學校應該是我們的家了。」他說。

「是啊。」她冷哼一聲。「維勒芙醫師也老是這麼說。說我們全都是一個快樂的大家庭。」

「相信這個說法很美好，你不覺得嗎？相信我們全都會彼此照應？」

「是喔。我還相信世上有牙仙呢。人類是不會彼此照應的，只會照應自己而已。」

樹林間閃出一道光。她趕緊轉身，看到那輛駛近的汽車，立刻衝向最接近的樹叢。威爾也跟著她照做，移動時大大的雙腳像一隻很吵的駝鹿，最後蹲在她旁邊。

「誰會在半夜這個時間跑來？」他低聲說。

一輛深色轎車行駛過來，慢慢停在院子裡，一名男子下了車，高瘦得像隻豹。他在車旁暫停一下，掃視著四周的黑夜，彷彿在搜尋黑暗中其他人看不到的東西。在慌亂的片刻間，克蕾兒以為他正直視著自己，於是在灌木叢後頭更壓低身子，想躲開那洞悉一切的雙眼。

學校前門晃開，燈光照到庭院裡，葛佛瑞・鮑姆校長站在門口。「安東尼！」鮑姆喊道，「謝謝你這麼快就趕來。」

「這些最新進展很令人不安。」

「看起來是這樣。快，進來吧。你的房間已經收拾好了，也幫你準備了餐點。」

「我在飛機上吃過了。我們應該立刻處理正事。」

「當然了。維勒芙醫師一直在監視波士頓的狀況。她已經準備好，必要時就會出面說項的。」

前門關上了。克蕾兒站起來，很好奇這個陌生的訪客是誰，而且為什麼鮑姆校長的口氣這麼緊張。「我要去檢查一下他的車。」她說。

「克蕾兒，不要。」威爾低聲說。

但她已經走向那輛轎車。引擎蓋還是溫熱的，打過蠟的表面在月光下發出光澤。她繞著那輛車走一圈，手指撫過車子表面。她知道這輛車是賓士，因為車頭有標誌。黑色、光滑、昂貴。有錢人的車。

鎖上了，當然。

「他是誰？」威爾問。他終於鼓起勇氣從灌木叢後走出來，現在站在她旁邊。

她往上看著西翼，那裡有個人影短暫出現在一扇亮著光的窗前。然後窗簾忽然拉上，遮斷了她的視線。

「我們知道他的名字是安東尼。」

9

那天晚上莫拉睡不安穩。或許是因為不熟悉的床；也或許是這個地方太寂靜，那種靜默好深切，彷彿夜晚本身是個活物，正憋住氣等待著。她第三度醒來時，月亮已經高高升起，照進她的窗子。她睡前沒拉上窗簾，好讓新鮮空氣流通；但現在月光太亮了，她只好下床來把窗簾拉上。她在窗前暫停，看著下頭的花園被月亮照映得充滿光輝，裡頭的石雕像有如鬼魂般發亮。

剛剛有一座雕像在動嗎？

她站在那裡抓住窗簾，凝視著一座座雕像有如西洋棋般矗立在修剪整齊的灌木圍籬中。在那片幽靈般的風景中，一個有著銀色長髮、四肢優雅如仙女的人影在游移。那是個女孩，在花園裡走動。

在她門外的走廊上，腳步聲經過。她聽到男人的聲音。

「……我們不確定這個威脅是真實還是想像的，但維勒芙醫師似乎很相信。」

「警方好像已經掌握了狀況。我們也只能等著看了。」

*我認得那個聲音。*莫拉穿上睡袍，打開房門。「安東尼！」她喊道。

安東尼．桑索尼轉過身來看著她。他穿得一身黑，站在矮得多的葛佛瑞．鮑姆校長旁邊，看起來顯得特別高聳，加上黯淡的走廊燈光，他的身影簡直像是帶著邪惡的意味。她注意到他的衣服皺巴巴，雙眼中露出倦色，於是知道他一定是大老遠趕來這裡。

「如果我們吵醒了你，那真是抱歉，莫拉。」他說。

「我都不曉得你要來學校。」

「只是來處理幾件事。」他微笑，是那種謹慎的、硬撐出來的笑。她感覺到走廊裡有一種不太愉快的緊張氣氛。她從葛佛瑞・鮑姆的臉看得出來，也從桑索尼此刻對待她那種冷漠的疏遠感覺得出來。他向來不是個公然表示溫暖的人，過去有好幾次，她甚至疑心他不喜歡她。今夜他的那種冷淡態度，比以往更加難以理解。

「我有事得跟你談，」她說，「關於朱利安的。」

「當然，明天早上可以嗎？我會待到下午。」

「你只待這麼短的時間？」

他歉意地聳聳肩。「我真希望能待久一點。不過你有任何問題，隨時都可以跟葛佛瑞・鮑姆校長談的。」

「你有什麼擔憂嗎，艾爾思醫師？」鮑姆校長問道。

「是的。有關朱利安來到這裡的原因。晚禱學校跟其他寄宿學校不一樣，對吧？」

她看到兩個男人彼此交換一個眼色。

「這個話題最好留到明天討論。」桑索尼說。

「在你離開之前，我真的必須跟你談這件事。」

「會的，我保證。」他匆匆點了個頭。「晚安，莫拉。」

她關上門，想不透他為什麼這麼疏遠。兩個月前他們才談過話，當時他送朱利安去她家小住，順便進去坐一下。他們流連在門廊，彼此微笑，當時他似乎很捨不得離開。或者那是我想像的？我對男人從來沒有聰明過嗎？

她以前的紀錄當然很悲慘。過去兩年，她跟一個她永遠不可能擁有的男人陷入一場戀情中。明明知道收場會很糟糕，但她還是像犯了毒癮般無法抗拒。陷入愛河就是這樣，你的腦袋就像被藥物影響。腎上腺素和多巴胺，催產素和血清素。被詩人們歌頌的愛情，只不過是化學物質引起的瘋狂。

這一回，我發誓我會聰明點。

她回到窗前，想拉上窗簾遮住月光——月光，又是另一個被詩人們歌頌的瘋狂來源。只不過她摸到窗簾時，又想起早先看到的那個人影。於是她往下望著花園，只看到一座座雕像靜立在陰影和月光形成的銀色風景中。沒有什麼移動的身影。

那個女孩離開了。

◆

或者那女孩真的出現過嗎？次日早晨莫拉望著窗外同樣的風景，心裡納悶著。此時一個園丁在下頭的花園中，正在用大剪刀修剪樹籬。一隻公雞啼叫，響亮又起勁，宣示著主權。這似乎是個再正常不過的早晨，陽光照耀，公雞不斷啼叫。但昨夜，在月光下，一切似乎都好不真實。

有人來敲她的門。是莉莉．索爾，她開心地向她招呼：「早安！我們要在珍奇室開會，希望你加入。」

「什麼會議？」

「要處理你對晚禱學校的憂慮。安東尼說你有些問題，我們已經準備好要回答了。」她目光示意著樓梯。「就在樓下，圖書館對面。會有咖啡等著我們。」

莫拉走進珍奇室時，發現等著她的不光是咖啡。沿牆排列的玻璃櫃裡充滿了各種手工藝品：小雕像和古代石器，箭鏃和獸骨。發黃的標籤顯示這是一批古老的收藏，或許是西瑞爾・麥格納斯本人擁有的。換了任何時間，她都會流連不去、好好欣賞這些珍貴的寶物，但眼前，已經有五個人圍著橡木大桌就座，她得專心面對他們。

桑索尼從座位上站起來說：「早安，莫拉。我們的校長葛佛瑞・鮑姆你已經認識了。坐在他旁邊的是杜普勒賽女士，她是文學老師。接下來是我們的植物學教授大衛・佩斯昆托尼歐。另外這位是安娜・維勒芙醫師，我們的駐校心理醫師。」他指著自己右邊一位微笑的大骨架女人。維勒芙醫師年紀六十出頭，一頭捲曲的銀髮亂糟糟，身上穿著高領的老奶奶連身裙，看起來像個老嬉皮。

「艾爾思醫師，請不要客氣，」鮑姆校長說，指著裝咖啡的玻璃壺以及放著可頌麵包和果醬的托盤。「自己來吧。」

莫拉在鮑姆校長旁邊坐下來，莉莉把一杯冒著蒸氣的咖啡放在她面前。那可頌麵包看起來酥脆可口，非常誘人，但莫拉只喝了口咖啡，就把注意力放在桑索尼身上，他坐在大桌另一頭，面對著她。

「你對我們學校和我們的學生有些問題，」他說，「這些就是可以回答你的人。」他朝其他同事點了個頭。「你有什麼憂慮，就請說吧，莫拉。」

他那種不尋常的正式口吻讓她心裡很忐忑；而眼前的狀況也讓她不安：周圍環繞著放在玻璃櫥裡的珍奇物品，以及她才剛認識的人。

「不是。」

她用同樣正式的口吻回答他：「我不認為晚禱學校適合朱利安。」

鮑姆驚訝地揚起一邊眉毛。「他說他在這裡不快樂嗎，艾爾思醫師？」

「那你認為他不快樂嗎？」

她頓了一下才回答：「不是。」

「那麼你擔心的是什麼呢？」

「朱利安跟我談了他的同學。他說有些人因為暴力的原因而失去了家人。這是真的嗎？」

鮑姆點點頭。「很多學生都是。」

「很多？或是大部分？」

他讓步地聳聳肩。「大部分。」

「所以這是一所專收被害者的學校。」

「啊，親愛的，不是被害者。」維勒芙醫師說，「我們願意把他們想成倖存者。他們來到這裡是有特殊需要的。我們也完全知道如何協助他們。」

「這就是為什麼你會在這裡嗎，維勒芙醫師？為了處理他們感情上的需要？」

維勒芙醫師遷就地朝她露出微笑。「大部分學校都有心理輔導老師。」

「但他們的教職員裡頭不會有心理諮商師。」

「沒錯。」維勒芙醫師看看其他同事。「我們可以很自豪地說，在這方面我們很獨特。」

「獨特，是因為你的專長是輔導受到心理創傷的兒童。」她看著桌邊的其他人。「事實上，這些學生就是你招收來的。」

「莫拉，」桑索尼說，「全國各地的兒童保護機構會把小孩送來這裡，是因為我們能提供其他學校做不到的。一種安全感，一種秩序。」

「還有一種人生的意義？這就是你們真正想灌輸給他們的嗎？」她看著桌邊那六張望著她的臉。「你們全都是梅菲斯特俱樂部❷的成員。對吧？」

「或許我們可以回到原來的主題上？」維勒芙醫師建議道，「然後專注在我們晚禱學校所做的事情。」

「我就是在談晚禱學校。有關你們如何為了你們那個組織的偏執狂任務，利用這個學校去招募新兵。」

「偏執狂？」維勒芙醫師驚訝地大笑一聲。「根據我的診斷，這個房間裡的任何人都不會是偏執狂。」

「梅菲斯特俱樂部相信邪惡是真實存在的。你們相信人類本身正遭受到攻擊，而你們的任務就是予以捍衛。」

「你認為我們在這裡做的就是這個嗎？訓練魔鬼獵人？」維勒芙醫師好笑地搖著頭。「相信我，我們的角色一點都不抽象。我們協助兒童從暴力和悲劇中復元。我們給他們結構、安全，以及非常傑出的教育。我們讓他們準備好上大學，或是去達成任何可能的目標。你昨天去旁聽過佩斯昆托尼歐教授的課，也看到了那些學生有多麼投入，即使是像植物學這樣的科目。」

「他展示有毒植物給他們看。」

「而這正是他們感興趣的原因。」佩斯昆托尼歐說。

「因為背後的意思就是謀殺？哪種植物可以用來殺人？」

「那是你的詮釋。其他人會認為這是在教導安全。教他們如何辨識可能傷害他們的植物，並且避開。」

「你們這裡還教了什麼？彈道學？血跡噴濺痕？」

佩斯昆托尼歐聳聳肩。「這兩者在物理學課堂上教，都不算牽強。你反對的理由是什麼？」

「反對你們利用這些小孩，去達到自己的目的。」

「對抗暴力？對抗讓人們自相殘殺的邪惡？」佩斯昆托尼歐嗤之以鼻。「你講得好像我們是在促銷毒品，或是訓練幫派分子似的。」

「我們在協助他們痊癒，艾爾思醫師，」莉莉說，「身為犯罪被害人，我們知道那是什麼滋味。我們協助他們在痛苦中找到目標。就像我們一樣。」

我們知道那是什麼滋味。沒錯，莉莉・索爾當然知道；她失去了家人，因為謀殺。而桑索尼

---

❷詳見本書作者前作《梅菲斯特俱樂部》。

失去了父親，也是因為謀殺。

莫拉看著那六張臉，因為理解而感覺到一股寒意。「你們全都失去了某個人。」她說。

葛佛瑞・鮑姆校長哀傷地點了個頭。「我太太，」他說，「在柏林被搶劫。」

「我妹妹，」杜普勒賽女士說，「在底特律被強暴並勒死。」

「我丈夫，」維勒芙醫師輕聲說，頭低了下來。「在布宜諾斯艾利斯被綁架並謀殺。」

莫拉轉向佩斯昆托尼歐，他正沉默地往下看著桌面。他沒回答這個問題；沒有必要。因為他臉上的表情已經回答了。莫拉忽然想到自己的孿生姊妹，幾年前才被謀殺。而莫拉明白：我屬於這個圈子。就像他們一樣，我也在哀悼某個因為暴力而喪生的親人。

「我們了解這些孩子，」維勒芙醫師說，「這就是為什麼晚禱是最適合他們的地方。或許也是唯一適合他們的地方。因為他們是我們其中的一分子。我們全都屬於同一個大家庭。」

「被害者的大家庭。」

「不是被害者。我們是活著的人。」

「雖然你們的學生是倖存者，」莫拉說，「但他們也是小孩。他們無法為自己做選擇。他們無法反對。」

「反對什麼？」

「反對加入你們這個軍隊。那就是你們自以為的，一支正義的軍隊。你們聚集傷兵，把他們改造成戰士。」

「我們培育他們。給他們一個扭轉逆境、重新站起來的方法。」

「不，你們把他們聚集在這個他們絕對無法遺忘的地方。你們讓這些小孩環繞著其他被害人，也就奪走了他們像其他小孩那樣看待這個世界的機會。他們沒看到亮光，只看到黑暗。他們看到的是邪惡。」

「因為邪惡的確存在。」佩斯昆托尼歐低聲說。他駝背坐在椅子上，腦袋低垂。「邪惡的證據來自他們的人生。他們看到了邪惡，是因為他們原先就曉得邪惡的存在。」他緩緩抬起頭，蒼白而濡溼的雙眼看著莫拉。「就像你一樣。」

「不，」她說，「我在工作上所看到的，是暴力的結果。你所稱為的邪惡，只不過是一種哲學辭彙。」

「隨你怎麼稱呼。這些小孩知道真相。因為那深深烙印在他們的記憶裡了。」鮑姆校長通達地說。「我們提供他們知識和技巧，好讓他們對世界有所影響。我們啟發他們採取行動，就像其他私立學校所做的一樣。軍校教導紀律。宗教學校教導虔誠。大學預校強調學業。」

「那晚禱學校呢？」

「我們教導適應力，艾爾思醫師。」鮑姆校長回答。

莫拉看著周圍的那六張臉，他們全都是佈道者。他們召募受傷而脆弱的孩子，而這些孩子根本沒有選擇。

她站起來。「朱利安不屬於這裡。我會幫他再找另一所學校。」

「恐怕這由不得你決定，」維勒芙醫師說，「你沒有那個男孩的法定監護權。」

「我會向懷俄明州政府申請法定監護權的。」

「我知道你六個月前就有這個機會，但是你拒絕了。」

「這裡是適合他的地方，莫拉，」桑索尼說，「把他帶離晚禱學校會是個錯誤，你會後悔的。」他那是警告的口氣嗎？她設法觀察他的臉，但就像之前太多次，她解讀失敗了。

「這件事應該由朱利安決定，你不覺得嗎？」維勒芙醫師說。

「是的，當然應該由他決定，」莫拉說，「但是我會告訴他我對這件事的想法。」

「那麼我建議你先花一點時間，了解一下我們在這裡做了些什麼。」

「我的確了解。」

「你昨天才剛到，艾爾思醫師，」莉莉說，「你還沒看到我們提供給這些孩子的一切。你沒走進過我們的森林，沒看過我們的馬廄和農場，沒觀察到他們在這裡所學習到的一切技能。從箭術到培育自己的食物到學習野外求生。我知道你是個科學家。那麼你做決定時，不是應該以事實為基礎，而非感情嗎？」

這讓莫拉遲疑了，因為莉莉說得有道理。她還沒探索過晚禱學校的種種。她不曉得朱利安是否有其他更好的選擇。

「給我們一個機會吧，」莉莉說，「花時間認識我們的學生，你就會明白晚禱學校是個可以幫助他們的地方。比方說，我們才剛收了兩個新學生。兩個人都是從各自的大屠殺中倖存的。先是他們的親生父母被殺害，然後是他們的養父母被殺害。想像一下他們的傷口會有多深，兩度成為孤兒，兩度成為倖存者。」莉莉搖頭。「我不曉得還有哪個學校，能像我們這麼了解他們的痛苦。」

兩度成為孤兒。兩度成為倖存者。「這兩個小孩，」莫拉輕聲說，「他們是誰呢？」

「他們的名字不重要，」維勒芙醫師說，「重要的是他們需要晚禱。」

「我要知道他們的名字。」莫拉的口吻很嚴厲，似乎讓所有人都吃了一驚。

大家沉默一會兒，然後莉莉問：「他們叫什麼名字，有什麼差別呢？」

「你剛剛說，有兩個學生是這樣。」

「一個男孩和一個女孩。」

「他們兩人的案子有關嗎？」

「沒有。威爾是從新罕布夏州來的。克蕾兒則是來自紐約州的易薩卡。你為什麼問這個？」

「因為我才剛在波士頓幫一家人做過解剖驗屍，他們在家中被入侵的歹徒殺害。屋子裡還有一個倖存者，是他們的養子。那個男孩十四歲，兩年前才因為家人被屠殺而成為孤兒。」她看著在場那些震驚的臉。「他就像你們的這兩個學生。兩度成為孤兒。兩度成為倖存者。」

10

在這個地方碰面真奇怪。

珍．瑞卓利站在人行道上看著那家店，不透光的窗戶上印著金色店名「阿拉伯之夜」，底下畫了個穿著寬鬆紮腳褲的豐滿女人。店門忽然打開，一個男人踉蹌走出來。他搖晃了一會兒，在白晝的亮光下瞇著眼睛，然後腳步不穩地沿著街道往前走，留下一股酒臭味。

珍走進店裡時，一股更強烈的酒精味迎面撲來。裡面暗得要命，她只能勉強看到兩個男人的輪廓弓身坐在吧檯，喝著他們的酒。俗豔的靠枕和駱駝鈴裝飾著天鵝絨椅墊的雅座，她還半期待會有個肚皮舞孃端著一托盤的雞尾酒出來。

「要喝什麼，小姐？」那酒保朝她喊道，吧檯那兩個顧客轉過來瞪著她。

「我來這裡找人的。」她說。

「我猜你是要找後頭雅座的那個傢伙吧。」

一個聲音喊著：「我在這裡，珍。」

她朝酒保點了個頭，走向後頭的雅座，她父親坐在那裡，幾乎淹沒在厚厚的天鵝絨靠枕堆裡。一杯看起來是威士忌的酒放在他面前的桌上。現在還不到五點，他就已經開始喝酒了，她以前從沒看他做過這種事。不過話說回來，法蘭克．瑞卓利最近做的很多事，她以前也從沒見過。

比方拋棄他的妻子。

她滑進他對面的椅子，坐在滿是灰塵的天鵝絨椅墊上，打了個噴嚏。「爸，我們幹嘛約在這裡見面？」

「這裡很安靜，是談話的好地方。」

「這裡就是你常來的地方？」

「最近是。你要喝杯酒嗎？」

「不用了。」她看著他面前那個玻璃杯。「那是怎麼回事？」

「威士忌。」

「不，我的意思是，你還不到五點就喝酒？」

「誰規定五點前不能喝酒的？五點有什麼神奇的魔力？總之，你知道吉米．巴菲特唱的那首歌。在這世界上，總有某個地方是五點的。真聰明啊，這傢伙。」

「你現在不是應該在上班嗎？」

「我請了病假。去告我啊。」他喝了一口威士忌，但好像喝得並不開心，然後放下杯子。

「你這陣子很少跟我聊天了，珍。我很難過。」

「你變得我都不認識了。」

「我是你父親。這一點沒有變。」

「是啊，但是你就像個外星人複製的豆莢人，只有我爸的外表而已。你會做一些我爸——以前的老爸——不會做的事情。」

他嘆了口氣。「荒唐。」

「你的確是很荒唐。」

「不，我是認真的。我是色迷心竅了。都怪他媽的荷爾蒙。」

「我以前的老爸不會講粗話的。」

「你以前的老爸比現在聰明多了。」

「是嗎？」她往後靠坐，喉嚨被天鵝絨椅墊揚起的灰塵搞得好癢。「這就是為什麼你想再跟我重新聯繫嗎？」

「我從來沒有跟你切斷，是你切斷的。」

「你都跑去跟另一個女人同居了，要保持聯繫真的很困難。你常常好幾個星期連個電話都懶得打，根本不管我們的死活。」

「我不敢打。你們都太氣我了。而且你站在你媽那一邊。」

「你能怪我嗎？」

「你有雙親，珍，兩個都是你的父母。」

「而其中之一遺棄我們了。傷透了老媽的心，然後跟一個無腦波霸跑了。」

「我覺得你媽看起來不怎麼傷心。」

「你知道她花了多少個月，才能變成現在這樣？有多少個夜晚她哭得眼睛都快瞎了？你跟那個叫什麼來著的女人跑去參加派對時，老媽就在家裡想著靠自己要怎麼活下去。結果她辦到了。真的很了不起，她靠自己站了起來，而且過得不錯。事實上，是過得非常棒。」

那些話像是一記重拳狠狠打中法蘭克・瑞卓利。即使是在那個雞尾酒吧的昏暗燈光裡，珍還是看得到他的臉一垮，雙肩往前縮。他的頭埋在雙手裡，她聽到了像是啜泣的聲音。

「爸？爸。」

「你得阻止她。她不可以嫁給那個人，不可以。」

「爸，我──」珍往下看了一眼腰帶上震動的手機。區域號碼是緬因州的，但電話號碼她不認得。她讓電話轉到語音信箱，專注在她父親身上。「爸，發生了什麼事？」

「我做錯了。但願我能讓時光倒流……」

「我以為你跟那個叫什麼來著的女人訂婚了。」

他深吸一口氣。「珊蒂取消婚約了，把我趕出來。」

珍沒吭聲。一時之間，唯一的聲音就是冰塊的吭噹聲和吧檯那邊雞尾酒搖酒器的撞擊聲。

她父親垂著頭，喃喃對著自己的胸膛說：「我就住在轉角的一家便宜旅館。這就是為什麼我跟你約在這裡碰面，因為這裡是我現在常來的地方。」他不敢置信地笑了一聲。「操他媽的阿拉伯之夜雞尾酒吧！」

「你們兩個之間發生了什麼事？」

他抬起眼睛看著她。「生活。無聊。我不曉得。她說我不了解她。說我一副老古董的作風，希望每天晚上有人幫我做飯，那她算什麼，女僕？」

「或許你現在懂得欣賞老媽了。」

「是啊。唔，論做菜，沒人敵得過你老媽，這點很確定。所以或許我的確不公平，期望珊蒂也能做到。但是她不必補我一刀，你知道？說我老。」

「哎呀，你一定很火大。」

「我才六十二歲！只因為她比我年輕十四歲，並不表示她就是青春辣妹。但是她就是這麼看我的，老得配不上她。老得不值得……」他又再度把臉埋在雙手裡。

當慾望褪淡，你就會在大白天的嚴酷光線下，用新的眼光看到當初令你興奮的情人。珊蒂・霍夫頓一定是有天早晨醒來，看著法蘭克・瑞卓利，注意到他臉上的皺紋，他鬆垮的下巴垂肉。當荷爾蒙耗盡，剩下的就是六十二歲，還有肥肉和禿頭。她搶走了另一個女人的丈夫，現在她想把球丟回去。

「你得幫幫我。」他說。

「你需要錢嗎？」

他猛地抬頭。「不，我不是要你給我錢！我有工作，我要你的錢幹嘛？」

「那你需要什麼？」

「我要你跟你媽談。告訴她我很抱歉。」

「你應該親口跟她講。」

「我試過，但是她不想聽我把話講完。」

珍嘆氣。「好吧。我會告訴她的。」

「另外……問她我什麼時候可以回家。」

她瞪著他。「你在開玩笑吧？」

「你那是什麼表情？」

「你希望媽讓你搬回去住？」

「那房子有一半是我的。」

「你們會殺了對方。」

「你認為讓你爸媽復合是個壞主意？一個做女兒的，怎麼講得出這種話？」

她深吸一口氣，然後緩慢而清楚地說了。「所以你希望回到媽身邊，回到你們以往的樣子。這就是你的意思嗎？」她揉揉太陽穴。「要命啊。」

「我希望我們再度成為一家人。她、我、你，還有你哥哥和弟弟。一起過聖誕節和感恩節。美好的節日，美好的大餐。」

主要是美好的大餐。

「法蘭基支持我，」他說，「他希望我們復合。麥克也是。我只需要你去跟你母親談，因為她會聽你的。你叫她重新接納我，跟她說這樣才是應該的。」

「那考薩克怎麼辦？」

「誰鳥他啊？」

「他們訂婚了，現在正在籌備婚禮。」

「她還沒離婚。她還是我老婆。」

「那只是簽個字的問題而已。」

「那是關於家庭的問題。關於什麼才正確的問題。拜託，珍，你去跟她談。我們就可以恢復以往的瑞卓利一家了。」

瑞卓利一家，她想著這表示什麼意思。那是過往歷史，一起度過的每個假日和生日。這些記憶是其他人都不能分享的。其中有一種神聖性，不應該輕易拋棄，她也曾感傷地哀悼他們失去的。現在他們一家又可以重新修復，變得完整了，媽和爸又在一起，就像以往一樣。法蘭基和麥克希望這樣，她爸希望這樣。

那她母親呢？她希望怎樣？

她想到安琪拉開心展示給她看的那件粉紅色塔夫綢伴娘禮服。想起上一回她和嘉柏瑞去她母親家吃晚飯，當時安琪拉和考薩克像少男少女似的咯咯笑，兩人偷偷在桌子底下碰腳調情。這會兒她看著桌子對面的父親，想不起他什麼時候曾跟母親碰腳調情，或是咯咯笑，或是拍安琪拉的屁股。她只看到一個疲倦而挫敗的男人，押注在一個古怪的金髮女身上，結果輸了。要是我是老媽，我會重新接納他嗎？

「小珍？幫我跟她談吧。」他懇求。

她嘆氣。「好吧。」

「趁早去談，免得她跟那個混蛋黏得更緊。」

「爸，考薩克不是混蛋。」

「你怎麼能這麼說？他走進來，拿走了不屬於他的東西。」

「他走進來，是因為那裡有空缺。你離開之後，很多事情改變了，這個你應該知道吧？媽改變了。」

「而我希望她回到以前的樣子。你去告訴她，我會盡力讓她快樂。說一切都會回到像以前那樣。」

珍低頭看了一眼手錶。「晚餐時間，我得走了。」

「你保證你會幫老爸做這件事？」

「是，我保證。」她滑出座位，很高興脫離那些滿是灰塵的椅墊。「你自己保重。」

他朝她微笑，是她進來以後第一次看到他笑，法蘭克・瑞卓利露出一絲昔日的趾高氣揚。老爸重新收復他的領土。「我會的。現在我知道一切都會沒事的。」

我可不敢指望，她心想，走出阿拉伯之夜。她很擔心要跟安琪拉進行的談話，擔心母親的反應。她大概會吼她。無論她母親怎麼決定，總有人會受傷，不是考薩克就是她爸。而珍才剛剛習慣把考薩克想成這個家的一分子。他是個大塊頭男人，有寬大的心胸，而且深愛安琪拉，這一點毫無疑問。你會怎麼選擇，媽？

她不斷想像著這段談話，一路到家，始終心情低落地吃晚餐、幫瑞吉娜洗澡，然後例行性讀故事書，睡前親五下。等她終於關上瑞吉娜的臥室門，走到廚房去打電話給安琪拉時，感覺上像是死刑犯要走向行刑室。她拿起電話，又掛上，然後嘆息一聲，在一張餐椅上坐下。

「你明知道你爸在操弄你，」嘉柏瑞說著關上洗碗機，開始洗碗。「你不必做這件事，珍。」

「我已經跟我爸保證，說會打給她的。」

「他完全可以自己打給安琪拉，這樣逼你當中間人是不對的。他們的婚姻是他們的事情。」

她哀嘆一聲，頭埋在雙手裡。「所以也就成了我的事情了。」

「我就老實說吧，你爸是懦夫。他自己搞出了大紕漏，現在卻希望你去收拾。」

「如果我是唯一能收拾的人呢？」

嘉柏瑞也在餐桌旁坐下來。「所以你要去說服你母親重新接納他嗎？」

「我不曉得怎麼做才是最好的。」

「你母親必須做出選擇。」

珍抬起頭看著他。「你認為她該怎麼做？」

他思索著這個問題，同時背景有洗碗機的呼嘘聲和嗡嗡聲。「我想她現在似乎很快樂。」

「所以你是支持考薩克了。」

「他是個很不錯的人，珍。他對她很好，不會傷害她。」

「但他不是我爸。」

「而這就是為什麼你不該介入。你父親現在逼著你要選邊站，這樣做是不對的。看看他現在害你多為難。」

過了一會兒，她坐直身子。「你說得對。我不該非得去做這件事。我要告訴他，叫他自己打給我媽。」

「不要覺得有罪惡感。如果你媽想聽你的建議，她會開口問你的。」

「是啊，我會告訴他。好，我來查他的新電話號碼。」她伸手到皮包裡，找出手機來。此時她才注意到螢幕上有新的訊息：您有一則語音留言。是她和她父親交談時打來的那通電話。

她播放留言，聽到了莫拉的聲音：

……兩個這裡的小孩，一個叫克蕾兒．沃德的女孩，還有一個叫威爾．雅布朗斯基的男孩。珍，他們的故事跟泰迪．克拉克很像。親生父母都是兩年前被殺害。養父母上個月又被謀殺。我不曉得是不是有關，不過真的太詭異了，你不覺得嗎？

珍又把留言重聽了兩次，然後撥了莫拉打來的那個號碼。

響了六聲後，一個女人接了電話：「晚禱學校。我是維勒芙醫師。」

「我是波士頓市警局的珍．瑞卓利警探。我想聯絡莫拉．艾爾思醫師。」

「恐怕她去湖邊划船了。」

「那我打她的手機。」

「這邊收不到手機訊號。所以她才會用我們的市內電話打出去。」

「那麼請她有空回電給我。謝謝。」珍掛斷電話，盯著她的手機一會兒，暫時忘了有關她父母的種種想法。現在她滿心想著泰迪．克拉克。摩爾曾說他是全世界最不幸的男孩。但現在她知道有另外兩個小孩就跟他一樣。三個不幸的小孩。或許還有更多她不知道的、在其他城市被收養的子女，現在正在被追獵。

「我得出去。」她說。

「怎麼回事？」嘉柏瑞問。

「我得去看泰迪．克拉克。」

「有什麼麻煩嗎？」

她抓了車鑰匙，朝門走去。「希望沒有。」

等到她來到泰迪被暫時安置的郊區寄養家庭時，天已經黑了。白色殖民風格的老房子維護得很好，跟馬路隔著一段距離，屋外有幾棵枝葉茂密的樹。珍把車子停在車道上，然後下了車。這是個溫暖的夜，空氣裡有剛割過的青草氣息。這條馬路很冷清，偶爾有一兩輛車子經過。隔著那些樹，她幾乎看不見隔壁人家屋子裡的光。

她爬上通往前廊的階梯，按了門鈴。

南西．伊尼戈太太來應門，用一條洗碗巾擦著手。她微笑的臉上沾著麵粉，灰色頭髮綁成一條鬆鬆的髮辮。屋裡飄出肉桂和香草的氣味，珍聽到幾個女孩的笑聲。

「你趕到這裡的速度破紀錄了，警探。」南西說。

「真是對不起，希望我剛剛的電話沒害你擔心。」

「不，我跟女孩們正在烤餅乾，開心得很。第一批餅乾剛出爐。進來吧。」

「泰迪還好嗎？」珍輕聲問，一面走進門廳。

南西嘆了口氣。「他又躲在樓上了。不想跟我們待在廚房。他來到這裡之後就都這樣。吃晚餐，然後就回他房間關上門。」她搖搖頭。「我們問過心理醫師，看是不是該哄他出來，或許不准他用電腦，逼他參加我們的家庭活動，但是心理醫師說現在太快了。或許泰迪只是不想跟我們混太熟，因為上回他所碰到的……」南西暫停。「總之，派屈克和我就決定慢慢來吧。」

「派屈克在家嗎？」

「不在，他去參加崔佛的足球練習了。有四個小孩要忙，沒有一刻閒著的。」

「你們兩位真的很了不起，你知道嗎？」

「我們只是喜歡身邊有小孩，如此而已，」南西說著笑了起來。她們走進廚房，兩個身上沾了麵粉、年約八歲的女孩正用餅乾模壓著一大片麵團。「一旦開始收養小孩，我們好像就停不下來了。你知道我們就要去參加第四個孩子的婚禮嗎？下個月派屈克又要陪一個養女走上紅毯了。」

「那你們的孫子女加起來可就多了。」

南西咧嘴笑了。「我們也是這樣想的。」

珍看了一圈廚房，料理台面上放滿了學校作業、課本和散落的信件。一個忙碌家庭的愉快混亂。但她想像得到這種正常可能轉瞬就消失。以往她曾站在很多濺血的廚房裡，片刻間，她想像著那些廚櫃也濺上了鮮血。她眨眨眼，那些血不見了，她再度看到那兩個八歲的女孩，用黏答答的雙手壓出星形餅乾。

「我去樓上看泰迪。」她說。

「上樓之後，右手邊的第二個臥室。門關上的那間。」南西又把另一盤餅乾放進烤箱，然後轉頭來看著她。「務必先敲門，這一點他非常在意。另外如果他不想跟你講話，也別太驚訝。給他一點時間吧，警探。」

我們可能沒有太多時間了，她爬上樓梯來到二樓，心裡一面想著，因為已經有其他寄養家庭遭受到攻擊了。她在男孩的房間外暫停一下，想聽聽看裡面或許有收音機或電視的聲音，但結果只聽到一片寂靜。

她敲了門。「泰迪？我是瑞卓利警探。我可以進來嗎？」

過了一會兒，門鎖發出喀啦一聲，門打開來。泰迪那張貓頭鷹似的白臉從門縫中打量著她，雙眼迅速眨動著，眼鏡歪到一邊，好像才剛睡醒似的。

她進入房間時，他只是沉默地站在那裡，穿著寬鬆T恤和牛仔褲的身子瘦得像稻草人。這是個討人喜歡的房間，牆壁漆成檸檬黃，窗簾上印著非洲大草原的景色。書架上有適合各種年齡的童書，牆壁上掛著幾張芝麻街角色的歡樂海報，對於一個像泰迪這麼聰明的十四歲男孩來說，這樣的佈置絕對是太幼稚了。珍很好奇之前曾有多少受過創傷的兒童住過這個房間，曾在這個伊尼戈夫婦創造出來的安全世界裡得到撫慰。

泰迪還是沒有說話。

她在一張椅子上坐下，旁邊就是泰迪的筆記型電腦，螢幕保護程式正繪製著幾何線條。「你過得怎麼樣？」她問。

他聳聳肩。

「你要不要坐下來，我們才好講話。」

他順從地坐在床緣，縮著雙肩，彷彿想把自己盡可能縮小，盡量不惹人注意。

「你喜歡住在南西和派屈克這裡嗎？」

他點頭。

「你需要什麼嗎？我可以帶來給你。」

他搖頭。

「泰迪，你有什麼話想說嗎？」

「沒有。」

至少他說了話，雖然只有一個詞。

「好吧，」她嘆氣。「那或許我該直接進入正題。我得問你一些事。」

「我記得的全都告訴你了，」他整個人似乎朝內縮得更深，朝著胸口咕噥道，「其他的我真的都不曉得。」

「而且你的確幫了我們，泰迪。真的。」

「但是你們沒抓到他，對吧？所以你希望我告訴你更多。」

「我要問的跟那一夜無關，甚至跟你也無關。而是跟另外兩個小孩有關。」

他緩緩抬起頭看著她。「我不是唯一的一個？」

她凝視著他的眼珠，顏色淡得簡直像是透明的，彷彿她可以看穿他。「你認為還有其他小孩跟你一樣？」

「不曉得。不過你剛剛說還有另外兩個小孩。他們跟我有什麼關係？」

那男孩雖然話不多，但顯然他很認真在聽，而且比她原以為的更了解她的意思。「我不確定，泰迪。或許你可以幫我回答這個問題。」

「那兩個小孩是誰？」

「女孩名叫克蕾兒．沃德。你聽過這個名字嗎？」

他思索了一會兒，廚房傳來烤箱門砰地關上的聲音，兩個女孩尖叫，快樂家庭的聲音。但在這個房間裡卻是一片沉默，泰迪坐在那邊思考。最後，他輕搖了一下頭。「我不認為聽過。」

「你不確定？」

「什麼事都有可能，我爸以前總是這麼說。但是我沒辦法確定。」

「另外有個男孩，名叫威爾．雅布朗斯基。你有印象嗎？」

「他的家人也死了？」

他的聲音好輕，卻讓她心疼極了。她挪到他旁邊坐下，一隻手臂攬著他瘦得可憐的肩膀。他只是僵硬地坐在她旁邊，彷彿不得不忍受她的碰觸。他們並肩坐在床緣，她的手臂無論如何還是攬著他，兩個無言的同伴團結在一起，因為一樁兩人都無法解釋的悲劇。

「那個男孩還活著嗎？」泰迪輕聲問。

「是的，還活著。」

「那個女孩呢？」

「他們兩個現在都很安全。你也是，我保證。」

「不，我不安全。」他看著她，眼神清晰而堅定，聲音非常冷靜。「我會死的。」

「別這麼說，泰迪。不會的，而且——」

她講到一半停下來，因為燈光忽然熄滅。在黑暗中，她聽到那男孩的呼吸聲響亮又急速，感覺到自己的心臟也跳得好快。

南西．伊尼戈在廚房朝樓上喊：「瑞卓利警探？我想一定是保險絲燒壞了。」

當然是這樣，珍心想。燒斷了一根保險絲。這類事情總是會發生的。

一個打破玻璃的聲音讓珍跳起來。片刻間她就打開槍套，葛洛克手槍握在手裡。

「南西！」她喊道。

狂亂的腳步聲奔上樓來，兩個女孩衝進房間，後頭跟著南西．伊尼戈太太更沉重的腳步聲。

「是屋子正面的玻璃被打破！」南西說，她的聲音幾乎被兩個女孩驚慌的哭聲壓過。「有人闖進來了！」

而他們都被困在樓上。唯一的脫逃出口就是泰迪的窗子，但是要從二樓跳下去。

「最接近的電話在哪裡？」珍低聲問。

「樓下，在我的臥室裡。」

珍的手機放在皮包裡，剛剛留在廚房了。

「待在這裡，鎖上門。」珍下令道。

「你要做什麼？警探，別離開我們！」

但是珍已經走出房間。她聽到門在後頭輕輕關上，聽到南西按下了鎖釦。那鎖幾乎是沒用的；闖入者大概只要耽誤幾秒鐘，就能踢開這道薄薄的門了。

但首先，他得經過我這關。

她手裡抓著槍，悄悄沿著黑暗的走廊往前。不論打破窗子的人是誰，現在都靜默無聲。她只聽到自己的心跳和耳朵裡血液奔流的聲音。走到樓梯頂，她停下腳步蹲低身子。她只能走到這裡。想在黑暗中偷偷靠近兇手就太笨了，而且她最優先的任務就是保護南西和孩子。不，她就在這裡等，等到兇手爬上樓梯時，再開槍擊倒他。*混蛋，到媽媽這邊來吧。*

她的雙眼終於適應了黑暗，可以看到樓梯欄杆的輪廓盤旋著往下沒入陰影中。唯一的亮光就是樓下一扇窗子透進來的微光。他人在哪裡？是男人嗎？她沒聽到聲音，沒聽到任何動靜。

或許他已經不在樓下了。或許他已經上了二樓，這會兒就站在我背後。

她恐慌地扭頭看，結果背後什麼人都沒有。

她的注意力又趕緊轉回樓梯，此時一輛駛近的車燈照著窗子。車門甩上，她聽到兒童的聲音，腳步聲奔上門前階梯。前門打開，一個人影站在門口。

「嘿，南西？怎麼都沒開燈？」他喊道，「我這裡有半支足球隊，等著要吃餅乾呢！」

小男孩們踩著重而響的腳步進門，那聲音像是一隻牛驚逃亂竄，他們在黑暗中又笑又叫嚷。

珍還蹲在樓梯頂端，緩緩放低槍。

「伊尼戈先生？」她喊道。

「哈囉？誰在那裡？」

「我是瑞卓利警探。你有手機嗎？」

「有啊。南西人呢？」

「我要你馬上打九一一。然後把那些男孩帶出屋子。」

11

樓下書房的窗子被打破了，玻璃散落在地板上，有如鑽石般發出光澤。

「入侵者顯然是從這裡進屋，」佛斯特說，「我們發現後門開了條縫，他大概是從那裡離開的。他一定是聽到伊尼戈先生到家，加上那些小孩的吵嚷聲，就趕緊跑掉了。至於弄熄燈，只要走進車庫，打開保險絲盒，關掉總開關就行了。」

珍蹲下來看著橡木地板，入侵者的鞋子留下了一個模糊的泥土印。隔著破掉的窗子，她聽到鑑識小組的人正在外頭檢查泥土上是否還有其他鞋印，車道上一輛巡邏車的無線電發出嘶嘶聲和爆擦音，這些聲音令人心安。然而當她看著地板上的那個鞋印，又感覺自己的心跳加快，想起自己在黑暗中的那種恐懼。*要是我有撂倒他的機會，那就好了。*

「他是怎麼找到那個男孩的？」她說，「要命，他怎麼會知道泰迪在這裡？」

「我們無法確定他的目標是泰迪。他可能只是隨便挑一棟房子而已。」

「拜託，佛斯特，」珍看著他的搭檔。「你真的相信是這樣嗎？」

佛斯特沉默了一會兒。「不。」他承認。

「總之，他曉得那個男孩在這裡。」

「這個資訊有可能是從社福單位洩漏出去的。或是波士頓市警局。各式各樣的地方都可能意外洩漏。或者行兇者也可能是今天晚上跟蹤你到這裡的。任何在上一個犯罪現場看到過你的人，都知道你在辦這個案子。」

珍努力回想著自己開車來伊尼戈家的一路上，是否有任何不尋常的事情發生，後照鏡裡是否出現過什麼特別的車頭大燈。但車頭大燈沒有名字，波士頓又到處都在塞車。如果有兇手跟蹤她，她心想，那他就認得我的車。而且知道我住在哪裡。

她聽到自己的手機響了，於是從皮包裡拿出來，看到緬因州的區域號碼，立刻知道是誰打來的。

「莫拉？」她接了電話。

「維勒芙醫師告訴我，說你聽到我的留話了。太巧了，不是嗎？又有兩個小孩跟泰迪·克拉克一樣。你覺得呢？」

「我覺得我們這裡有個狀況了。有個人剛剛來追殺泰迪。」

「又一次？」

「入侵者其實還進了屋。幸好，我碰巧人在這裡。」

「你還好吧？泰迪呢？」

「大家都沒事，不過行兇者跑掉了。現在我們得找個更安全的地方安置這個孩子。」

「我知道一個安全的地方，就是這裡。」

一名鑑識小組的技師走進來，珍沉默聽著他和佛斯特討論後門和窗框上的指紋。這樁攻擊讓她大為震驚，而且疑心起每個人來，即使是她共事的專業好手。如果我沒被人跟蹤，她心想，那麼一定有人洩漏了泰迪的下落。那個人此時此刻可能就在犯罪現場工作。

她走進浴室，關上門繼續講電話。「告訴我你那邊的狀況，」她說，「那裡安全嗎？」

「與世隔絕。有一條路進來，有大門。沿路都還設置了動作感應器。」

「周圍呢？」

「三萬英畝的私人林地。理論上是可以徒步悄悄走山路進來，但是最後你還是得進入校舍。前門很大，必須輸入密碼。所有的窗子都高於地面一段距離。此外，這裡有教職員。」

「幾個老師？是啊，還真令人放心呢。」

「他們有個林務員保護這片產業，而且他有武器。這個學校可以自給自足，有自己的農場和發電機。」

「不過，他們畢竟只是老師，不是保鏢。」

「珍，他們全都是梅菲斯特俱樂部的成員。」

這讓珍．瑞卓利暫停了一下。安東尼．桑索尼那個怪異的小團體追蹤世界各地的暴力犯罪活動，探索其中的模式，尋找邪惡真實存在、人類遭受到攻擊的證據。「你從沒告訴我，這個學校是他們經營的。」

「我也是來到這裡才發現的。」

「他們是陰謀論者。他們在每顆石頭下面都看得到妖怪。」

「或許這回他們是有道理的。」

「你別跟我談聖經那一套，拜託。」

「我不是在談魔鬼。現在的確有個狀況我們無法解釋，是跟這些小孩有關的。學校的心理醫師拒絕告訴我細節，因為她必須對病患的資訊保密。但是莉莉．索爾告訴我夠多關於克蕾兒和威爾的事情，讓我相信這件事有個模式。而對這三個小孩來說，最安全的地方可能就是晚禱學校。」

「一個由偏執狂團體所經營的學校。」

「就因為是偏執狂，所以是最完美的守衛者。他們挑選了這個偏遠的基地，就是因為便於防守。」

有人敲了浴室門一下。「瑞卓利？」佛斯特喊道，「社工人員要來帶走那個男孩了。」

「別讓任何人帶走他！」

「那我要怎麼跟她講？」

「先等我一下，我馬上就出來。」她的注意力回到電話上。「莫拉，我不確定我信任桑索尼和他那幫人。」

「他向來都能幫助我們度過難關，這一點你很清楚的。而且這些人有辦法動用的資源，也一定比波士頓警局來得多。」

而且這樣資訊就不會外洩了，珍心想。要把一個男孩藏起來，的確是沒有更好的地方了。

「那邊要怎麼去？」她問。

「這裡不好找。我得用電子郵件告訴你怎麼走。」

「那就寄過來吧。我晚一點再打給你。」她掛斷電話，走出浴室。

在客廳裡，那個等待的社工人員跟佛斯特站在一起。「瑞卓利警探，」她說，「我們已經安排好另一個地方——」

「我已經幫泰迪做了別的安排。」珍說。

那名社工人員皺起眉頭。「我以為是由我們來安排的。」

「泰迪有可能是今天晚上的目標。這表示接下來說不定還會有攻擊。你不希望有另一個寄養家庭被殺害，對吧？」

那女人一手摀住嘴。「啊老天。你真的認為……」

「一點也沒錯。」珍看著佛斯特。「你能不能找個安全的地方，讓伊尼戈一家今天晚上可以去住？我要帶走泰迪。」

「去哪裡？」

「稍後再打電話告訴你。我現在要上樓幫他收拾行李。然後他和我就要溜之大吉了。」

「你至少得給我一點暗示吧。」

她瞥了那名社工人員一眼，她正張嘴望著他們。「愈少人知道，就愈安全。」她說。對我們兩個來說，都是如此。

◆

珍在黎明中往北行駛，不時留意著後照鏡。在後座上，泰迪一路都在睡。他們只先去她的公寓暫停一會兒，讓她拿了衣服和盥洗用品扔進過夜包，然後就上路了。嘉柏瑞本來希望她先好好睡一夜，等到天亮再離開，但她急著想把泰迪帶離波士頓。

而且她絕絕對對不能讓他待在她家，或讓他靠近她的家人。她已經看過收留泰迪的人家發生了什麼事。死神似乎跟隨著這個男孩的足跡，一路揮著長柄大鐮刀，砍倒任何剛好在附近的人。她不希望那把血腥的長柄大鐮刀收走她最愛的兩個人。

所以她讓泰迪坐在她車子的後座，把他的袋子扔到後行李廂，凌晨一點半時，他們就往北離開波士頓。遠離她的家人。

在這麼早的凌晨時分，路上的車子不多，她只看到少數幾輛車子的大燈跟著她。她持續留意那些大燈是否還一直在後頭。剛過梭葛斯鎮，那對時髦的藍色鹵素燈轉向了。又過了四十公里，那對屬於一輛運動休旅車的大燈也離開。等到她開過基特里橋、進入緬因州，已經快凌晨三點了，後頭沒有任何車頭大燈，但她還是繼續留意後照鏡，繼續檢查是否有人追在後頭。

*兇手當時就在那兒，就在那棟房子裡。*她在樓下看到了他的鞋印，知道他在一樓到處都走過，但之前她守在樓梯頂端察看時，卻連個影子都沒看到。她蹲在那邊，等著他爬上樓梯，等了

有多久？當腎上腺素湧入你的血管，當你就要面對自己的死亡時，短短六十秒感覺上會像是一輩子。她很確定至少是五分鐘，或許更久。絕對足以讓他搜尋過一樓，把注意力轉往二樓。但是他沒上去，是什麼阻止了他？他感覺到有個警察就等在樓梯頂端嗎？他明白機率可能對自己不利，一個簡單的處決行動變成了一場棋逢對手的戰役，因為對手也跟他同樣致命？

她回頭看了一眼男孩。泰迪蜷縮著身子，細瘦的胳臂和雙腿都緊緊縮起來，整個人像個胚胎。他睡得很沉，就像大部分小孩那樣，沒有任何跡象顯示今夜的恐怖侵入了他的夢境。

等到太陽從一片逐漸散去的雲層後頭出現，她還在開車。她打開窗子，聞到潮溼的泥土氣息，看到太陽蒸發的水氣從柏油路面升起。她中間只停下來過一次，匆匆加油、喝咖啡、上廁所。不過泰迪從頭到尾都在睡。

即使有了咖啡因的刺激，她還是必須很努力才能保持清醒，設法專注於最後一段路程。她累得都忘了要照莫拉的吩咐，先打個電話過去。等到她想起來，掏出自己的手機，才發現收訊顯示格已經降到零，也沒辦法提醒校方她快到了。

無所謂；有人已經在上鎖的大門前等待了。那個擋住入口的男子有著熊一般的大塊頭，令人望而生畏，他穿著健行靴和褪色的牛仔褲。皮帶上垂掛著一把巨大的獵刀，致命的鋸齒在晨光中發亮。珍緩緩把車開到他面前才停下，但他沒有瑟縮，沒有讓到旁邊，而是照樣站在那裡，雙臂交抱在胸前，不動如山。

「請說出你來訪的目的，女士。」他說。

她皺眉看著他揹在肩上的那把複合弓和箭筒裡的幾根箭，很好奇自己是不是走錯路，或許不小心闖進了牛仔的領域。然後她往上看了一眼鍛鐵拱門上方，看到了晚禱的字樣。

「我是珍．瑞卓利警探，我跟校方約好了。」

他大步走到乘客座的車窗旁，朝裡看著那熟睡的男孩。「這位就是克拉克同學？」

「是的，我送他來這個學校。」

後座的泰迪終於醒轉，而當他看到車窗外那個野人正盯著自己，便警覺地叫喊起來。

「沒事的，小子。」這句話出自這麼一個模樣兇狠的男人，沒想到聲音卻是出奇地溫柔。

「我名叫羅門。我是學校的林務員，負責守護這裡的樹林，而且我也會守護你的。」

「你就是羅門先生嗎？」珍問。

「叫我羅門就行了。」他咕噥著打開大門。「往前開大約五公里，就會看到一片湖，再過去就是城堡。他們正在等你。」他揮手要她開進門。「開慢一點，不要撞到熊。」

她原以為他指的是朱利安．柏金斯養的那隻叫「大熊」的狗。但往前開了一百碼，她繞過樹林裡的一個彎後，猛地煞車，因為有一隻黑熊——真的熊——漫步穿過馬路，後頭跟著兩隻小熊，毛皮在陽光下鮮明油亮。

「這裡是什麼地方？」泰迪好奇地問。

「絕對不是大城市。」她看著那三隻熊進入樹林裡消失。「我都可以想像報紙上的標題了，」她咕噥說，「波士頓警察被熊吃掉。」

「熊不會吃人的。」

「你還真知道呢。」

「黑熊大部分是吃素的。」

「大部分？」

「大部分。」

「我可不敢放心。」她繼續往前開，很好奇還可能會有什麼驚喜從樹林裡冒出來。狼、美洲獅、獨角獸。在這種荒野地帶，有這樣濃密無法穿透的森林，似乎什麼東西都有可能出現。

在後座，泰迪現在很警覺地瞪著窗外，彷彿外頭的一切都令人著迷。或許位於森林深處的此處，正是這個男孩應該待的地方。這是她第一回聽他忍不住說了超過兩句話。

「這裡也有其他小孩嗎？」他問。

「當然了。這是一所學校啊。」

「可是現在是夏天。他們不是應該都放暑假了嗎？」

「這是一所寄宿學校。有些小孩一整年都住在這裡的。」

「他們不必回家嗎？」

珍猶豫著。「不是所有人都要回家的。」

「所以他們就是一年到頭都住在這裡？」

她回頭看了一眼，但他沒在看她，而是專注在車窗外那片深濃的綠意。「我覺得這裡似乎是一個很不錯的地方，」她說，「你覺得呢？」

「是啊，」他說。然後又輕聲加了一句：「我想在這裡，他就找不到我了。」

12

克蕾兒是第一個看到那個新男孩抵達的人。從樓梯旁的窗子，她觀察著那輛掀背汽車開過學校的石拱門下，緩緩停在庭院裡。駕駛人爬下車，是個結實的小個子女人，一頭亂翹的深色頭髮，穿著牛仔褲和防風夾克。她站在那邊伸展四肢，似乎開了很久的車子，然後她走到車子後頭，拿出兩個小行李箱。

後座乘客門打開，有個人爬出車子：一個男孩。

克蕾兒頭貼著玻璃打量他，看到一張蛋形臉和淺褐色頭髮，外加額前一抹亂髮。他讓她想起童話裡的小木偶皮諾丘，移動時棍子似的手臂和雙腿帶著機械式的扭動和暫停。他瞇眼往上看著城堡，那張臉蒼白得讓克蕾兒心想：吸血鬼一定就長這個樣子。或者是某個被關在地窖裡太久的人。

「嘿，你們瞧，是夜蚯蚓呢。」

那種太熟悉的侮辱讓克蕾兒背部僵直。她轉身看到布里安娜和她那兩個傲慢的女生朋友衝下樓梯，正要去吃早餐。這三個是學校裡的黃金女孩，是頭髮發亮、牙齒完美的公主。

「外頭有什麼這麼有趣？」其中一個公主問。

「或許她在尋找新的地方，好讓她今天晚上去挖蟲子。」

「嘿，布里安娜。你看，」一個公主說，「就是我們聽說過的那個新來的小孩。」

三個女孩把克蕾兒推到一旁，往前擠著看向窗外。

「他十四歲了？」布里安娜說。

「你聽說過他？」克蕾兒問。

布里安娜沒理她。「好瘦啊，他看起來才十歲吧。」

在下頭的庭院裡，鮑姆校長和艾爾思醫師走出校舍，迎接那兩個剛抵達的人。從兩個女人彼此招呼的樣子來看，她們顯然早就認識了。

「他看起來好像昆蟲，」其中一個公主說，「像是讓人毛骨聳然的螳螂。」

布里安娜大笑看著克蕾兒。「嘿，夜蚯蚓。聽起來你的新男友剛剛駕到了。」

◆

半個小時後，在早餐時，克蕾兒又有機會把他看得比較清楚。那男孩坐在朱利安那桌，比較年長的男生都坐那邊。這大概也是校方把他安排在那裡的原因，這樣他剛來的第一天就有人照應。他好像很茫然，而且有點害怕，彷彿剛降落在一個外星球。不曉得為什麼，他感覺到她在看，於是轉過來盯著她。然後他繼續盯著不放，好像克蕾兒是他發現唯一有趣的人。好像他剛看到另外一個跟他同樣格格不入的人。

有人用湯匙持續輕敲著高腳玻璃杯，於是所有人都望向老師那一桌。一張椅子朝後滑，發出刺耳的刮擦聲，同時鮑姆校長站起來。

「早安，各位同學，」他說，「我相信你們都注意到了，我們今天來了一位新同學。從明天開始，他會跟你們一起上課。」他指著那個像皮諾丘的男孩，而那男孩因為忽然成為注意的焦點而臉紅起來。「我希望你們能讓他覺得受到歡迎。也希望你們都能回想一下你們剛來到這裡的情形，設法讓泰迪在這裡的第一天過得愉快。」

泰迪，沒有講姓。克蕾兒很好奇為什麼鮑姆校長不提這個細節。她又更仔細打量那個男孩，他也打量著她，然後她看到他的嘴唇一彎露出微笑，但是那微笑太猶豫不決了，她不完全確定是否真的出現了。她也很納悶，用餐室裡面有這麼多女孩，為什麼他偏要看著她。那三個公主要漂亮得多，而且坐得離他比較近。我只是班上的怪胎，她心想。老是說錯話的女孩。腦袋有個洞的女孩。所以你為什麼要盯著我看？

這讓她同時覺得不自在又興奮。

「哎喲，你們看。他在看她呢。」布里安娜悄悄走到克蕾兒這桌，此時彎腰湊過來在她耳邊低聲說。「看起來竹節蟲先生在暗戀夜蚯蚓女士喔。」

「別煩我了。」

「或許你們在一起，會生出可愛的小昆蟲寶寶呢。」

克蕾兒一言不發，只是拿起桌上那杯柳橙汁，潑向布里安娜。果汁濺在布里安娜發亮的牛仔褲和全新的平底軟鞋上。

「你們看到了嗎？」布里安娜尖叫。「你們看到她對我做了什麼嗎？」

克蕾兒沒理會那憤慨的尖叫，站起來走向出口。出去的路上，她瞥見威爾．雅布朗斯基那張長滿青春痘的臉朝她咧嘴笑了，還偷偷豎起兩根大拇指。好吧，那位又是另一個怪胎，就跟她一樣。或許這就是為什麼威爾老是對她那麼好。在這個神經病中學裡，沒有人會聽到你的尖叫，所以怪胎們都得團結起來。

那個新來的男孩也還是盯著她看。沒有姓的泰迪。她覺得他的雙眼仔細瞧著自己的每一步。

◆

直到次日下午，她才第一次跟他講了話。每個星期四，她都得去馬廄勞動服務，晚禱學校裡有四匹馬，今天她的工作是要幫其中一匹叫「梅子瘋」的刷洗乾淨。在所有日常分派給學生的勞動服務中，這樁是她完全不排斥的，即使這表示她得去打掃畜欄，還得拖著大包的木材刨花去更換墊料。那些馬不會抱怨。牠們不會問問題，只是用平靜的褐色雙眼望著她，相信她不會傷害牠們。就像她相信牠們不會傷害她，即使梅子瘋有一千磅的肌肉和銳利的馬蹄，只要朝她倒過去，就可以輕易把她壓扁。附近有幾隻雞在啄地或撲打著雙翅，公雞賀曼發出討厭的啼叫聲，但梅子瘋還是沉默站著不動，從頭到尾都很平靜。當克蕾兒拿著馬梳刷過他的脅腹和臀部時，牠偶爾發出滿足的嘶叫聲。橡膠梳齒發出的咻、咻聲有種催眠的撫慰感。她太專注在工作上了，因而一開始不曉得有人站在她後頭。等到她直起身子，才突然注意到泰迪的臉在馬廄門外窺看著她。她嚇了一跳，手上的馬梳差點掉地。

「你在這裡做什麼？」她厲聲說，一點也不友善。

「對不起！我只是想……他們跟我說我可以……」他回頭看了身後一眼，好像指望有人會來救他。「我喜歡動物，」最後他終於說，「維勒芙醫師跟我說這裡有馬。」

「還有乳牛和綿羊。外加這些蠢雞。」她把馬梳扔進一個提桶裡，砰地一聲好響亮。那是個憤怒的聲音，但她其實沒真的生氣。她只是不喜歡被嚇一跳。泰迪已經退開馬廄門。

「牠會咬人嗎？」

「嘿，」她說，設法彌補。「你想摸摸牠嗎？牠的名字是梅子瘋。」

「才不呢，牠只是個大寶寶。」她輕輕拍了一下那馬的脖子。「對不對呀，梅子？」

泰迪小心翼翼地打開馬廄門走進來。他撫摸那匹馬時，克蕾兒就又拿了馬梳，開始清理。有好一陣子，他們都沒講話，只是沉默地分享這個馬廄，吸入新鮮松木刨花和溫暖馬匹的氣味。

「我是克蕾兒·沃德。」她說。

「我是泰迪。」

「是啊，我在早餐時聽到了。」

他摸摸梅子瘋的口鼻，那馬忽然腦袋一甩。泰迪瑟縮一下，把眼鏡往鼻梁上推。即使在昏暗的馬廄中，她還是看到他有多麼蒼白，而且瘦削，他的手腕細得像樹枝。但他大大的雙眼很吸引人，睫毛長長的，而且似乎片刻間就看清一切。

「你幾歲？」她問。

「十四。」

「真的？」

「你好像很驚訝，為什麼？」

「因為我比你小一歲。可是你好像很……」她本來想說小，但最後一刻想到一個比較溫和的字眼。「害羞。」她隔著馬背端詳他。「所以，你有姓嗎？」

「瑞卓利警探說我不該告訴每個人我的姓。」

「你是指帶你來的那位女士？她是警探？」

「是啊。」他鼓起勇氣再度撫摸著梅子瘋的口鼻，這回那匹馬接受了，發出一個輕輕的馬嘶聲。

她停止梳理梅子瘋，把注意力完全放在那男孩身上。「所以你發生了什麼事？」

他沒回答，只是用那對透明的大眼睛望著她。

「在這裡談沒關係的，」她說，「每個人都會談。這個學校就是希望你把痛苦說出來。」

「心理醫師老是這麼說。」

「是啊，我知道。我也得跟她談。」

「你為什麼需要心理醫師？」

她放下馬梳。「我腦袋有一個洞。我十一歲的時候，有個人殺了我媽和我爸。然後他朝我腦袋開槍。」她轉身面對他。「這就是為什麼我要看心理醫師。因為我應該要處理創傷。即使我不記得。完全都不記得了。」

「他們抓到他了嗎？那個朝你開槍的人？」

「沒有。他還逍遙法外。我想他可能還在找我。」

「你怎麼知道？」

「因為事情又發生了一次，上個月。我的寄養父母也被殺害了，這就是為什麼我最後會來到這裡。因為這裡很安全。」

他輕聲說：「這也是為什麼他們送我來這裡。」

她懷著新的理解凝視他，看到了悲劇寫在他蒼白的臉頰上，在那對明亮的眼睛裡。「那麼你來對地方了，」她說，「這是唯一適合我們這類小孩的學校。」

「你的意思是，這裡的其他小孩也都……」

「你會發現的，」她說，「只要你待得夠久。」

一片陰影遮住了馬廄門上方透進來的光。「原來你在這裡，泰迪。我正在找你呢，」瑞卓利警探說。她看到克蕾兒，露出微笑。「已經交了新朋友了？」

「是的，警探。」泰迪說。

「很抱歉打擾你們，不過維勒芙醫師現在想跟你談。」

他看著克蕾兒，她動著嘴唇無聲回答他這個沒說出口的問題：心理醫師。

「她只是想問你幾個問題，以便更了解你。」瑞卓利警探打開馬廄門。「來吧。」

泰迪走出去，在身後把門帶上。然後他回頭，朝克蕾兒說：「我是泰迪．克拉克。」

他看起來就像是叫泰迪．克拉克這個名字的人，克蕾兒心想，看著他走出去。接著她也走出馬廄，把裝滿了潮溼舊墊料的獨輪手推車推出去。在外頭的空地上，那隻吵死人的公雞又在惹是生非了，這會兒正追著一隻母雞亂啄。就連雞也可能很殘酷的，他們跟我們人類一樣壞心，她心想。牠們會攻擊彼此，甚至殺害彼此。看著那隻可憐的母雞被公雞賀曼攻擊得縮起身子的模樣，她忽然被激怒了。

「別煩牠了！」她朝那公雞踢出一腳，但賀曼撲著翅膀躲掉，然後咯咯叫著逃竄離開。「混蛋公雞！」她吼道。然後轉身，她看到一位公主站在畜欄裡嘲笑她。「幹嘛？」她兇巴巴問。

「牠只是一隻雞，智障。你有什麼毛病啊？」

「反正也沒人在乎。」她咕噥著說，然後大步離開了。

在事情全都崩潰瓦解的那一刻之前，整個行動進行得很順利。當災難降臨，你事後回顧起來，通常可以清楚指出是從哪裡開始解體的，是哪樁不幸的事件引發了一系列事件，導致無可避免的大災難。就像大家常講的那句俗話，**只因少了一根釘，結果失去了整個馬蹄**，這是真的；忽略了最小的細節，就可能導致你失去了一匹馬、一名士兵，甚至輸掉整場戰役。

但在羅馬的那個六月傍晚，我們的目標就在視線內，感覺上這場戰役我們似乎贏定了。

在「老奶奶」餐廳內，伊卡魯斯一夥人剛吃完甜點。他們終於走出店門時，我們全都就位了。首先出來的是兩名保鏢，接著是伊卡魯斯和他老婆及兩個兒子。吃了豐盛的一餐，還配上很棒的葡萄酒，使得伊卡魯斯那天晚上有點微醺，也沒有暫停下來看看周圍環境，而是直接走向他的車。他協助他的太太露琪亞和兩個兒子上了那輛Volvo，然後自己坐進駕駛座。在他後頭，那兩名保鏢也上了他們的BMW車。

伊卡魯斯是第一個駛出路邊，開始上路的。

那一刻，有輛農產品卡車也猛然轉向，然後搖晃著停下來，角度剛好擋住了那輛BMW車。兩名保鏢下了車，吼著要卡車司機趕緊挪開，但那司機不理會，只是滿不在乎地抱著一箱洋蔥，搬進「老奶奶」餐廳的廚房。

此時那兩名保鏢才發現他們的輪胎被劃破了，根本動不了。這是突襲。伊卡魯斯立刻明白是怎麼回事，而且他的反應一如我們的預期。

他踩下油門，引擎呼嘯著往前，朝他山丘頂上安全的家疾馳而去。

我們那輛車就緊跟在他後頭。而組裡另外兩名成員則開著第二輛車，守在這條路前面一百碼之處。那輛車切到伊卡魯斯前面，於是Volvo車就被夾在我們兩輛車之間。

道路愈來愈窄，一路迂迴著上坡，經過一個又一個髮夾彎。前面是一個視線不良的彎道，第一輛車煞車擋住Volvo。我的計畫是逼他停下，把伊卡魯斯從車裡拉出來，綁住了扔到我們車上。但是令我們驚訝的是，伊卡魯斯沒減速。他繼續魯莽地加速，硬擠著超過第一輛車，兩車之間擠到只剩一吋距離。

沒有人看到那輛卡車迎面駛來，等到發現時，一切都已經太遲。

伊卡魯斯拚命往右轉，於是Volvo車撞上路邊護欄。車子反彈又打滑。

那輛卡車攔腰撞上Volvo，壓扁了乘客座的門。

我急忙下車之前，就曉得他太太死了。我是打開伊卡魯斯那邊車門的人，也是第一個看到裡頭大屠殺慘狀的。露琪亞破碎的身體、十歲兒子毀掉的臉，以及小卡羅，還有意識，但是快死了。卡羅看著我，我看到他眼中的疑問。那是個我至今仍難以回答的問題：**為什麼？**

我們把伊卡魯斯拖出Volvo車。不同於他的妻小，他還活得好好的，而且努力反抗。才幾秒鐘，我們就把他的手腕和腳踝都綁住，扔進我們那輛車的後座，用一條毯子蓋上。

那個不幸的卡車司機撞得茫然且暈眩，根本不曉得到底發生了什麼事。稍後他會告訴警方，說有幾個好心人停下來救走那個Volvo車的駕駛人，一定是把他送去醫院了。但我們的目的地是將近八十公里外的一條私人飛機跑道，那裡有一輛包租噴射機已經加好油在等待。

我們完成了此行的任務，但三個無辜的人死了，這樣的收場不應該。在其他任何成功的任務中，我們都會喝一輪威士忌，擊掌慶祝。但那一夜我們都悶悶不樂，擔心著往後會有什麼影響。

當時我們還不曉得，這些影響會有多麼可怕。

13

安娜·維勒芙醫師辦公室的窗子被大風吹得嘩啦響，從城堡塔樓的這個高處，珍看到烏雲從山區滾滾而來，勢不可擋地奔向他們。一場夏日風暴即將來襲，那風聲讓珍覺得很不安。此時她和莫拉看著維勒芙醫師，她正在收拾著一托盤的茶杯和茶碟。外頭的景色看起來很有威脅性，但塔樓裡頭卻是個舒適的空間，有印花布面的沙發、薰香棒和掛在窗上的水晶，這個寧靜的休養處讓受過創傷的孩子可以蜷縮在那張墊子很厚的椅子上，安全地說出自己最黑暗的恐懼。薰香讓這裡似乎不太像個心理諮商師的診間，而比較像是一個古怪大地女神的客廳，但維勒芙醫師本來就很古怪，一頭亂糟糟的灰色捲髮和老婆婆的衣服，外加腳上穿的那雙矯正鞋。

「我已經觀察那個男孩四十八小時了，」維勒芙醫師說，「我必須說，我很擔心。」一張小几上的電動煮水壺開始發出嘶嘶音和滾水聲，她起身把沸騰的水注入一個瓷製茶壺裡。

「你認為有什麼問題？」珍問。

「表面上，他好像安頓得非常好。第一天上課，他看起來非常樂在其中。杜普勒賽老師說他的閱讀能力遠超過同級生。羅門先生哄他在射箭課射了幾支箭。另外昨天晚上，我發現他在電腦室裡，正在看YouTube。」

珍看了莫拉一眼。「這裡不能打手機，但是可以上網？」

「我們阻擋不了數位時代，」維勒芙醫師笑著說。她重重坐回椅子上，圍繞她龐大身軀的連身裙像個帳篷似的鼓起來。「當然，我們封鎖了兒童不宜的網站，而且我們的學生知道他們絕對不能透露任何個人資訊。包括他們的位置、名字。這些都是為了安全。」

「尤其是對這些小孩來說。」莫拉說。

「我想說的是，」維勒芙醫師說，「在表面上的各個方面，泰迪都對這個新環境適應良好。他甚至還交到了幾個新朋友。」

「所以問題出在哪裡？」珍問。

「昨天跟他進行諮商時，我發現有關他原生家庭的好幾件事，他都記不得了——或者選擇不要記得。」

「他不記得他們死掉的那夜，你知道是有原因的。」

「我知道他們是在聖托馬斯島岸邊的船上遇害的。當時還有一場爆炸，使得泰迪失去意識。但我忍不住好奇，那場爆炸是他記憶有些缺失的原因嗎？我問到有關他的家人時，他都設法迴避，轉移話題。說他肚子餓了，或者要上廁所。偶爾他還會用現在式提到他的家人。他就是完全不想去面對失去家人的事情。」

「他當時才十二歲，」莫拉說，「年紀還小。」

「事情已經過去兩年了。這段時間應該夠讓他處理自己所失去的，就像我們其他學生一樣。泰迪還有很多工作該完成，他要度過這個否認階段，要接受他的家人已經不在了。」她看著珍。

「你帶他來這裡是好事，警探。我希望你能讓他留下來。」

「現在是緊急安置。」珍說，「以後他長期要待在哪裡，不是由我決定的。」

「昨天晚上，晚禱學校的董事會一致通過要接受泰迪入學，所有費用全免。請幫我們向麻州州政府轉達，說我們真的很想效勞。」

「我來告訴你們，要怎麼樣才真正可以效勞吧，」珍說，「告訴我有關另外兩個學生的事。克蕾兒．沃德和威爾．雅布朗斯基。」

草藥茶泡好了，維勒芙站起來倒茶。她沉默地倒滿了每個杯子，端給客人，然後坐下來，把好幾匙滿滿的糖攪進茶裡。「這事情不好處理，」她終於說，「要把學生的機密檔案告訴別人。」

「我手上也有一件不好處理的事情，」珍說，「我想保住泰迪的命。」

「你為什麼認為這三個孩子之間有關呢？」

莫拉說：「這種巧合也太恐怖了。這就是為什麼我打電話給珍，因為太多同時發生的狀況了。三個不同的家庭，沃德家、雅布朗斯基家，還有克拉克家，全都在同一年遇害，甚至是同一個星期。現在，兩年後，每家人唯一倖存的孩子又再度遭到攻擊。彼此之間只差短短幾星期。」

「是，我承認這的確是很怪。」

「這已經遠遠不只是怪而已。」珍說。

「但這只是巧合。」

珍身子前傾，直直盯著維勒芙醫師的雙眼。「你怎麼能這麼輕易就排除掉其中有關聯的可能性？」

「因為這三家人是在不同的地點被殺害的。泰迪．克拉克的家人死在聖托馬斯島岸邊的船上。克蕾兒的父母是在倫敦被開槍射殺。」

「那威爾的父母呢？雅布朗斯基夫婦？」

「他們是死於私人飛機失事，在馬里蘭州。」

珍皺眉。「我還以為他們是被謀殺的。但你這樣講，聽起來像是意外。」

維勒芙醫師轉頭，看著通往屋頂走道那扇玻璃門的外頭，細雨在風中旋轉。「我大概已經告訴你太多了。他們是我的病人，他們信任我，向我吐露祕密。我有保密的義務。」

珍說：「你知道，我也可以拿起電話，直接找這些案子的警方承辦人員。我自己也可以查到那些細節。所以你就讓我輕鬆點，直接告訴我吧。那個墜機事件是意外嗎？」

維勒芙沉默了一會兒，斟酌著該怎麼回答。「不，不是意外，」最後她終於說，「國家運輸安全委員會調查出來的結果是，那架飛機有人為破壞。不過這也還是跟另外兩家人沒有明顯的關係。只除了他們都是被謀殺的。」

「請原諒我這麼說，」珍說，「但是下這種結論是我的工作，不是你的。這事情很可能是巧合，但我必須先當成是刻意安排的來處理。因為如果我漏掉了什麼，最後這三個小孩可能就會死掉。」

維勒芙放下茶杯，審視了珍一會兒，好像試圖判定她的決心。最後，她站起來，拖著腳步走到檔案櫃，翻出一個檔案夾。「雅布朗斯基夫婦的飛機是在起飛不久之後墜機的，」她說，「當時駕駛飛機的是尼爾．雅布朗斯基。機上只有他們夫婦兩個人。一開始，大家都假設是意外。」

她將威爾的檔案拿回到辦公桌，遞給珍。「然後國家運輸安全委員會發現炸藥的鑑識證據。調查人員想尋找動機，看有什麼原因會使得這對夫婦成為目標，但是始終沒找到答案。幸好他們的兒子威爾那天沒上飛機。他那個週末為了要準備一份科學作業，決定跟他阿姨和姨丈共度。」

珍打開那個檔案夾，瀏覽著晚禱學校的入學表格。

十四歲白人男生，據知沒有在世的家人。新罕布夏州警方人員表示，自從他父母兩年前過世，他阿姨琳恩與姨丈布萊恩・譚普就成為他的監護人。在一場起因可疑的大火摧毀他阿姨的家之後……

珍閱讀了下一段，然後抬頭看著維勒芙，她正舀起第四匙糖加入她那杯藥草茶裡。「這孩子還曾被視為新罕布夏州那樁火災的嫌疑犯？」

「警方必須考慮這個可能性，因為威爾是唯一的生還者。他告訴他們，房子爆炸時，他正在外頭透過他的望遠鏡看天空。一個經過的汽車駕駛人看到失火，停下來幫忙。就是她把那男孩送到急診室的。」

「那個孩子就剛好在屋外用望遠鏡看天空？」

「威爾的父親和姨丈都是航太總署的科學家，在馬里蘭州的戈達德太空飛行中心工作。所以威爾成為業餘天文學家並不稀奇。」

「那麼那個男孩是個宅男了。」珍說。

「可以這麼說。這就是為什麼警方一度懷疑他是嫌疑犯，雖然時間很短，因為他絕對有製造炸彈的智力。不過他沒有動機。」

「據他們所知。」

「根據我的觀察，威爾是個很乖的男孩，學習能力非常出色，尤其是數學。我完全看不出他有任何侵略性。社交上他有點笨拙。他住新罕布夏時，是在家裡自學，由他阿姨和姨丈教他，所以他跟其他小孩沒有太多互動。這或許也是他比較慢交到朋友的原因。」

「為什麼他要在家自學？」莫拉問。

「他沒辦法回到馬里蘭。那可憐的孩子在學校被嘲笑和霸凌。」

「為什麼？」

「因為他的體重。」維勒芙醫師低頭看著自己的大骨架，長年穿著寬鬆連身裙也難以掩飾。「我大半輩子都在跟自己的體重奮戰。所以我知道受人譏笑是什麼滋味。小孩有可能尤其殘忍，會特別針對威爾的體重、他有點笨拙的事實。在這裡，要是我們看到有任何霸凌的情形，就會立刻介入，只不過我們並不是無所不知。但是不管怎麼被取笑，威爾總是開開心心，而且很溫厚，對年紀較小的孩子很和氣。他是個可以信賴的學生，從來不會惹麻煩。」維勒芙暫停一下。「不像那個女孩。」

「克蕾兒・沃德。」珍說。

維勒芙嘆了口氣。「我們的小小夜間漫遊者。」她往後推開椅子，又回到檔案櫃去拿克蕾兒的資料。「這個孩子就給我們惹了很多麻煩。大部分都是神經方面的問題。」

「什麼意思？神經方面的問題？」

維勒芙直起身子看著她。「克蕾兒的父母在倫敦被攻擊時，她也跟他們在一起。三個人都是頭部中槍。只有克蕾兒倖存下來。」

遠方雷聲隆隆，天空轉為一片不祥的黑暗。珍低頭看著自己的手臂，發現寒毛都豎起了，彷彿一陣冷風剛吹過她的皮膚。

維勒芙把克蕾兒的檔案夾放在珍面前。「事情發生時，他們一家人剛吃過晚餐，從餐廳要走到他們的汽車。克蕾兒的父親厄斯金．沃德是駐外使館人員，曾在倫敦、羅馬、華府工作。她母親伊莎貝爾是家庭主婦。因為厄斯金在美國大使館工作，所以有人擔心這可能是恐怖分子攻擊，但結果警方判斷這是搶劫出了狀況。克蕾兒沒辦法協助調查，因為她不記得那樁攻擊。她記得的第一件事，就是手術後在醫院裡醒來。」

「對一個頭部中槍的女孩來說，她現在似乎正常得驚人。」珍說。

「乍看之下，她的確是完全正常。」維勒芙看著莫拉。「就連你也沒立刻看出她的毛病，對吧，艾爾思醫師？」

「對，」莫拉承認。「那些毛病不太容易察覺。」

「子彈射入她頭部時，」維勒芙說，「造成了所謂的神經機能聯繫失能（diaschisis），這個字原本是希臘文，意思是『震驚的思緒』。當時她十一歲，腦子還比較有彈性，所以她有辦法恢復幾乎所有功能。她的語言和運動技能幾乎都完全正常，記憶也是，只除了倫敦的那一夜。在攻擊之前，她是個出色的學生，甚至很有天分。但攻擊之後，恐怕她的功課永遠不會太好了。」

「但是她還是可以過著正常的生活？」珍問。

「不完全。就像很多腦部受過傷的病人，她很容易衝動。她會冒險。她常常講話不顧後果。」

「聽起來像是典型的青少年啊。」

維勒芙醫師意會地笑了。「沒錯。青少年腦袋本身就是一種診斷。但是我不認為克蕾兒長大後會好轉。她常常發脾氣，想到什麼就說什麼，現在就已經引起一些問題了。她跟這裡另一個女孩長期交惡。一開始是取難聽的綽號，寫惡意的字條。後來惡化成絆倒對方，推撞。惡意破壞衣服，放蚯蚓在床上。」

「聽起來就像我和我哥哥弟弟嘛。」珍說。

「只不過你們長大後應該就不會了。但克蕾兒以後永遠都會不思索就衝動行動。這樣特別危險，因為她還有另一個神經方面的問題。」

「是什麼？」

「她的睡眠週期完全被破壞了。很多頭部受傷的病患有這樣的狀況，但大部分問題都是會睡太多，比一般人多。但是克蕾兒呢，不曉得為什麼，她老是睡不著，尤其是夜裡，她的聽覺似乎會特別靈敏。總之，她好像每晚只需要睡四小時。」

「我到的那天夜裡，」莫拉說，「看到她在底下的花園裡。當時已經過了半夜十二點許久了。」

維勒芙點頭。「那是她最活躍的時間。她像個夜行動物。我們都說她是我們的午夜漫遊者。」

「你們允許她就這樣在黑夜裡到處亂逛？」珍說。

「她住在易薩卡的時候，她的養父母家庭就沒辦法阻止她這樣。他們試過藥物治療、鎖上門、威脅要處罰，全都沒用。這會是克蕾兒往後一輩子的行為常態，她得自己學著去處理。她在這裡不是囚犯，所以我們也決定不要把她當囚犯。」

「所以就讓她夜裡到處亂跑？」

「幸好在這片緬因州森林裡，沒有太多東西會傷害她。這裡沒有毒蛇，沒有大型掠食動物，而且這裡的黑熊還比較怕我們，而不是我們怕牠們。最大的危險，也就是她踩到豪豬，或是絆到某些動物地穴而扭傷腳。這是克蕾兒的本質，也是她必須面對的狀況。坦白說，在這片森林裡漫遊，遠比在任何大城市要安全。」

珍無法反駁；她太清楚最危險的掠食動物是在哪裡。「那她從晚禱學校畢業後呢？接下來她會怎麼樣？」

「到時候，她就得做出自己的選擇。同時，我們會教她學會生存的技能。這就是我們的目的，警探，也是這個學校存在的理由，好讓這些孩子能在這個對他們並不仁慈的世界上，找到自己的立足之地。」維勒芙指著檔案櫃。「我們有幾十個像克蕾兒這樣的學生，有些創傷很嚴重，剛進來時幾乎都不講話，或者每天夜裡尖叫著醒來。但孩子的恢復力很快。只要適當的指引，他們就可以復元的。」

珍打開克蕾兒的檔案。就像威爾的檔案一樣，裡頭是一份維勒芙醫師的初步心理評估。她翻到一份易薩卡警局的調查摘要。「克蕾兒為什麼會跟這對巴克利夫婦住？」

「鮑伯和芭芭拉．巴克利是克蕾兒父母的好友，父母的遺囑中指定他們當克蕾兒的監護人。他們自己沒有小孩。收養克蕾兒之後，他們當然是管不動。」

珍看了一下裡頭那份巴克利夫婦命案的警方摘要報告，然後抬頭望著莫拉。「有人撞上他們的車。然後朝他們頭部開槍。」

「看起來的確很像是鎖定目標，」維勒芙醫師說，「但是巴克利夫婦沒有敵人。於是警方覺得，有可能克蕾兒才是目標，因為她當時也在車上。」

「那麼為什麼她還活著？」珍說。

維勒芙醫師聳聳肩。「上天出面干預了吧。」

「什麼？」

「去問克蕾兒，她會告訴你詳細的情形。她當時被困在汽車裡，聽到槍聲，而且她就看到兇手站在那裡。然後另外一個人出現了。克蕾兒對她的描述是一個天使。有個女人幫著她爬出車子，還陪著她。」

「警方偵訊過這個女人嗎？她看到兇手了嗎？」

「很不幸，警方趕到的時候，那個女人已經不見了。除了克蕾兒，沒有人看到她。」

「或許她不存在，」莫拉提議道，「或許她是克蕾兒想像出來的。」

維勒芙醫師點點頭。「警方也懷疑這個神祕的女人不存在。但是他們毫不懷疑這是行刑式處決。所以克蕾兒才會被送來晚禱學校。」

珍闔上檔案夾，看著維勒芙。「這又引起另一個問題：她究竟是怎麼會來到貴校的？」

「有人跟她提起我們。」

「我很確定紐約州可以找到適當的寄養家庭。為什麼要送到晚禱來？另外威爾・雅布朗斯基為什麼會從新罕布夏州被送來這裡？」

維勒芙醫師沒看珍，而是望著窗子上晃蕩的水晶。在晴天時，那塊水晶會映照出滿室虹彩，但在這個灰陰的早晨，那塊石頭毫無生氣，無法耍弄出折彎光線的魔術。「晚禱很有名氣，」她說，「對很多這類兒童來說，我們提供教學和住宿，而且不向州政府收費。全國各地的執法單位都知道我們在這裡的努力成果。」

「因為梅菲斯特俱樂部的人遍布全國，」珍說，「你們四處都有眼線。」

維勒芙看著珍的雙眼。「你和我是站在同一邊的，警探，」她平靜地說，「這點絕對不要懷疑。」

「讓我困擾的是陰謀論。」

「那麼至少我們都同意，無辜的人需要保護吧？被害人需要療癒？在晚禱學校，我們會做這兩件事情。沒錯，我們會追蹤全世界的犯罪行為。就像科學家一樣，我們會尋找模式。因為我們也是被害人，而我們選擇反擊。」

有人敲門，她們全都轉頭，看著一名瘦而結實的亞洲男孩忽然闖進來。

維勒芙醫師朝她露出慈母的微笑。「哈囉，布魯諾。你需要什麼嗎？」

「我們在樹林裡發現了一個東西。在一棵樹上。」那男孩急忙說。

「樹林裡到處都是樹，這一棵有什麼特別的？」

「我們不曉得那是什麼意思，那些女生全都在尖叫……」布魯諾深吸一口氣，冷靜下來，珍忽然注意到那男孩在發抖。「羅門先生說，你一定要馬上過去。」男孩說。

維勒芙醫師警覺地站起來。「帶我們去吧。」

14

他們跟著那男孩匆忙下了三層樓梯。外頭的風吹得珍的頭髮亂甩，而且她很後悔沒帶著夾克。剛剛她在塔樓上所看到那些遠處的烏雲，現在已經幾乎來到他們頭頂上了，她聽到樹的吱呀和呻吟，聞到空氣中逼近的大雨氣味。他們快步走進樹林，那個男孩帶頭，似乎沒有遵循什麼明顯的路徑。隨著他們一行人踩過樹枝和落葉，林中的鳥都沉寂下來。四下只有他們走路的聲響和枝葉間的風聲。

「我們迷路了嗎？」珍問。

「沒有，只是抄捷徑而已。」維勒芙醫師回答，儘管穿著帳篷式的連身裙，她還是設法穿過樹林，笨重地往前走，那個小精靈似的男孩則在前面領頭疾行。

樹愈來愈密了，枝葉遮蔽了天空。儘管上午才過了一半，但在森林深處的這裡，白晝卻已經昏暗如薄暮。

「這個小孩真的曉得路嗎？」

「布魯諾對這裡的路很熟。」維勒芙醫師指著他們頭上的一根斷枝。

「他標示了一條路徑？」

維勒芙回頭看了她一眼。「可別小看我們的學生。」

他們看不見城堡了。現在珍望向各個方向，唯一能看到的就是樹。他們走了多遠？一公里？

更遠？而這條路還是捷徑？她的鞋帶鬆了，於是蹲下來綁好。起身時，她發現其他人已經領先十幾步，幾乎看不見了。要是被獨自丟在這裡，她搞不好會迷路好幾天都找不到路出去。她急忙追上去，擠過一道灌木叢，來到一小片林間空地，其他人都在那裡停下了腳步。

在一棵巨大的柳樹下，站著佩斯昆托尼歐教授和林務員羅門。附近一群學生在大風中圍在一起。

「……什麼都沒碰。所以一切就是我們發現時的樣子，」羅門對著維勒芙醫師說，「我要曉得這是什麼意思才怪呢。」

「不過就是個病態的惡作劇。」佩斯昆托尼歐冷哼一聲。「小孩都會做一些荒謬的事情。」

維勒芙醫師走到柳樹下，抬頭看著樹枝。「知道這是誰做的嗎？」

「沒有人承認。」羅門咕噥道。

「我們全都知道是她，」一個深色頭髮的女生說，「不然還會有誰？」她指著克蕾兒。「她昨天夜裡又溜出去了。我從窗子看到她了。夜蚯蚓。」

「不是我。」克蕾兒說。她獨自站在樹林邊緣，雙手交抱著胸部，好像要抵擋那些控訴。

「你明明溜出去，別再撒謊了。」

「布里安娜，」維勒芙醫師說，「沒有證據的話，不要指控別人。」

珍穿過那群人，去看看把他們全找來這裡的到底是什麼。在那柳樹低處一根樹枝上搖晃的，是三個用樹枝和細繩做成的玩偶，像是粗糙的聖誕節裝飾般懸掛下來。再走近些，她看到其中一個玩偶的裙子是樺樹皮做的。是個女生。那些樹枝玩偶在風中緩緩旋轉，像是小小的絞刑犯。三個身上全都濺上了像是血的東西。柳樹高處傳來烏鴉的啼聲，珍抬頭，看到了濺血的來源就懸在她頭上，還聞到了一絲腐臭。她厭惡地後退，雙眼盯著那掛在上頭的屍體。

「是誰發現的？」維勒芙醫師問。

「大家一起發現的，」羅門說，「每隔幾天，我就會帶他們走這條小徑，指出森林中的種種變化。那些女生是最早看到的。」他指著布里安娜和那兩個似乎老跟她在一起的女孩。「從來沒聽過這麼歇斯底里的尖叫。」他拔出一把刀，把吊著那屍體的繩子割斷，那隻死公雞啪地一聲落在地上。「你會以為他們再也不敢吃雞肉了。」

「是賀曼，」其中一個男孩咕噥說，「有人殺了賀曼。」

不光是殺了牠，珍心想。還把牠開膛剖腹。拉出牠的內臟讓烏鴉吃。這不光是小孩的玩笑而已；根本讓她反胃。

維勒芙醫師看了四周的學生，第一滴雨開始降落時，他們都站在那邊發抖。「有人知道關於這件事的任何線索嗎？」

「我今天早上沒聽到牠叫，」一個女孩說，「賀曼老是把我吵醒，但是今天早上沒有。」

「我昨天下午來過這條小徑，」羅門說，「當時還沒掛在上頭。一定是昨天夜裡幹的。」

珍看了克蕾兒一眼。午夜漫遊者。那女孩意識到珍的目光，也不服氣地瞪回來。那目光表明在挑戰每個人，看誰能證明是她幹的。

雨點落在維勒芙醫師的連身裙上，她看著周遭那群學生，雙臂張開，像是願意擁抱任何需要的人。「要是稍後有人想跟我談關於這件事情，我的門永遠為你敞開。我保證，無論你告訴我什麼，都不會有第三個人知道。好了。」她嘆了口氣，抬頭看著雨。「你們就先回去吧？」

學生們離開那片空地時，成人們則依然留在那棵柳樹旁。等到學生們都過了聽力能及的範圍之外，維勒芙醫師才輕聲說：「這件事很令人不安。」

莫拉蹲在那隻被屠殺的公雞旁。「牠的脖子斷了。這個大概就是死因。但是還把牠開膛剖腹？留在這裡，讓每個人都能看見？」她望著維勒芙醫師。「這是別有用意的。」

「意思是你們這裡有個病態的小鬼，」珍說。她抬頭看著那三個樹枝做成的小玩偶。「還有那些是什麼意思？像是令人毛骨聳然的巫毒教小玩偶。她為什麼要做這種事？」

「她？」維勒芙醫師說。

「當然啊，克蕾兒否認了。但是小孩常常撒謊的。」

維勒芙醫師搖頭。「她腦部的傷讓她很容易衝動，但也讓她幾乎沒有辦法騙人。克蕾兒是想到什麼就會說出來的，即使會害她自己惹上麻煩。這回她否認了，而我相信她。」

「那不然會是誰幹的？」羅門問。

在他們身後，有個聲音問：「為什麼你們認為是學生幹的？」

他們全都轉身，看到朱利安站在這片空地邊緣。他又悄悄回來了，他們全都沒聽到。

「你們都假設一定是某個學生，」朱利安說，「這樣不公平。」

佩斯昆托尼歐教授大笑。「你不會真以為有哪個老師會這麼做吧？」

「老師，你還記得你教過我們關於假設（assume）這個詞嗎？你說是由ass、u、me組成的，就是『你和我都是混蛋』（ass of you and me）？」

「朱利安。」莫拉說。

「唔，他的確這麼說過啊。」

「你講這些的用意到底是什麼，柏金斯同學？」佩斯昆托尼歐問。

朱利安身子站得更直。「我想帶走賀曼的屍體。」

「都已經腐爛了，」羅門說。他抓著繩子把那屍體提起來，丟進樹林裡。「烏鴉已經開始吃了，就讓牠們吃完吧。」

「好，那麼那幾個樹枝玩偶可以給我嗎？」

「我會盡快把那些該死的玩意兒燒掉，忘掉這整件愚蠢的事。」

「燒掉也不會讓這個謎消失。」

「你為什麼想要，朱利安？」莫拉問。

「因為眼前，我們都在看著彼此，猜疑彼此。好奇著是誰這麼病態，會做出這件事。」他看著佩斯昆托尼歐教授。「這是證物，我們胡狼社（the Jackals）可以拿去分析。」

「什麼是胡狼社？」珍問。她看著莫拉，莫拉也搖搖頭，同樣不懂。

「是學校裡的法醫鑑識學社團，」維勒芙醫師說，「以前一個叫傑克・傑克曼（Jack Jackman）的學生在幾十年前創立的。」

「所以才叫胡狼社，」朱利安說，「我是新的社長，而這種事情就是我們社團會做的。我們分析血液噴濺痕、輪胎印。我們可以分析這個證物。」

「啊，我明白了。」珍笑了起來，很快看了莫拉一眼。「這是《高中犯罪現場》！」

「好吧，小子，」羅門說。他舉起獵刀，從樹枝上割下那三個玩偶。遞給朱利安。「就給你了，去進行分析吧。」

「謝謝。」

雷聲隆隆，羅門抬頭望著天空。「我們最好趕緊回到室內，」他說，「我聞到閃電接近的氣味了。會擊中哪裡可是很難說的。」

15

「是你幹的嗎？」

克蕾兒已經料到了這個問題。之前在那片林間空地上，他們全都目瞪口呆望著柳樹上吊著的那些東西時，她就不小心看到威爾正注視著她，從他雙眼中看出了這個問題。當時他很謹慎，一個字都沒說。現在他們在小徑上落後其他人，他悄悄走上來用氣音說：「其他人都說是你。」

「他們是白癡。」

「我也是這麼跟他們說的。但是你昨天夜裡的確跑出來了。」

「我跟你說過了，我不睡覺的。我睡不著。」

「下一回，你乾脆來叫醒我吧？我們可以一起出來玩。」

她在小溪邊猛然停下腳步。雨點落在他們臉上，淋得樹葉出現深色斑點。「你想跟我一起玩？」

「我查過天氣預報，明天夜裡天空應該就會清朗了。你可以用我的望遠鏡看天空，我會教你，讓你看一些超酷的銀河。我相信你會很喜歡的。」

「你根本不太了解我，威爾。」

「我比你以為的更了解你。」

「是喔。我們還永遠是最要好的朋友呢。」她其實不想說得那麼諷刺，但話一說出口，她就沒辦法收回了，而她真恨不得自己能收回。很多話她但願自己沒說過。她沿著小徑往前走了幾步，這才發現威爾已經沒走在她旁邊。她轉身看到他停下來，正站在那裡凝視著小溪，溪水奔流過岩石。

「為什麼不行？」他低聲說，雙眼看著她。「我們不像其他人。你和我，我們都是……」

「完蛋了。」

「我不是那個意思。」

「唔，反正我是完蛋了。」克蕾兒說。

「你為什麼要這樣說？」

「每個人都這樣說啊，包括我的心理醫師。你想要證據？」她抓住他的手，壓在自己頭皮上那道疤。「摸到沒？他們就是從那裡鋸開我的頭骨。這就是為什麼我整夜都睡不著，像吸血鬼似的。因為我腦子壞掉了。」

她以為他會試圖抽回手，結果沒有。他的手流連在她的頭髮上，撫摸著那道標示著她成為怪胎的痕跡。他雖然胖，又滿臉青春痘，但她忽然注意到他有一對漂亮的眼睛。褐色的眼珠很柔和，還有長長的睫毛。他一直看著她，像是試圖看透她真正的想法，看透她害怕告訴他的一切。

她把他的手推到旁邊，轉身離開。一直走到湖邊的小徑盡頭。然後她停下來，望著雨水灑落的湖面，希望威爾會跟著她。

他果然來了，就站在她身邊。一陣冰冷的風從湖上吹來，她抱著自己打了個寒噤。威爾似乎沒注意到天冷，即使他只穿了牛仔褲，淋溼的T恤貼著他胖乎乎身軀上每一塊難看的肥肉。

「會痛嗎？」他問，「中槍？」

她想都沒想就伸手去摸腦袋上中槍的那個點。那個小小的凹印標示著她當正常人的終點。之前她可以睡一整夜，功課很好；之前她不會老在錯誤的時間講錯誤的話。「不曉得，」她說，「我記得的最後一件事，就是跟我爸媽去一家餐廳吃晚餐。他們希望我試點新東西，但是我想吃義大利麵。我一直堅持要吃義大利麵，義大利麵，搞得我媽終於告訴侍者，就照我要的點吧。那就是我最後記得的。記得我媽很生我的氣，記得我讓她失望。」她一隻手擦過兩眼，在雙頰留下一道溫暖。

池塘裡有一隻潛鳥在叫，那孤單、不像塵世的聲音，搞得她淚水湧上眼眶。

「後來我在醫院裡醒來，」她說，「才知道我媽和我爸已經死了。」

他的碰觸好輕柔，指頭像羽毛般輕撫過的臉，因而她都不確定會不會是自己想像的。她抬起頭看著威爾的褐色眼睛。

「我也很想我媽和我爸。」他說。

◆

「這是個令人毛骨聳然的學校，裡頭有一堆令人毛骨聳然的小孩，」珍說，「他們每一個都好怪異。」

她們坐在莫拉的房間裡，兩人的椅子拉近壁爐，裡頭的火燒得正旺。在外頭，大雨正狠狠撲打著窗子，狂風吹得玻璃嘩啦響。雖然珍已經換了乾衣服，溼氣還是深入她的骨髓，就連火焰的熱度也無法溫暖她。她把毛衣拉得更緊，抬頭看著掛在壁爐上方的那幅油畫。裡頭是一名紳士獵人，步槍扛在肩上，驕傲地站在地上一隻倒下的公鹿旁。男人和他們的戰利品。

「我會用的字眼，」莫拉說，「是被糾纏。」

「你指的是那些小孩？」

「對。他們被犯罪所糾纏，被暴力所糾纏。難怪他們會讓你覺得很怪。」

「你把這樣的小孩聚集在一起，每個都有嚴重的情緒問題，結果就會搞得他們更怪異了。」

「或許吧，」莫拉說，「但也讓他們覺得自己被接受了。因為身邊這些人都了解他們。」

珍沒想到她會這麼說。她現在看到的莫拉，坐在火邊，像是另一個截然不同的女人。大風和溼氣把她平常有如雕塑般的一頭黑髮轉變成一堆纏結的茅草。她的格子法蘭絨襯衫和藍色牛仔褲都沾著乾掉的泥巴。才來緬因州幾天，她就變得讓珍不太認得了。

「你之前告訴我，說你想讓朱利安離開這所學校。」珍說。

「沒錯。」

「那麼，是什麼讓你改變心意的？」

「你看得出他在這裡有多快樂。而且他告訴我，他拒絕離開。才十六歲，他已經完全知道自己想要什麼。」莫拉喝著一杯茶，隔著繚繞的蒸氣看著珍。「還記得他在懷俄明是什麼樣嗎？像個野生動物，老是跟人打架，唯一的朋友就是那隻狗。但在這裡，他交了很多朋友。他屬於這裡。」

「因為這裡的人全都是怪人。」

莫拉看著壁爐的火光微笑。「或許這就是為什麼朱利安和我那麼投緣。因為我也是怪人。」

「不過是好的那種怪。」珍連忙補充。

「那會是哪一種？」

「聰明、堅定、可靠。」

「聽起來，我簡直像隻德國牧羊犬了。」

「還有誠實。」珍暫停一下。「即使這表示你會因此失去朋友。」

莫拉凝視著自己的杯子裡。「我永遠都要為那樁罪付出代價。對吧？」

一時之間，她們都沒說話。唯一的聲響就是雨點撲打著窗戶，以及火焰燃燒的嘶嘶聲。珍想不起上一回她們這樣單獨安靜坐在一起談話，是什麼時候了。她的行李已經收拾好了，晚上就要回波士頓，但她卻沒有表示離開的動作，而是一直坐在那張扶手椅上，因為她不知道兩人何時還能再有這樣的談話機會了。生活裡總是充滿一連串的打斷。電話、家庭危機，其他人老是來打擾，無論是在停屍處或是犯罪現場。在這個灰暗的下午，不會有電話鈴響，不會有人敲門，然而她們之間卻如此沉默，因為自從莫拉的證詞把一名警察送入監獄後，過去這幾個星期以來，她們有太多話都沒說出口。波士頓警察們不會忘記這樣的背叛行為。

現在，在每個犯罪現場，莫拉都會被迫走過一片冰冷的沉默和敵意的眼神，那種壓力明顯表露在她臉上。在火光的照耀下，她的雙眼似乎好空洞，她的雙頰更凹陷了。

「葛瑞福有罪，」莫拉的手指把茶杯握得更緊。「再叫我作證一次，我也還是會說同樣的話。」

「那當然了。你就是這樣的人，你會說出實話的。」

「你講得好像那是個壞習慣。是個怪癖。」

「不，說實話是需要勇氣的。我當時太不夠朋友了。」

「我當時都不確定我們是朋友了，也不確定自己還有辦法保住任何朋友。」莫拉凝視著火光，彷彿所有答案都可以在那些火焰中找到。「或許我乾脆就待在這裡算了，當一個住在森林中的隱士。這裡那麼美，在緬因州度過餘生也不錯。」

「你的生活在波士頓。」

「波士頓從來也沒擁抱過我。」

「城市不會擁抱你，但是人會。」

「讓你失望的就是人。」莫拉目光一轉，又去看壁爐的火光。

「那種事在任何地方都有可能發生的，莫拉。」

「波士頓有一種嚴厲，一種冰冷。我搬過來之前，聽說過新英格蘭人很冷淡，但我本來不太相信。直到我來到波士頓，才覺得自己好像得鑿穿冰層，才有辦法認識人。」

「連我也這樣？」

莫拉看著她。「連你也這樣。」

「我都不曉得自己給人這樣的感覺。我想波士頓不是陽光加州吧。」

再一次，莫拉又凝視著壁爐的火光。「我當初根本就不該離開舊金山的。」

「你現在在波士頓有朋友了。你有我。」

莫拉一邊嘴角揚起，露出微笑。「你，我會想念的。」

「問題真的出在波士頓嗎？或者是某個特定的波士頓人？」

她們不必說出名字；兩人都想到了丹尼爾．布洛菲神父，這個男人為莫拉的生活帶來了歡樂，也帶來了憂傷。這段不適當的戀情，大概也讓他同樣深感痛苦。

「正當我覺得自己可以拋開他了，」莫拉說，「正當我覺得自己終於爬出洞穴、回到陽光下了，我就又會在犯罪現場看到他。以前的舊傷口就又被撕開來。」

「你們兩個都常在死亡場景工作，要避開他的確很難。」

莫拉悲傷地笑了一聲。「這種談戀愛的方式還真健康！藉由悲劇。」

「你們兩個之間結束了，對吧？」

「是。」莫拉暫停一下。「也不是。」

「但是你們沒在一起了。」

「我看得出他因此有多麼痛苦。在他臉上表現得清清楚楚。」

你的臉上也是。

「這就是為什麼我應該離開波士頓。回到加州，或者……任何地方都好。」

「這樣就能解決一切？」珍問。

「有可能。」

「你會遠離他，相隔兩千哩；但是你過去幾年所建立的一切，包括你的家、你的同事們、你的朋友們，也同樣會在兩千哩之外。」

「應該是單數的朋友。」

「你沒看到那回我們幫你舉辦的追悼儀式。當時我們以為你死掉了，以為棺材裡的那具屍體就是你。莫拉，那個房間擠滿了尊敬你的人，關心你的人。沒錯，或許我們不擅長表達感情。或許這裡漫長的冬天搞得我們全都脾氣很壞。但是我們真的有感情，即使是在波士頓。」

莫拉還是凝視著壁爐內，裡頭的火焰逐漸消失了，只剩下灰燼的餘光。

「好吧，我知道如果你回加州，有個人真的會很遺憾的，」珍說，「他知道你在考慮要離開嗎？」

「他？」

「啊，老天，別裝傻了。我老早注意到他看你的眼神了。那就是為什麼桑索尼和布洛菲神父不太喜歡對方。因為你。」

莫拉望著珍，雙眼中閃出一絲驚奇。「他從來就不是很喜歡安東尼‧桑索尼啊。」

「桑索尼是很怪沒錯，又是這個詭異的梅菲斯特俱樂部的成員。」

「可是現在你勸我，他是我應該留在波士頓的原因之一。」

「他是個值得考慮的對象，不是嗎？」

「哇。你對他的想法真是改變太多了。」

「至少他是可以交往的。」不像丹尼爾‧布洛菲是珍沒說出來的。「而且他對你有意思。」

「不，珍。」莫拉往後靠坐在安樂椅上。「並沒有。」

珍皺起眉頭。「你怎麼知道？」

「感覺得到的。」她的目光又轉開，像一隻飛蛾再度撲向垂死的火焰。「我來到這裡的那一夜，安東尼也出現了。」

「結果發生了什麼事？」

「什麼都沒有。次日早晨我們跟教職員一起開會。然後他就又離開了，去倫敦。就像個鬼魂似的，飛進又飛出我的人生。」

「桑索尼本來就是會做那樣的事情。這不表示他對你沒興趣。」

「珍，拜託。別想勸我再陷入一場糟糕的戀情。」

「我是想勸你不要離開波士頓。」

「因為安東尼是個好對象？」

「不，因為波士頓需要你。因為你是我共事過最聰明的法醫。而且因為……」珍嘆了口氣。

「因為我會非常想念你的，莫拉。」

壁爐中殘餘的樺木柴火垮下來，揚起一陣發亮的餘燼。除了這個，房間裡只剩持續敲擊在窗子上的雨聲。莫拉坐著一動也不動，搞得珍很好奇莫拉到底有沒有聽到她剛剛講的，也不知道那些話對莫拉是否產生任何影響。然後莫拉看著她，晶亮的雙眼含著淚水，珍就曉得她的話的確產生影響了。

「我會考慮的。」莫拉說。

「好，一定要好好考慮。」珍又看了手錶一眼。「我該動身了。」

「你今天非得離開嗎？」

「我想更深入追查沃德和雅布朗斯基的案子，這表示要跨州、跨國聯繫，跟不同的執法單位打交道。而且我只能自己一個人做，因為克羅不想浪費人力。」

「克羅警探真是缺乏想像力到可悲的程度。」

「你也注意到了？」珍站起來。「我每天都會打電話來，問問泰迪的狀況。如果有任何問題，你就打電話給我。」

「放心，珍。對他來說，這裡是全世界最安全的地方。」

珍想到那條有大門的路，想到與世隔絕。三千英畝杳無人煙的森林。然後她想到梅菲斯特俱樂部，他們是隨時警覺的守護者，照看著這一切。他們明白這個世界有可能多麼危險，而要把一個受到威脅的小孩藏起來，還能有更安全的地方嗎？

「這個地方讓我很滿意，」她說，「我們就等你回波士頓見了。」

離開城堡之前，珍順路再去看泰迪最後一眼。他正在上課，她也沒打擾他，只是從教室門口看一下。莉莉．索爾正在又揮又砍，示範古羅馬軍團所使用的西班牙劍有什麼優點。泰迪看起來迷住了，他身體前傾，彷彿想跳起來加入戰鬥。莉莉看到珍，點了個頭，臉上的表情在說：*他會很好的。一切都在我們控制中。*

看到這一幕，珍就放心了。

出了城堡，她跑過雨中來到自己的車，把過夜包扔到後座，然後上了駕駛座。她擦掉臉上的雨水，拿出口袋裡那個出大門所需的四位數密碼。

一切都在控制中。

但是當她開出庭院，駛過拱門下，遠處卻有個東西吸引她的目光。一個男人站在樹林裡。離得太遠了，她看不清臉，只有形體。他的衣服跟周圍的樹幹一樣，是斑駁的灰褐色。

她正駛往那個方向，一路接近時，她的雙眼始終沒離開那男人，很好奇為什麼他站著不動。接著一個彎道出現，她一時看不到他，等到那片樹林又回到視線中，她才發現沒人站在那裡。那只是一棵枯死櫟樹的殘幹，上頭有斑駁的地衣，還有啄木鳥啄出來的幾個洞。

她停在路邊，搖下車窗，看到樹葉被雨淋得滴著水，樹枝在風中快速晃動。但樹林裡沒有人在看守，只有那根枯死的殘幹，偽裝成危險人物。

一切都在控制中。

但是她心裡還是很不安，一路駛出大門，接著繼續往南穿過森林，進入田野。或許是持續不停的雨和四下籠罩的烏雲造成的。或許是因為這條寂寞的路，路邊廢棄的房子有塌陷的門廊和木板釘死的窗戶。這個地方感覺上像是世界盡頭，她則是最後一個還活著的人類。

她的手機鈴聲打碎了這個幻覺。我又回到文明世界了，她心想，趕緊翻皮包拿出手機。收訊很差，只能勉強保持通話而已，但是她聽得出佛斯特斷續的聲音。

「……你上一封的電子郵件……跟丘陵鎮警局談過……」

「丘陵鎮？這事情是有關威爾．雅布朗斯基的阿姨和姨丈嗎？」

「……說很詭異……想討論……」

「佛斯特？佛斯特？」

他的聲音忽然變得響亮又清楚。手機訊號終於好轉了。「他不曉得這一切是什麼意思。」

「你跟丘陵鎮的警察談過了？」

「對。一位大衛．懷曼警探。他說這個案子從一開始就讓他覺得很詭異。我跟他說了克蕾兒．沃德的事情，他真的很有興趣。他之前都不曉得還有其他小孩也這樣。你得跟他談談。」

「你能不能去新罕布夏州跟我會合？」珍問他。

佛斯特頓了一下，然後壓低聲音。「不可能。克羅希望我們專心找到安德烈．札帕塔。我今天晚上要去監視那個管家的公寓。」

「克羅還是認為動機是劫財？」

「理論上，札帕塔很像兇手。在哥倫比亞有竊盜前科。他有門路、有機會。而且廚房門上有他的指紋。」

「可是這三個小孩的事情，讓我覺得很不對勁。」

「聽我說，我們以為你明天才會回來。你現在還有時間繞去那邊一下。」

她本來計畫晚上回家跟嘉柏瑞吃晚餐，然後哄瑞吉娜上床睡覺的。現在看來，她得去新罕布夏州了。「別跟克羅提。」

「本來就沒打算提。」

「還有一件事，幫我查一下聯邦調查局的『暴力犯罪逮捕計畫』資料庫，查一下還沒破的滅門血案。尤其是沃德、雅布朗斯基、克拉克這三對夫婦被殺害的那一年。」

「你覺得這是怎麼回事？」

「不曉得，」她凝視著前方被雨水淋溼的馬路。「但無論是什麼，都開始搞得我心裡發毛了。」

16

等到珍開進車道停下車，雨已經停了，但烏雲未散，沉甸甸地很有壓迫感，樹梢還持續滴著水。附近沒看到其他車輛。她下車走向一度矗立著威爾的阿姨琳恩・譚普夫婦所住農舍的遺跡。十幾碼外的穀倉沒受火災影響，但是農舍現在只剩一堆燒黑的木頭。她孤單站在廢墟旁，周圍都是滴水的聲音，她簡直還能聞到煙味從那些灰燼中冒出來。

輪胎輾過石子路的聲音傳來，她轉身看到一輛深藍色的運動休旅車緩緩停在她的速霸陸後頭。下車的男人穿著一件黃色雨衣，那雨衣套在他高壯的身軀上活像個四人大帳篷。他身上的一切似乎都好大，從他的禿頭到肉乎乎的雙手都是，而且儘管她不怕他，但在這個孤立的地點，她還是強烈感覺到他身體上的優勢。

「懷曼警探？」她喊道。

他大步走過來，靴子踩過水窪。「你一定就是瑞卓利警探了。從緬因州開過來，一路狀況怎麼樣？」

「很溼。謝謝你過來跟我碰面。」她看著農舍遺跡。「這就是你希望我看的？」

「我想我們應該先在這裡碰面，趁著天還沒黑，讓你看一下整個狀況。」

一時之間，他們只是站在那裡，沉默打量著被燒毀的房屋。在更遠處的田野裡，一隻鹿漫步出現，瞪著他們瞧，一點都不害怕。牠還太小，不熟悉步槍開火的聲音，也不懂得子彈射中身體的滋味。

「他們好像是善良百姓。」懷曼警探說，「安靜，屋子內外都維護得很整潔。從來沒引起我們的注意。」他暫停一下，諷刺地搖了下頭。「我猜想，那就是善良百姓的定義之一吧。」

「所以你不認識譚普夫婦？」

「我聽說過有對新搬來的夫婦，租下了老麥克墨瑞的地方，但是我從沒見過他們。他們好像沒有固定的工作，所以鎮上的人也沒機會認識他們，只除了他們的房屋仲介人而已。他們跟她說，搬來鄉下是想過安靜的生活，讓他們的外甥可以享受戶外活動、呼吸新鮮空氣。鎮上加油站、雜貨店的職員都見過他們，但對其他人來說，譚普一家人幾乎就是隱形的。」

「那麼他們的外甥威爾呢？他在這裡一定交了朋友吧？」

「他在家自學，從來沒機會跟任何本地的小孩打成一片。除此之外，我感覺他有點不太一樣。」

「怎麼說？」

「胖胖的，又笨拙。是個真正的宅男，希望你懂我的意思。事情發生的那一夜，他跟我說他站在那邊的田野裡。」懷曼指著那片草地，那隻鹿正悠閒地在那邊吃草。「他把一具很不錯的單筒望遠鏡架好了，正在看著天空的星星或什麼的。啊，我現在想起來了，他在找彗星。」懷曼笑了起來。「現在我自己也有兩個十來歲的男孩。碰到星期六晚上，他們最不想做的事情，就是站在田野裡，沒有電視也沒有Facebook。」

「所以威爾當時就一個人站在這邊的田野裡，看著天空。然後屋子就爆炸了。」

「差不多就這樣。我原先假設那只是個意外。暖氣爐、桶裝丙烷，諸如此類的。後來消防隊的隊長檢查時，發現了看起來像是縱火的裝置。所以我就向州警局的重案組通報了。狀況都寫在我的報告裡。我也帶了一份影本來給你。就放在我車上。」

「他們的外甥威爾，你對他有什麼看法？我的意思是，除了他是個宅男之外。」

「當然了，我仔細查過他。想著或許他跟他阿姨和姨丈有什麼不愉快，或許想脫離他們的控制？但後來我們很確定不可能是他幹的。」

「你剛剛告訴我他很聰明。他說不定能找到方法製造炸彈。」珍說。

「這種的他做不出來。」

「這種有什麼特別的？」

「首先，那是塞姆汀炸藥。」

她大吃一驚。「塑膠炸藥？」

「設計得非常精密。根據聯邦調查局的說法，裡頭的成分是法國貨。這可不是一個十四歲的小鬼會用來謀殺他阿姨和姨丈的工具。」

珍皺眉看著那些燒黑的木頭，得出了唯一可能的結論。這是專業殺手幹的。「談一下譚普夫婦吧。」她說。

「他們是那男孩唯一在世的親戚。琳恩．譚普是他母親的姊妹，在巴爾的摩附近當圖書館員。布萊恩．譚普是物理學家，在航太總署位於馬里蘭州綠帶城的戈達德太空飛行中心工作，威爾的父親尼爾．雅布朗斯基也在那邊服務。這兩個男人是同事也是好友，兩對夫婦很親密。威爾的父母墜機身亡後，琳恩和布萊恩就取得威爾的監護權。之後發生的事情算是個謎吧。」

「什麼意思？」

「男孩的父母墜機死掉之後的幾天，布萊恩和琳恩辭掉了工作。就這樣，布萊恩忽然放棄了在航太總署工作二十年的事業。他們收拾行李，把家具寄放到倉庫，離開巴爾的摩。幾個月後，他們就在這裡定居。」

「沒工作嗎？那他們要怎麼維生？」

「這是另一個好問題。譚普夫婦死的時候，銀行帳戶裡有五十萬元存款。我不知道航太總署的待遇有多好，但是對一個物理學家來說，這筆退休金也太優厚了。」

天色逐漸暗下來。樹林裡又冒出兩隻鹿，是一隻母鹿帶著幼鹿，但牠們很謹慎，一邊看著兩個人類，一邊冒險走出來，緩緩一步步走進田野裡。若是到了打獵季節，那樣的謹慎或許就能保住牠們的命。但是一旦引起獵人的注意，就沒有什麼救得了你了。

「譚普夫婦是在逃避什麼嗎？」珍問。

「不曉得，不過很明顯，他們當時是在跑路。或許那起墜機的事故，他們知道些什麼。」

「那麼為什麼不去報警？」

「我也不明白。我跟馬里蘭的一名警探談過，就是當初偵辦雅布朗斯基夫婦死亡的那位，他似乎跟我一樣搞不懂。」

「威爾知道他阿姨和姨丈為什麼要帶他搬來這裡嗎？」

「他們跟他說，巴爾的摩治安不好，很危險，他們希望住在一個比較安全的地方，就這樣。」

「結果他們就搬來這裡。」她說，想像著當時倒塌的木材、猛烈的大火。在一片平靜樹林邊緣的可怕死亡。

「主要是，這的確是個安全的小鎮，」懷曼說，「有一些酒駕沒錯，我們這裡的青少年也會做些蠢事。偶爾或許有人入室行竊，或者一些家暴事件。我們警局通常碰到的都是這些案件。但是這個？」他搖搖頭。「我從來沒有處理過像這樣的案子，希望以後也永遠不要碰到。」

在田野裡，又出現了更多身影，一整群鹿都跑出來了，悄悄地在暮光中移動。對於像珍這樣在城市長大的女性來說，那真是個神奇的畫面。在這個野鹿覺得夠安全、可以漫步走出來的地方，一定讓譚普夫婦覺得找到了庇護所。一個讓他們可以在此安定下來，沒沒無聞且不被注意。

「那個男孩能倖存，只不過是運氣好。」懷曼說。

「你確定真的只是運氣？」

「就像我之前說過的，我的確短暫懷疑過他是嫌疑犯。沒辦法，這是例行程序。但是那個男孩真的很震驚。我們發現他的望遠鏡還在田野裡，就在他說的地方。那天晚上天空很清朗，就是那種你會架上單筒望遠鏡的夜晚。而且他因為想救他阿姨和姨丈，毛髮被燎焦得相當嚴重。」

「據我所知，有一個經過的駕駛人送他去醫院。」

懷曼點頭。「一個女人剛好開車經過，看到了大火。她就開車送那孩子去急診室。」

珍轉頭看著馬路。「我看到的上一棟房子，離這裡大概有一公里半。那個女人住在這附近嗎？」

「我想應該不是。」

「你不知道?」

「我們從來沒能跟她談。她把那男孩送到醫院就離開了,留了電話號碼給護士,但反正號碼寫錯還是怎麼樣的。我們後來打去,接電話的是個住在紐澤西州的傢伙,根本不曉得我們在講什麼。當時我們還完全沒想到是有人縱火,以為就只是個意外,所以找證人不是第一優先。一直到後來,我們聽說了塞姆汀炸藥的事情,才明白這是兇殺案。」

「那個女人那天晚上有可能看到了什麼,說不定甚至在路上經過了兇手的車。」

「我們追查她時沒交上好運。男孩和急診室護士都形容她是金髮、苗條、大約四十歲。符合我們在醫院監視影片裡面所看到的身影。」懷曼抬頭看看,此時又開始下起小雨。「所以就留下了一個謎給我們。這件事就像個冰山,只有一部分露出水面。底下有更深入的故事,我們看不到。」他拉起雨衣的帽兜遮雨。「我帶了這個案子的檔案,你拿去看看,有問題再打電話給我吧。」

她接過他遞過來的厚厚一疊紙。「其實呢,我還有個問題。有關威爾後來怎麼會去晚禱學校。」

「你不是剛從那個學校過來?他們沒告訴你嗎?」

「他們學校的心理醫師說,威爾是你們州政府派代表送去的。」

「那是我這輩子看過最快的安置。火災的次日,那個男孩還住在醫院裡,我就接到一通州長辦公室打來的電話,說那個男孩已經被列入特殊保護名單。然後有個傢伙開著私人汽車跑來,就帶走那個男孩了。

「有個傢伙？」

「高高的，深色頭髮。穿得一身黑，像個吸血鬼。」

穿得一身黑。安東尼・桑索尼。

17

「現在我宣布，胡狼社的會議正式開始。」朱利安說。

莫拉看著六個男孩在化學教室裡面紛紛坐下。因為他們在用餐室裡是坐在朱利安那一桌，所以莫拉已經知道他們的名字。坐在第二排的是布魯諾．秦，他好像從來沒辦法坐著不動超過一分鐘，就連現在，他也還是在椅子上不安地扭動。在他旁邊的亞瑟．圖姆斯端坐不動，有燙傷疤痕的雙手緊握著放在書桌上。她聽說那些疤痕是他父親放火燒的。靠門邊坐著列斯特．葛里密，他對靠近逃生路線有種執迷。他曾因為迅速跳出一扇窗子而保住一條命，從此他總是選擇靠近出口的座位。另外在第一排，坐著胡狼社的兩名最新社員威爾．雅布朗斯基和泰迪．克拉克。他們的故事莫拉已經很清楚了。

六個男孩，六個悲劇，莫拉心想。但是人生要繼續走下去，於是他們來到這裡，有些人帶著疤痕，全都是倖存者。這個社團是他們處理失去親人以及惡劣回憶的方式，於是就連無能為力的孩子，都會覺得自己像是戰士。

但是身為打擊犯罪的戰士，他們這批人似乎很不起眼。

只有朱利安鶴立雞群，又高又威風，看起來很有社長的樣子。儘管珍覺得胡狼社不過就是《高中犯罪現場》，但朱利安顯然很認真看待自己社長的角色。教室裡的其他男孩看起來也都認真極了。

「各位，今天我們有了一個真正的鑑識調查人員在場，」朱利安說，「艾爾思醫師在波士頓的法醫處工作，也在那邊解剖屍體。她是一位法醫，一位鑑識病理學家，一位科學家。而且……」他驕傲地看著她。「她是我的朋友。」

我的朋友。簡單的四個字，但他說出來的方式對他們雙方都有更深的含意。她微笑站起來，按照他們對待她的同等尊重態度開了口。

「謝謝你的介紹，朱利安。就像他剛剛說的，我是病理學家。我的工作要與死人為伍。我在解剖台上檢查人類的遺體，把組織放在顯微鏡底下觀察，以了解人們的死因。無論是自然死亡或疾病致死，又或者是創傷或中毒造成的。由於我在醫學方面的科學背景，我可以提供你們建議……」她暫停下來，看到走廊有動靜，那是一個金髮的身影。「克蕾兒？」她朝外頭喊，「你要加入我們嗎？」

所有男孩都立刻朝門口看。克蕾兒沒辦法悄悄溜掉了，於是她聳聳肩，好像反正也沒事做。她走到第一排，滿不在乎地在威爾隔壁的椅子坐下。其他男孩都還瞪著這個剛剛逛進來的外星生物。的確，莫拉心想，克蕾兒是個奇怪的女孩。一頭白金色的頭髮和同色的睫毛，她看起來不像塵世的凡人，而像某種森林裡的仙女。但她一臉無聊的表情和垮下的肩膀，看起來就完全是美國青少年的樣子。

克蕾兒看了一下那些啞口無言的男生。「你們開這個會是真的有在做事，還是光在那邊瞪著眼睛？」

朱利安說：「我們正要討論在柳樹上的發現。」

「那個跟我一點關係都沒有。無論任何人說什麼。」

「我們只跟著證據走，克蕾兒。無論證據帶領我們到哪裡。」朱利安看著莫拉。「我想，既然你是醫學專家，你可以從告訴我們死因開始。」

莫拉皺眉。「死因？」

「那隻公雞，」布魯諾說，「我們已經知道牠是死於兇殺。但牠是怎麼死的？」

莫拉看著那一張張望著自己的臉。他們是認真的，她心想。他們真的把這當成一樁命案在調查。

「你檢查過賀曼，」亞瑟說，「不是嗎？」

「只是匆忙看了一下，」莫拉承認，「就在羅門先生丟掉遺體之前。而根據牠脖子的角度，我會說，牠的脖子顯然斷了。」

「那是死於勒殺，還是脊椎神經創傷？」

「她剛剛都說脖子斷了，」布魯諾說，「我想就是神經損傷，不是血管的原因了。」

「那麼死亡時間估計呢？」列斯特問，「你知道大概有多久嗎？」

莫拉看著那一張張臉，很驚訝這一連串問題。「如果沒有證人的話，死亡時間向來很難評估。以人類來說，會有幾個指標。體溫、屍僵、屍斑——」

「你試過測量鳥類的眼部水晶體鉀含量嗎？」

她瞪著他。「不，沒有，我沒試過。我承認，我對雞的病理學所知不多。」

「那麼，至少我們已經知道死因了。但是把牠開膛剖腹的用意是什麼？為什麼要掏出牠的內臟，然後把屍體吊在樹上？」

這正是我在那片空地上問過的問題。

「這個問題，我們等到做側寫時再談，」朱利安說，「現在我們先針對物證來討論吧。我昨天回去樹林想找屍體，但是我想被食腐動物叼走了，所以我們沒有遺體可以檢驗。另外我也去雞舍周圍想檢查腳印，不過很遺憾，腳印已經被雨水幾乎完全沖掉了。所以我想，再來就是看看各位有什麼發現。」他看著布魯諾。「接下來換你吧？」

布魯諾走到教室前方時，莫拉坐了下來，覺得自己像個沒寫作業的學生。她不曉得這個精力過剩、焦躁不安的小布魯諾會講些什麼。他戴上乳膠手套，伸進一個褐色紙袋裡。結果取出來的是三個樹枝玩偶，脖子上還套著細繩子。然後布魯諾把三個玩偶放在實驗桌的不鏽鋼桌面上。看看這三個玩偶，她心想，現在這麼平凡無奇。在教室裡明亮的日光燈下，玩偶身上的紅褐色噴濺痕看起來像泥巴，一點也不像血。之前從柳樹上懸吊下來，在風中旋轉，感覺上似乎好邪惡。現在它們失去了那種力量，回到了原來的本質：一捆捆小樹枝。

「這些是證物A、B、C，」布魯諾說，「這些人偶，從外型看是兩男一女。是用各種樹枝和樹皮製作的，用細繩捆綁起來。我仔細檢查的是繩子，判定是黃麻做的。另外我也在穀倉找到同樣的繩子樣本，平常是用來捆綁餵馬的大包乾草。」他從口袋掏出一段繩子樣本。「看到沒？一模一樣。就在我們自己的穀倉！」他回到座位坐下。

「亞瑟，接下來要由你講嗎？」朱利安說。

「我負責鑑定樹枝，」亞瑟站起來說，「那件樹皮製作的裙子很簡單，學名是*Betula*

papyrifera，也就是北美白樺。樹枝就比較沒那麼容易，而且有兩種樹枝。根據綠色樹皮的光滑度和點狀突起，我想其中一些是*Fraxinus nigra*，也就是美國黑梣。另一種我是從星狀木髓辨認出來的。我想那是脂楊。沿著小溪可以找到這種樹。」

「做得很好。」朱利安說。

莫拉看著亞瑟坐下，心想：那個十五歲的男孩對樹的了解，我這輩子再怎麼樣都比不上。

列斯特站起來，但他沒走到教室前面，而是站在門旁他覺得安全的地方。「我負責檢查把被害者的屍體懸吊在高處樹枝的那根粗繩索。我還得跑回去爬到樹上，才能取得樣本，因為我們在《高中犯罪現場》結果比她想像的厲害太多了。

「結果關於那根繩索，你發現了什麼？」朱利安問。

「是四分之一吋的白色尼龍繩，菱形編織法。全功能用途，抗拉強度優良。防腐防霉。」列斯特暫停一下。「我在學校裡到處找過了，想看能不能找到源頭。後來在工具小屋找到一整捲。」然後他坐下。

「我們已經確認，做這些玩偶的各種所需材料，都可以在學校裡找到。樹枝、細繩、粗繩。」朱利安掃視了教室一周。「所以接下來要進行困難的部分了，就是回答布魯諾稍早問的那個問題：為什麼？為什麼有人要殺掉一隻公雞，把牠開膛剖腹？為什麼要把牠掛在一條小徑旁？而且那小徑我們幾乎每天都會經過、一定會看到的？」他等著大家回答。

亞瑟說：「這個人想吸引大家的注意。」

「或者痛恨公雞。」布魯諾說，刻意看著克蕾兒。

「那是個宗教儀式，」威爾提議，「就像加勒比海的薩泰里阿教。他們都殺雞獻祭的，對吧？」

「一個精神變態為了好玩而殺動物，」列斯特說，「或許他樂在其中。或許他從中得到快感，這表示他還會再做。」列斯特暫停一下。「下一回，可能就不會是一隻雞了。」

於是整個教室變得安靜。

打破沉默的是泰迪。「我覺得這是個訊息。」他說。

「什麼樣的訊息？」朱利安問。

「他想告訴我們一些事，想警告我們。」泰迪的聲音壓低到成為耳語。「你們其他人沒想過，為什麼有三個玩偶嗎？」

莫拉看著那些樹枝玩偶。然後看著坐在第一排的克蕾兒，被威爾和泰迪夾在中間。

兩男，一女。

18

「我的地理觀念有點模糊了，瑞卓利，所以幫我一下，」克羅警探說，「上一回我查的時候，新罕布夏州不在我們的轄區啊。」

珍看著圍坐在會議桌旁開小組會議的警探同事們。佛斯特和摩爾坐在她對面，但兩人今天早上似乎都不想跟克羅正面對槓。事實上，整組人員看起來都很厭煩衝突。克羅已經把他們擊垮了，她是唯一準備好要挑戰他的，也是唯一真正很想跟他鬥個你死我活的人。

「我剛剛列出了所有跟艾克曼滅門血案非常相似的案子，」她說，「兩年前，雅布朗斯基夫婦在私人飛機上，因為炸彈爆炸而墜機身亡。」

「那是墜機在馬里蘭州。」克羅指出。

「同樣也是兩年前，克蕾兒・沃德的父母被射殺——」

「在倫敦。」克羅大笑。「老天在上，根本就在另一個國家了。」

「——而且兩個事件都發生在泰迪・克拉克一家在聖托馬斯島被攻擊的同一個星期。三家人，克羅，全都在幾天之內被殺害。現在，兩年後，這三家各自唯一的倖存者，又全都再次受到攻擊。看起來似乎是某個人決心要徹底消滅這三家人。所以這三個倖存的小孩都非死不可。」

「你的建議是什麼，瑞卓利？你想飛到馬里蘭州，幫當地警方調查他們的案子嗎？」

「飛到馬里蘭州會是個開始。」

「那接下來呢？倫敦？波士頓市警局一定會非常樂於付這個帳單的。啊，另外別忘了還有聖托馬斯島，還得派人去查一下那個事件。」

佛斯特舉起一隻手。「我自願去聖托馬斯島。」

「我沒有要求去倫敦和聖托馬斯島公費旅遊，」珍說，「我只是想花些時間查一下這個。我想其中有一些關聯，只是我們現在看不出來。有個什麼把沃德家、雅布朗斯基家、克拉克家聯繫在一起。」

「是喔，」克羅說，「還真是一個大型國際陰謀呢。」

「我們有必要深入追查一下。」

「不。我們還是把焦點鎖定在安德烈・札帕塔身上。他現在忽然不見了，到處都找不到人，我看就是作賊心虛。」克羅看著佛斯特。「有關他的電話通聯紀錄，你查到些什麼了？」

佛斯特搖搖頭。「自從艾克曼一家被殺害後，他就沒用過手機。我猜想他把手機扔了，或者已經回哥倫比亞了。瑪麗亞的電話通聯紀錄裡，也沒發現什麼可疑的。」

「那就是她有別的辦法聯絡他。電子郵件、中間人。所以我們就繼續去查朋友的朋友。今天早上的廣播之後，有民眾打電話來通報線索嗎？」

摩爾點點頭。「我們正在試著追查所有的通報線索。」

「你知道《星際大戰》裡的尤達大師說過一句話：不必試。去做就是了。」克羅看了一眼手錶，然後突然站起來，扶正了領帶。「有個記者在等我。」他說，然後走出會議室。

「依你們看，我們應該把那道門加寬嗎？」珍說，「免得他的頭愈來愈大，都擠不過了？」

「我覺得已經來不及了。」摩爾說。他是出了名地有耐性，現在連他都一臉嫌惡，收拾著桌上的文件，然後塞進他的公事包。最近他老在談退休的事情；這個案子有可能真的會逼得他退休走人。

「你對札帕塔有什麼想法？」珍問他。

「安德烈．札帕塔有克羅所喜歡的一切嫌疑犯特點：門路、機會、前科，而且沒有綠卡。」

「你好像不太信服。」

「但是我也沒有可信服的論點能反駁他。眼前，札帕塔就是我們的主嫌犯。」摩爾闔上公事包，像個倦勤的官僚般拖著腳步走出門。

「老天。」珍對佛斯特說，「他是怎麼回事？」

「你不曉得過去幾天這裡有多慘，」佛斯特說，「你沒有領教到克羅的威風。」

她坐在那邊，一支筆敲著她帶來開會的檔案，想著她花了那麼多時間去調查沃德一家和雅布朗斯基一家的命案。「告訴我，說我的想法是有道理的，佛斯特。告訴我，說這一切的確是有詭異的地方。」

「的確是有詭異的地方。」

「謝謝。」

「但不表示那些案子就跟我們手上的案子有關。我幫你查了『暴力犯罪逮捕計畫』資料庫，查到了全國有幾百樁滅門血案。我只能很遺憾地說，這三家人可有很多同伴了。」

「但是第二次攻擊，才讓這三家人特別引人注意。那就像是拿著長柄大鐮刀的死神堅持不放棄，一定要完成工作才行。我們要怎麼解釋這件事？」

「不是每件瘋狂的事都有解釋的。有時候就是會有奇怪的事情發生。」

「我從來不喜歡這個答案。那是我會告訴我女兒的話。」

「瑞吉娜可以接受，對吧？」

「那不表示我也可以接受。」

她的手機響了。她看到上頭顯示是克羅的號碼，不禁哀嘆一聲。她朝佛斯特翻了個白眼，然後接了電話。「我是瑞卓利。」

「他們看到札帕塔了，在羅斯伯里區的一戶公寓。監視人員跟著瑪麗亞到那邊，那個操他媽的智障就出現了。馬上趕過來，我們要進去了。」

◆

十分鐘之後，珍和佛斯特停在一道鐵絲網籬笆邊，然後下了車。克羅已經趕到了，趾高氣揚得就像麥克阿瑟將軍在對士兵訓話似的，在場的有阿巴托警探、摩爾，以及兩名巡邏警員。

「前門就在轉角那邊，」阿巴托說，指著那棟四層樓高的紅磚公寓。「凱希爾正在監視前門，還沒看到嫌犯出來。」

「你確定那是札帕塔？」摩爾問。

「如果不是，那就是有人長得跟他很像了。瑪麗亞之前在兩個街區外下了巴士，走到這個地址來。半個小時後，札帕塔就從那個停車場走過來，進入這棟大樓。」

「你有住戶名單嗎？」珍問。

「有。裡頭有二十四戶，其中五戶沒人住。」

「有西班牙裔的姓氏嗎？」克羅問，「我們先去查那些。」

一名巡邏警員笑了。「嘿，大哥，那是歧視！」

「那去告我啊。」

「我可以看一下名單嗎？」佛斯特問，然後瀏覽著那些名字。「有一戶是姓菲爾布魯克的。」

「那又不是西班牙裔的姓。」那名巡邏警員說。

「瑪麗亞有個姊姊。」佛斯特抬頭。「她嫁了一個姓菲爾布魯克的。」

「那一定就是了，」克羅說，「哪一戶？」

「上頭說是二一〇。」

「那是在大樓背面，」阿巴托說，「一樓大門的密碼是一二七。」

「阿巴托，」克羅厲聲說，「你和這兩名警員守著一樓出入口。我們其他人進去。」

克羅、摩爾、佛斯特、珍一起走向一樓大門，此時任何看到他們的人，都會知道有事情即將發生了。但住在二一〇號公寓的人因為面對著大樓後方，不會曉得有什麼人就要找上門來。克羅在一樓門外的密碼輸入鍵盤上按了一－二－七，門鎖喀噠一聲打開了。珍跟著他進門，心臟跳得好快，雙手開始冒汗。這件事有可能輕易完成，也有可能變成一場血腥的大災難。這表示眼前搞不好就是她在世的最後一分鐘了。她的鞋子爬上磨損的樓梯，沉甸甸的葛洛克手槍握在手裡。佛斯特的背部就在她前面，他的防彈背心在襯衫下鼓起。她像是拍照似的一一看到這些細節，成為一連串十幾張的畫面。

他們來到二樓的樓梯口。二一〇號要沿著走廊往前走一段。在她後方，一扇門忽然打開，珍轉身，手槍也跟著轉過去。一名年輕女人瞪著她，手裡抱著一個嬰兒，睜大的深色眼珠裡充滿恐懼。

「進去屋裡！」珍嘶聲說。那女人立刻退回屋裡，用力甩上門。

克羅已經走到二一〇號公寓。他暫停，狠狠看了同組人一眼。「瑞卓利，」他低聲說，「你來按門鈴。把我們弄進去。」

她知道他為什麼挑她，因為女性的臉和聲音比較沒有威脅性。她吸了口氣，按了門鈴。她站得離窺視孔夠近，可以填滿門內看出來的視野，免得其他人被看到。很不幸的是，這也讓門內的人更容易一槍轟掉她的腦袋。她看到窺視孔裡閃了一下；有個人正看著她。

門打開了。裡頭是一個西班牙裔的女人，臉圓圓的，四十來歲，看起來頗像艾克曼的管家，所以珍知道這位一定就是瑪麗亞的姊姊了。

「菲爾布魯克太太嗎？」珍問。

那女人看到走廊裡的其他警探便尖叫：「瑪麗亞！」

「上、上！」克羅喊道，推開珍衝進公寓裡。

太多事情一口氣發生。警探們衝進公寓裡。瑪麗亞的姊姊用西班牙語大喊大哭。珍進去檢查，要到下一個房間時，看到了一塊有污漬的地毯、一張條紋沙發，還有一道讓幼兒玩耍的護欄。

小孩。這戶公寓裡有小孩。

珍衝進一間臥室，厚厚的窗簾遮得裡頭一片昏暗，因而她差點沒看到角落裡擠成一團的身影。一名女子抱著兩個學步中的小孩，扭著身體遮住那兩個孩童，彷彿要用自己的肉身保護他們不受傷害。

瑪麗亞。

腳踩在金屬上發出哐噹聲。

珍又壓低身子來到第二間臥室，看見摩爾正要爬出打開的窗子到防火梯。

「札帕塔？」珍問。

「他爬梯子上去了！」

為什麼要往上？

她把頭探出窗外，往下看到阿巴托和凱希爾站在小巷裡，已經拔出槍來。她又往上看，看到三個同事爬上防火梯要追捕。

她回頭跑出這戶公寓，衝向樓梯間。打算要是札帕塔上了屋頂，她就可以在那邊攔截他。她一次跨兩階往上跑，中途看到一扇門打開又轟然關上，她爬上最後一段樓梯，心臟狂跳，胸口劇烈起伏。

她衝出通往屋頂的門，來到近午的強烈陽光下。然後她看到札帕塔正從消防梯翻過屋頂邊緣，兩腳落在屋頂上。

「不准動！」她喊道，「我是警察！」

札帕塔暫停，瞪著她。他兩手空空。身上是褪色的藍色牛仔褲，領尖有鈕釦的襯衫皺巴巴的，一邊袖子被扯破了。有短短幾秒的時間，屋頂上頭只有他們兩個人。她看到他眼中的絕望，看到那絕望化為堅定的決心。

「兩手舉起來！」克羅大喊，此時他和佛斯特已經追在札帕塔後頭，也上了屋頂。

他沒地方跑了。一個警察在他前方，兩個在他後方，全都拿著槍。珍看到札帕塔兩腿搖晃不穩，以為他就要跪下來投降。結果他的下一個動作讓她難以置信。

他拔腿往自己的左邊跑，奔向屋頂的另一側，朝著兩棟大樓之間的窄巷。只有奧運選手級的跳躍，才能讓他安全越過那道深溝。

但他還是跳了，從屋頂邊緣躍起，撲向隔壁棟大樓。一時之間，他彷彿懸在空中，身體朝外伸展成燕式跳水之姿，幾乎就要越過那個深淵了。

珍趕到屋頂邊緣，看到札帕塔絕望地抓住另一棟大樓屋頂邊緣的雨水槽，掙扎的雙腿底下是四層樓高的距離。

「耶穌啊，他瘋了嗎？」佛斯特說。

「阿巴托，去隔壁那棟！」克羅朝街上喊道，地面上的那兩名警探趕緊衝到巷子對面。

札帕塔還是抓著那雨水槽懸吊著，設法想把自己往上拉，雙腳拚命在牆面亂劃，試圖蹬穩些。他抬起一隻腳，沒搆上屋頂。又抬起一次。正當他的鞋子終於搆到屋頂上，雨水槽就脫離了屋頂。

珍閉上眼睛，但她沒法關掉那崩落金屬的尖嘯和札帕塔身體撞上柏油路的轟然撞擊聲。

在某處，有個女人在尖叫。

19

瑪麗亞·薩拉札弓身坐在偵訊桌前，低頭拭淚。她年輕時一定非常漂亮。現在四十五歲了，她還是頗為健美，不過隔著單向鏡窗，珍看得到瑪麗亞頭頂有灰白的髮根開始冒出來。她撐在桌上的雙臂粗壯結實，因為多年操作家務而練出了肌肉。在她擦洗並清掃其他人的房子時，心中產生了什麼樣的怨恨？她撢去艾克曼家古董家具上的灰塵時，幫那些波斯地毯吸塵時，是否想過只要其中一幅油畫，或是艾克曼太太珠寶盒裡的一條祖母綠項鍊，就可以讓她所有的經濟困境消失？

「從來沒有，」瑪麗亞在偵訊室裡哀聲說，「我從來沒有偷過任何東西！」

摩爾在裡頭扮白臉，而扮黑臉的克羅則湊近瑪麗亞，露出的牙齒毫不掩飾自己的攻擊性。

「你幫你的男朋友解除了保全系統。」

「沒有。」

「你幫自己設計出一個牢靠的不在場證明，去照顧你姊姊的小孩，同時讓安德烈溜進艾克曼家。他是只打算偷點東西，還是本來就計畫要謀殺他們的？」

「安德烈從來不會傷害任何人！」

「廚房門上有他的指紋。而且是在廚房裡面。」克羅湊得更近，瑪麗亞縮著身子躲開。珍簡直替那女人覺得遺憾，因為達倫．克羅咆哮著湊近的那個畫面，實在是醜陋不堪。「他當時在那屋子裡，瑪麗亞。就從廚房門走進去的。」

「他是幫我送手機來！我那天早上忘在家裡了，所以他就幫我把手機送到艾克曼家。」

「然後把他的指紋留在廚房裡？」

「我給了他咖啡。當時我在清理爐子，他就坐了幾分鐘。」

「艾克曼太太無所謂嗎？一個陌生男人就坐在她的廚房裡？」

「她不介意。艾克曼太太向來對我很好。」

「拜託。艾克曼夫婦不是跟其他有錢的混蛋一樣嗎？付你的薪水低得可憐，還要你跪在地上刷馬桶。」

「不，他們對我很好。」

「他們那麼有錢，而你呢，瑪麗亞？連帳單都付得很辛苦。這真是太不公平了。你不覺得你應該得到更多嗎？」

她搖搖頭。「這是你編的，不是實情。」

「實情是，安德烈在哥倫比亞有前科。毒品走私、入室行竊。」

「他從來不會傷害任何人。」

「凡事總有第一次。像艾克曼夫婦那麼有錢，一定很誘惑人。有那麼多好東西可以拿。」他從之前帶進偵訊室的箱子裡拿出一個證物袋。「我們在你的公寓裡發現了這個，瑪麗亞。很漂亮的珍珠耳環。你怎麼買得起？」

「艾克曼太太，她送給我的。當成聖誕節禮物。」

「送給你的？是喔。」

「真的是她送的。」

「這對耳環值五百元。好貴重的禮物啊。」

「她不想要了，就送給我。」

「或者她忽然發現你偷了？或許這就是安德烈非得殺掉他們的原因。好讓他們閉嘴，這樣你就不會被逮捕了。」

瑪麗亞抬起頭，雙眼發腫又淚溼，她的臉氣得發紅。「你是魔鬼！」

「我只是想保護這個城市的安全而已。」

「藉著編一堆謊？你不了解我。你不了解安德烈。」

「我知道他是個罪犯。我知道他碰到我們就逃。這表示他作賊心虛。」

「他是害怕。」

「怕什麼？」

「哥倫比亞。他不能回哥倫比亞。他們會殺了他。」

「所以他就選擇死在這裡嗎？」

瑪麗亞雙手掩住臉。「他想活，」她啜泣道，「他希望不要有人煩他。」

「說實話，瑪麗亞。」

「我說的就是實話。」

「你乖乖說實話，否則……」克羅暫停，因為摩爾碰了他的肩膀。雖然兩人沒交談，但珍看到他們交換的眼色。看到摩爾不贊成地搖搖頭，克羅瞪回去。

「要命，」佛斯特在珍旁邊咕噥，「那傢伙真是混蛋加三級。」

隔著單向鏡窗，珍看著摩爾在瑪麗亞旁邊坐下。他沒安慰地拍拍她，也沒說什麼安撫的話，那女人繼續哭，緊抱著身子，像是要阻止自己發抖。

「我們沒有足夠的證據。」珍說。

「廚房門上的指紋呢？」佛斯特說，「他看到我們就跑的事實呢？」

「拜託喔。你講話就像克羅一樣。」

「還有那對耳環。誰會給管家那麼貴重的禮物？」

「說不定她說的是實話。說不定艾克曼太太很大方。我們不能證明不是。而且想想那棟房子，如果這真的是竊盜，札帕塔可以偷的東西那麼多，卻都沒拿。連珠寶盒都沒碰。」

「他嚇壞了。沒拿東西就逃了。」

「你覺得這樣合理嗎？你一定覺得不對勁。我就覺得非常不對勁。」

在偵訊室裡，瑪麗亞緩緩站起身，摩爾扶著她。他帶她走出門時，珍安靜地說：「摩爾也覺得不對勁。」

「麻煩的是，你沒有其他實際的線索可以查下去，只是有很壞的感覺而已。」

光有壞感覺還不夠，但她也不能置之不理。壞感覺就是你的潛意識在告訴你，說你漏掉了什麼，一個重要的線索有可能改變整個偵辦的方向。

有可能改變很多人的命運。

她的手機響了。她看到來電者名字時，心裡又冒出另一個壞感覺。「法蘭基。」她嘆了口氣接起來。

「我打給你兩次了，你都沒接。」

「我一直在忙。」忙著追捕嫌疑犯。忙著看一個人死掉。

「好吧，唔，現在太遲了。現在狀況一塌糊塗。」

「怎麼了？」

「我們在老媽家，考薩克剛到。」

「我們？你的意思是老爸也在那裡？」

「是啊，他們全都在那邊吼來吼去。」

「耶穌啊，法蘭基。你不能讓老爸和考薩克在一起，要讓其中一個人離開。」

「我發誓他們會殺了對方，珍。」

「好，好。我馬上趕過去。」她掛斷電話。

「別忘了，再沒有比家人的來電更危險的了。」佛斯特說，完全是風涼話。

「我只希望我不必打電話找律師。」

「幫你爸找？」

「幫我自己。在我殺了他之後。」

20

珍才剛下車，就已經聽得到吼叫聲。她匆忙經過三輛歪斜停放在她母親屋前的熟悉汽車，來到前門用力捶門。看沒人應門，她又捶了一次。可能是因為裡頭的人都吵嚷得聽不到了。

「警察終於來了。」她後方傳來一個暴躁的聲音。

珍轉身，發現是隔壁的鄰居卡明斯基太太。這女人二十年前就一副老態，過了二十年也沒改變，彷彿她凍結在時光中，那張臉永遠是一副怒容。

「這一帶完蛋了，」卡明斯基太太說，「老是有陌生男人跑來跑去。」

「你說什麼？」珍說。

「你母親以前很受尊敬的。一個已婚的良家婦女。」

「我爸拋棄她了。」

「所以她就有藉口亂來？」

「亂來？我媽？」

前門打開了。「感謝老天你來了！」考薩克說，「現在是二打一！」他抓住珍的手。「快進來幫我。」

「看到沒？」卡明斯基太太說，指著考薩克。「我講的就是他！」

珍跟著考薩克進屋後鬆了口氣，終於可以關上門，擋掉那位鄰居的憤怒眼光了。「你剛剛說那什麼意思，二打一？」

「我在這裡完全沒有幫手。你爸和法蘭基一直講個不停，想勸你媽甩了我。」

「我媽怎麼說？」

「誰曉得她會怎麼做？現在她隨時都要崩潰了。」

把這些男人全都趕出她家，會是不錯的第一步，珍心想，循著聲音來到廚房。這場戰役當然一定要在廚房發生，因為找鋒利的刀子很方便。

「感覺上你就像個外星人複製的豆莢人，現在根本就沒辦法獨立思考了。」珍的父親說。

「媽，你變得我們都不認識了。」法蘭基附和道。

「我只是希望我以前的安琪拉回來。我太太跟我在一起，就像我們以前那樣。」

安琪拉坐在餐桌旁，抱著自己的頭，好像要擋掉那些攻擊她的聲音。

「爸，法蘭基，」珍說，「別煩她了。」

安琪拉抬頭，眼神絕望地看著女兒。「我該怎麼辦，小珍？他們搞得我好困惑！」

「沒什麼好困惑的，」法蘭克說，「我們是已婚夫妻，就這樣。」

「上個星期你們還要離婚的。」考薩克說。

「那是誤會。」

「而且她的名字是珊蒂。」安琪拉喃喃說。

「她對我根本沒意義！」

「我聽說的可不是這樣。」考薩克說。

「這件事跟你完全無關，」珍的哥哥說，「混蛋，你為什麼還賴著不走？」

「因為我愛這個女人，可以嗎？你爸離開之後，陪著她的人是我。讓她再度有了笑容的人是我。」考薩克一手霸道地放在安琪拉的肩膀上。「你爸應該要想開點。」

「別碰我老婆。」法蘭克把考薩克的手從安琪拉身上拍掉。

考薩克火大了。「你剛剛打我嗎？」

「什麼，你是說那樣輕輕拍一下？」法蘭克朝考薩克的胳臂用力一推。「或者你指的是這個？」

「爸，別鬧了。」珍說。

考薩克的臉轉成一種危險的紅色。他雙手一推，推得法蘭克．瑞卓利往後撞到廚房的料理台。「你剛剛可是在攻擊警察。」

珍的哥哥擋在那兩個男人之間。「嘿，住手。」

「你現在不是警察！」老法蘭克吼道，「而且難怪。胖屁股加上爛心臟！」

「爸！」珍懇求著，趕緊過去把旁邊那個木製菜刀架收起來。「別鬧了。兩個都是！」

考薩克拉了一下襯衫衣領。「看在安琪拉的面子上，剛剛發生的事情就算了。不過別以為我會忘記。」

「滾出我的房子，混蛋。」老法蘭克說。

「你的房子？是你離開她的，」考薩克說，「所以這棟房子是她的。」

「這房子過去二十年是我在付貸款的。你以為你可以就這樣隨便來插手我的財產？」

「財產？」安琪拉忽然兇巴巴地插嘴，好像那個詞朝她脊椎射入一把箭。「財產？我對你來說就是這樣嗎，法蘭克？」

「媽，」法蘭基說，「爸的意思不是那樣的。」

「他一定是。」

「不，不是的，」老法蘭克說，「我只是說……」

安琪拉眼睛灼亮地狠狠瞪了他一眼。「我不是誰的財產。我是我自己的主人。」

「沒錯，寶貝。」考薩克說。

法蘭克和法蘭基都同時厲聲道：「你閉嘴！」

「我要你們離開，」安琪拉說，從餐桌旁的椅子站起來，那姿態像是準備戰鬥的北歐女武神。「快點。」她命令。

法蘭克和考薩克不太確定地看著彼此。

「好吧，你聽到她說什麼了。」考薩克說。

「我指的是你們兩個。全部。」安琪拉說。

考薩克困惑地搖頭。「可是安琪拉——」

「你們這樣又吵又吼的，搞得我頭痛。這是我的廚房，我的房子，我要收回來。快點。」

「媽，這個主意不錯，」法蘭基說，「棒透了，」他拍了父親的後背一下。「走吧，老爸。

給她一點時間。她會清醒過來的。」

「那種話，」安琪拉說，「幫不了你爸的。」她目光炯炯瞪著侵入她廚房的這些人。「好吧，你們還在等什麼？」

「他先離開才行。」法蘭克說，指著考薩克。

「為什麼要我先？」

「我們全部都要離開了，媽，」珍說，抓住考薩克的胳膊，拉著他往前門走。「法蘭基，你把老爸弄出去吧。」

「你不必，珍。」安琪拉說，「你留下。」

「可是你剛剛說——」

「我要男人離開。害我頭痛的是他們。我要你留下，跟我談一談。」

「就由你處理了，小珍，」法蘭基說，話中的威脅意味讓人不可能忽視。「別忘了，我們是一家人。這一點永遠不會改變的。」

有時候我還真遺憾有這種家人呢，她心想，看著男人們離開廚房，一路上的敵意濃得她簡直嗅得到。她半個字都不敢說，也完全不敢動，直到她聽見前門關上的聲音，接著是三輛車的引擎同時發動。她鬆了一大口氣，走過去把木製菜刀架放回原來料理台上的老地方，然後看著她母親。這是個很奇怪的轉變。法蘭基似乎向來是安琪拉最引以為榮的孩子，她的海軍陸戰隊兒子，絕對不可能做錯事，即使是去欺負自己的弟弟和妹妹。

但今天，安琪拉沒要求法蘭基留下，而是要珍留下，現在兩人單獨在一起，珍從容地審視她母親。安琪拉的臉仍因為剛剛發脾氣而漲紅，臉頰上的血色，加上她眼中的怒火，一點也不像任何男人的財產。她看起來像是一個應該抓著長矛和戰斧的女人，鼻子嘶嘶呼著氣。但當她們聽到三輛車開走的聲音，這個女戰士似乎就筋疲力竭，只留下一個疲倦的中年女人垮坐在椅子上，頭埋進雙手裡。

「媽？」珍說。

「我只是想要有再一次機會去愛，再一次機會感覺自己還活著而已。」

「什麼意思，活著？難道你之前沒有這種感覺？」

「我以前覺得自己是隱形的。每天晚上，我把晚餐放在你父親面前。看著他吃下去，半句讚美都沒說。我以為結婚三十五年本來就該這樣。我怎麼知道有可能不同？我以為一切就是這樣了。我的孩子長大了，我有一棟房子和漂亮的後院，有什麼好抱怨的？」

「我從來不曉得你不快樂，媽。」

「我沒有不快樂。我只是……」安琪拉聳聳肩。「待在這裡。活著。你和嘉柏瑞結婚還沒幾年，所以你大概不曉得我在說什麼，而且我希望你永遠都不會曉得。那種感覺好可怕，想到你人生最美好的年代都結束了。他讓我有那種感覺。」

「可是他離開之後，你又好難過。」

「我當然難過！他為了另一個女人離開我！」

「所以……你不想要他。但你也不希望那個女人得到他。」

「這有那麼難懂嗎？」

珍聳聳肩。「我想我明白吧。」

「而到頭來，後悔的人竟然是她。那個無腦波霸。」安琪拉笑了，那是一種響亮、諷刺的笑聲。

「他們兩個應該都後悔了，所以老爸才會想回家。我猜想，現在有點太遲了？」

安琪拉的嘴唇顫抖，低頭看著自己放在餐桌上的手。做了幾十年的菜，那雙手被熱燙的油脂、菜刀的刻痕留下了斑斑傷疤。「我不知道。」她喃喃說。

「你剛剛才告訴我，說你以前有多麼不快樂。」

「我以前的確不快樂。然後文斯出現了，我覺得自己像一個全新的人，一個年輕的女人。我們一起做很多瘋狂的事情，我從來連做夢都夢不到自己會去做那些事，比方射擊。還有裸泳。」

「你說太多了，媽。」她不想知道那麼多。

「他帶我去跳舞，小珍。你還記得你爸上一回帶我去跳舞是什麼時候嗎？」

「不記得。」

「我也不記得。這就是重點。」

「好吧。」珍嘆氣。「那麼我們來處理這件事。這是你的決定，無論你怎麼選擇，我都支持你。」即使這意味著要穿上一件粉紅色的小丑禮服去參加婚禮。

「問題就出在這裡。小珍。我沒法決定。」

「你剛剛才告訴我，說文斯讓你有多快樂啊。」

「但是法蘭基說了那個神奇的字眼。一家人。」安琪拉痛苦的雙眼抬起來。「這是有意義的。有了你和你哥哥弟弟。你父親和我，我們有共同的歷史，我沒辦法就這樣拋開。」

「所以歷史比讓你快樂還重要嗎？」

「他是你父親啊，珍。難道這一點對你毫無意義？」

珍困惑地搖搖頭。「這跟我一點關係都沒有。這是關於你，還有你想要什麼。」

「要是我想要的東西，偏偏害我有罪惡感呢？要是我嫁給文斯，然後接下來一輩子都在後悔我沒給我們一家人第二次機會呢？法蘭基就永遠不會原諒我。然後還有法拉納根神父和教會裡的每個人。還有鄰居——」

「別管鄰居了。」他們無論如何都不會高興的。

「所以你就曉得，有那麼多事情要顧慮。我當棄婦時要容易多了，每個人都鼓勵你，幫你加油。現在一切都翻轉過來，我成了破壞家庭的人。你知道這對我有多為難嗎？當個蕩婦？」

我寧可當蕩婦，珍心想，總比沮喪度日要好。她伸出手，越過桌面去碰她母親的胳膊。「你有資格快樂的。別讓法拉納根神父或卡明斯基太太或法蘭基說服你，去做任何你不想做的事。」

「我真希望我能像你一樣，對自己這麼有自信。我看著你，心裡想，我怎麼有辦法撫養出這麼堅強的女兒？她會做早餐、餵小孩，然後又能撂倒壞蛋？」

「媽，我很堅強，因為你就是這樣教我的。」

安琪拉大笑。一手抹過眼睛。「是喔，還真的咧。看看我，一個胡言亂語的瘋婆子。夾在情人和家人之間，左右為難。」

「我這個家人只希望你不要再擔心我們了。」

「不可能。一般人總說家人是血肉相連，的確就是如此。如果我因為這件事而失去了法蘭基，那就像是剁掉我一隻手臂。當你失去了家人，你就失去了一切。」

◆

這天晚上珍開車回家，那些話一路都在她腦海裡迴盪不去。她母親說得沒錯：如果你失去了家人，你就失去了一切。她看過因為謀殺而失去妻子、丈夫或小孩的人會怎麼樣。她看過悲慟如何能讓人生變得枯萎，讓面容一夜之間老去。儘管她很努力試著安慰他們，保證會透過司法正義獲得一個了斷，但她其實不知道、也不想知道他們受苦有多深。只有另一個受害人可以真正了解。

這就是為什麼有晚禱這樣的學校存在。這個地方讓受傷的人置身於其他了解的人之間，可以獲得療癒。

她那天早上跟莫拉通過電話，但還沒跟她說札帕塔身亡的事情。隨著他們的主嫌犯死掉，泰迪可能就沒有危險了，他們得決定現在是否該把他帶回波士頓。她把車子開進自家公寓的停車場，正要打莫拉的手機，這才想到晚禱學校收不到訊號。她滑著手機查通話紀錄，找到了莫拉上次打來的市內電話號碼，於是撥了號。

響六聲後，一個顫抖的聲音接了：「晚禱學校。」

「維勒芙醫師，是你嗎？我是瑞卓利警探。」她等著對方回答。「喂，你在嗎？」

「是的。是的。」一個驚詫的笑聲。「啊，老天，牠們好美！」

「什麼好美？」

「我從來沒見過像這樣的鳥。還有天空，那些顏色好奇怪……」

「唔，維勒芙醫師？我可以跟艾爾思醫師講話嗎？」

「我不曉得她在哪裡。」

「那麼，可以請她回電給我嗎？你晚餐時會碰到她吧？」

「我不去吃晚餐了。今天每樣東西嚐起來都很可笑。啊！啊！」維勒芙又開心地尖叫一聲。

「但願你能看到這些鳥！牠們好近，我都能碰到了！」

珍聽到她放下聽筒。聽到腳步聲逐漸遠去。

「維勒芙醫師？喂？」

沒有回答。

珍皺眉切斷通話，很納悶什麼樣的鳥會把那女人迷成這樣。她腦中忽然浮現出幾隻翼手龍在天空翱翔、朝著緬因州樹林俯衝下來的畫面。

在晚禱學校所處的世界裡，任何事似乎都有可能。

21

殺雞兇手。

雖然沒有人當著她的面講，但克蕾兒知道其他餐桌的人交頭接耳、不時還朝她看上一眼時，彼此低聲說了些什麼。就是她。人人都知道幾天前克蕾兒在馬廄外頭還想踢賀曼。於是她成了主嫌犯。在八卦的法庭上，她已經被審判且定罪了。

她叉了一顆球芽甘藍，嚐到的滋味跟她的忿恨一樣苦，但她還是吃了，機械般地嚼著，同時試圖忽略那些耳語、那些瞪她的眼光。一如往常，由布里安娜帶頭，還有她的兩個公主附和。唯一對克蕾兒公然表示同情的只有狗兒大熊，牠從平常在朱利安腳邊的位置起身，大步走向她。她偷塞了一小塊肉到桌下給牠，然後大熊感激地舔她手時，她眨掉淚水。狗比人類要善良得多。牠們接受你原來的樣子。她伸手到桌下，摸著大熊厚厚的毛。至少牠永遠會是她的朋友。

「我可以坐這一桌嗎？」

她抬頭看到泰迪端著餐盤。「請便。不過你知道你坐在這桌以後，會發生什麼事。」

「什麼事？」

「你就永遠當不成酷小孩了。」

「反正從來就不是。」他坐下，她看著他餐盤裡的水煮馬鈴薯、球芽甘藍、白扁豆。

「你吃素嗎？」

「我是過敏。」

「對什麼過敏？」

「魚、蝦子、蛋。」他扳著手指數自己的過敏清單。「小麥、花生、番茄。另外或許，我還不確定，草莓。」

「老天，你怎麼沒餓死啊？」

「我跟你一樣吃很多肉的。」

她看著他蒼白的臉，還有他火柴棒似的胳臂，心想：你是我這輩子見過最不像肉食者的男孩了。

「我喜歡吃肉。昨天我吃了雞肉。」他暫停，雙頰忽然變成粉紅色。「對不起。」他喃喃說。

「我沒殺賀曼。不管他們怎麼說我。」

「也不是所有人都那樣說的。」

她把叉子往盤上一摔。「我又不笨，泰迪。」

「威爾相信你。而且朱利安也說，一個好的調查者通常都會避免妄下判斷。」

她朝另一桌瞥了一眼，看到了布里安娜的冷笑。「我敢說她不會替我說話。」

「這事情是因為朱利安嗎？」

她看著泰迪。「什麼？」

「這就是為什麼你和布里安娜痛恨彼此嗎？因為你們都喜歡朱利安？」

「我不懂你在說什麼。」

「布里安娜說，你在暗戀他。」泰迪看著大熊，那隻狗正在搖尾巴，期望能再討到一點食物。「所以你老是對他的狗很好，好讓朱利安喜歡你。」

原來大家都這樣想嗎？她忽然猛推一下大熊，兇巴巴說：「別再來煩我了，笨狗。」

整個用餐室都聽到了，紛紛轉頭過來看，同時她站起身。

「你為什麼要離開？」泰迪問。

她沒回答。只是離開用餐室，走出校舍。

外頭還沒天黑，夏日的暮光仍徘徊不去。燕子在天空迴旋兜轉。她沿著環繞校舍的那條石砌小徑散步，漫不經心地望著各個陰影處，想尋找螢火蟲的跡象。蟋蟀的叫聲好大，搞得她一開始沒聽到頭上的嘩啦聲。然後有個東西掉下來，砰地一聲砸在她的腳邊。是一塊石瓦。

有可能砸中我的！

她抬頭，看到一個人影站在屋頂邊緣，背對夜空只看得見輪廓，雙手張開有如雙翼，那姿勢像是準備要飛上天。

不，她想尖叫，但喉嚨發不出聲音。不！

那人影跳起。在黯淡的天空裡，燕子繼續盤旋翱翔，但那具身體筆直落下，像一隻氣數已盡的鳥失去了翅膀。

當克蕾兒再度睜開眼睛，她看到小徑上的那灘黑色持續擴大，像日冕般環繞著安娜．維勒芙醫師摔碎的頭骨。

◆

緬因州的法醫主任是達吉特．辛醫師，莫拉幾年前在一場法醫病理學會議中認識了他。此後每次開會碰到，兩人的例行傳統就是約了吃晚餐，討論一些異常的案例，分享各自度假和家人的照片。但是今天，從那輛標示著法醫處字樣的白色休旅車下來的人不是達吉特，而是一名年輕女子，穿著靴子和工裝褲，外加一件刷毛外套，像是健行到一半直接趕來。她大步穿過緬因州警察局的幾輛車，朝莫拉走來，自信的步態顯示她對死亡現場很熟悉。

「我是艾瑪．歐文醫師。你是艾爾思醫師吧？」

「猜得好。」莫拉說，下意識地跟她握了手，不過碰到一個女性同業，她感覺很奇怪。尤其這個女人看起來像是大學還沒畢業，更別說還是個病理學家了。

「其實不是猜的。我去年在《法醫病理學學報》裡看過你寫的那篇文章，裡頭有你的照片。而且達吉特常常提起你，所以我老覺得好像已經認識你了。」

「達吉特還好嗎？」

「他這星期去阿拉斯加度假了。否則他會親自來的。」

莫拉諷刺地笑著說：「我本來也是來這裡度假的呢。」

「那一定感覺很壞。來到緬因州，結果屍體還跟著你。」歐文醫師從口袋裡掏出紙鞋套，如舞者般優雅地單腳站立，套上一隻鞋套，然後是另一隻。就像當今眾多改變醫學行業面貌的年輕女性，歐文醫師似乎聰明、健康，而且充滿自信。「霍蘭德警探已經在電話裡跟我簡報過了。你之前料到會出事嗎？有注意到任何自殺的跡象，比方憂鬱症嗎？」

「沒有。我跟這裡其他人同樣震驚。我覺得維勒芙醫師似乎完全正常。今天唯一的異常，就是她沒下樓來吃晚餐。」

「那麼，你最後一次看到她是什麼時候？」

「午餐時。據我所知，她今天最後一個學生約診是下午一點。之後就沒人見過她了。直到她跳下來。」

「你有任何推理嗎？想得出她為什麼要這麼做？」

「完全沒有。我們全都想不透。」

「好吧，」歐文醫師說，「如果像艾爾思醫師這樣的專家都不明白，那麼這就真的是個謎了。」她戴上了乳膠手套。「霍蘭德警探跟我說，有一個目擊證人。」

「有個學生目睹了經過。」

「啊老天。這會害那個小孩做噩夢。」

克蕾兒已經有很多噩夢了，莫拉心想。

歐文醫師抬頭看著校舍，上頭的窗子在夜空中發亮。「哇。我以前沒來過這裡，根本不曉得有這個學校。看起來像一座城堡。」

「這座建築物建造於十九世紀，原本是一位鐵路大亨的莊園。從哥德式建築風格來看，我想他自認是個皇族。」

「你知道她是從哪裡跳下來的嗎？」

「屋頂的走道。在塔樓外頭，她的辦公室就在塔樓裡。」

歐文醫師抬頭凝視著塔樓，維勒芙醫師辦公室的燈還亮著。「看起來大概有二十公尺，說不定更高。你覺得呢，艾爾思醫師？」

「我同意你的看法。」

她們循著環繞校舍側面的小徑前進，眼前這個年輕女人每次稱呼她艾爾思醫師時，就表明了視莫拉為資深權威專家的態度，搞得莫拉很納悶自己是什麼時候得到這樣的地位。前方有兩名緬因州警局警探拿著手電筒在察看。躺在他們腳邊的屍體蓋著塑膠布。

「晚安，兩位。」歐文醫師說。

「心理醫師常常做這種事，不是嗎？」其中一名警探說。

「她是心理醫師？」

「維勒芙醫師是學校裡的心理醫師。」莫拉說。

那名警探咕噥著：「我沒說錯。我想他們選擇當心理醫師，是有原因的。」

歐文醫師掀起塑膠布時，兩名警探都把手電筒照向屍體。安娜·維勒芙仰天躺著，臉被照亮了，頭部周圍披散的頭髮有如灰色鐵絲織成的鳥巢。莫拉抬頭望向三樓宿舍的窗子，看到了幾個學生的剪影，正朝下看著這個兒童絕對不該看到的景象。

「艾爾思醫師？」歐文朝莫拉遞出一雙手套。「要不要一起檢查？」

莫拉並不特別願意接受這個邀請，但她還是接過手套戴上，蹲在這位年輕的同業旁邊。她們一起觸摸頭骨、檢查四肢、清點明顯的破裂處。

「我們唯一想知道的是：意外或自殺？」一名警探說。

「你們已經排除兇殺了嗎？」歐文醫師說。

那警探點點頭。「我們跟目擊證人談過了。是個叫克蕾兒・沃德的女孩，十三歲。她當時在外頭，事發時就站在這裡，她沒看到屋頂還有其他人，只有被害人。她說被害人張開雙臂往下跳。」他往上指著燈光明亮的塔樓。「通往死者辦公室的門大開著，我們也沒看到打鬥的跡象。她走上屋頂走道，爬過欄杆，然後跳下來。」

「為什麼？」

那警探聳聳肩。「這個就要去問心理醫師了。我指的是還沒跳樓的。」

歐文醫師迅速站起來，但莫拉覺得自己已經年紀不輕，於是起身得比較緩慢。她的右膝蓋僵硬，因為多年夏天的園藝工作，肌腱和軟骨歷經四十年無可避免的磨損和拉扯。這又是另一個小小的提醒，讓她知道年輕一代總是準備好要接班。

「那麼，根據目擊證人告訴你的，」歐文醫師說，「這似乎不是意外死亡。」

「除非她是意外爬過欄杆，又意外跳下屋頂。」

「好吧，」歐文醫師脫掉手套。「我不得不同意。死因是自殺。」

「只不過我們事先完全看不出來，」莫拉說，「一點警訊都沒有。」

在黑暗中，她看不到兩名警察的表情，但是可以想像他們都在翻白眼。

「你希望有遺書留下？」一名警探說。

「我希望有個理由。我了解這個人。」

「當老婆的都認為牠們了解自己的丈夫。當父母的都認為自己了解他們的小孩。」

「沒錯，我也常在自殺事件後聽到同樣的話。事先一點警訊都沒有。我很清楚家人有時會完全沒頭緒。但這個……」莫拉暫停，感覺到三對眼睛都看著她，這個來自波士頓的著名法醫，想要為預感這種不合邏輯的事情辯護。「你們要知道，維勒芙醫師的工作是照顧心靈受損的孩童。協助他們在嚴重的情感創傷後痊癒。這是她一生的志業，所以她為什麼要死得這麼引人注目，讓這些孩子看到這一幕，害他們進一步受到傷害？」

「你有答案嗎？」

「不，我沒有。她的同事也沒有。沒有任何教職員搞得懂。」

「她有近親嗎？」歐文醫師問，「任何可能提供進一步看法的人？」

「她是寡婦。據鮑姆校長所知，她沒有家人還在世。」

「那麼恐怕就又是一個謎了，」歐文醫師說，「不過我會做解剖，雖然死因似乎很明顯。」

莫拉低頭看著屍體，心想：判定死因是容易的部分。劃開皮膚，檢查破裂的內臟和斷掉的骨頭，你就能找到答案。困擾她的是那些她無法回答的問題：動機，逼得人類去殺害陌生人或自殺的隱密痛苦。

那一夜，最後一輛公務車終於離開時，莫拉上樓來到教職員休息室，大部分教職員都在裡面。壁爐裡燒著火，但燈都沒開，彷彿在這個悲劇之夜，沒有人受得了任何明亮的光。莫拉沉坐在一張天鵝絨的安樂椅上，看著火光在他們臉上閃爍。他聽到一個輕柔的叮噹聲，原來是鮑姆校長倒了一杯白蘭地。他默默把酒杯放在莫拉旁邊的小几上，顯然猜想她需要喝一杯。她點了個頭，感激地啜了一口。

「為什麼她要自殺？在場一定有人有點線索吧，」莉莉．索爾說，「一定有些跡象的，只是當時我們不知道很重要。」

鮑姆說：「我們沒辦法檢查她的電子郵件，因為我不曉得密碼。但是警方搜查過她的私人物品，想找找看有沒有遺書。結果什麼都沒有。我跟廚子、園丁都談過了，他們也沒看到什麼不尋常的狀況，完全看不出安娜有自殺的傾向。」

「我今天上午在花園裡碰到她，正在剪玫瑰要放在她的辦公桌上，」莉莉說，「這聽起來像是一個要自殺的人會做的事情嗎？」

「誰曉得呢？」佩斯昆托尼歐博士喃喃道，「她才是心理學家啊。」

鮑姆看著房間裡面的同事們。「你們都跟學生談過。哪個學生有答案嗎？」

「一個都沒有，」文學老師卡拉．杜普勒賽說，「她今天排了幫四名學生進行諮商。亞瑟．圖姆斯是最後一個，在下午一點，他說她好像有點心不在焉，其他就沒了。學生們都跟我們同樣不知所措。要是你覺得這對我們來說很難受，那就想像一下對他們來說有多艱難。安娜負責照料他們的情感需求，而現在他們發現她才更脆弱。這會讓他們不曉得是否能仰賴我們，不曉得成人是否夠堅強、足以支持他們。」

「這就是為什麼，我們現在不能表現出軟弱的樣子。」陰暗的角落裡傳來一個低沉沙啞的聲音。是林務員羅門，也是唯一沒喝白蘭地的。「我們得繼續做我們該做的事情，就像以往一樣。」

「那太不自然了，」卡拉說，「我們都需要時間處理這件事。」

「處理？這只是個花俏的字眼，其實就是自怨自艾和痛哭流涕。維勒芙醫師自殺了，除了繼續往前走，我們也不能做什麼。」他悶哼了一聲站起來走出去，留下一股松木和菸草的氣味。

「人類的惻隱之心不曉得跑哪兒去了，」卡拉低聲咕噥著，「有羅門這樣的例子，難怪我們的學生會殺雞。」

鮑姆說：「可是有關保持正常運作的重要性，羅門先生說的也確實有道理。學生需要我們保持正常。當然，他們需要時間去哀悼沒錯，但他們也需要知道日子要繼續過下去。」他看著莉莉。「我們還是要照常去魁北克進行戶外教學旅行嗎？」

「我沒取消任何預訂，」她說，「旅館房間訂好了，孩子們也已經討論好幾個星期了。」

「那麼你們應該遵照約定，照樣帶他們去。」

「不是所有人都要去吧？」莫拉說，「以泰迪的狀況，我想現在公然出去露面太危險了。」

「這一點，瑞卓利警探已經跟我們講過了。」莉莉說，「泰迪會留在這裡，因為我們知道他待在這裡很安全。威爾和克蕾兒也會留下。另外當然，還有朱利安。」莉莉微笑。「他跟我們說，他希望有更多時間跟你單獨相處。一個十來歲的孩子居然會這麼說，艾爾思醫師，這真的是一大讚美。」

「無論如何，這件事感覺還是不對勁，」卡拉說，「安娜才剛死，我們就帶他們去進行一趟歡樂的戶外教學旅行，這太奇怪了。為了尊重她，我們應該留下來。查清楚是什麼逼得她自殺的。」

「悲慟，」莉莉平靜地說，「有時候會拖很久才降臨到你的頭上，即使是多年以後。」

佩斯昆托尼歐乾咳一聲。「那件事發生多久了？二十二年前？」

「你指的是安娜的丈夫被謀殺的事情？」莫拉問。

佩斯昆托尼歐點頭，伸手去拿白蘭地酒瓶，補滿他的杯子。「她跟我說過詳情。說法蘭克林被人從他車裡抓走。他的公司付了贖金，但法蘭克林還是被處決了，幾天後丟棄的屍體被發現。一直沒抓到兇手。」

「她一定覺得很憤怒，」莫拉說，「憤怒隱忍在心中，導致憂鬱症。如果她這些年都懷著這種憤怒……」

「我們全都是，」佩斯昆托尼歐說，「這就是為什麼我們會來這裡，為什麼會選擇這份工作。憤怒是讓我們持續前進的燃料。」

「燃料也可能很危險，會爆炸的。」莫拉看著房間裡的人，他們全都有過暴力的疤痕。「你們確定你們有辦法處理這件事？你們的學生有辦法嗎？我看過樹林裡那棵柳樹懸垂下來的東西。

這裡有個人已經證明他——或她——有能力殺戮了。」

有那麼不安的一刻，老師們沉默地看著彼此。

鮑姆說：「這件事我們很擔心，安娜和我昨天才討論過。就是我們的一個學生可能心理問題很嚴重，說不定甚至是——」

「精神病。」莉莉說。

鮑姆搖搖頭。「安娜最擔心的就是這個，因為她完全不曉得可能會是哪個學生。」

◆

精神病。心理問題很嚴重。

那天晚上稍後，莫拉爬著樓梯，一邊想著這段令她不安的對話。她想著那些心理受損的孩童，以及暴力有可能如何扭曲心靈。她想到什麼樣的孩子會為了好玩而殺掉一隻公雞，開膛剖腹，然後懸掛在樹上展示。她很好奇，此刻在這個城堡裡，不知道那個孩子睡在哪個房間。

她沒回自己的房間，而是一路爬到塔樓，到安娜的辦公室去。傍晚時，她跟州警局的警探來過這個房間，所以這會兒她走進來，打開電燈時，也沒期待能發現什麼新的事物。果然，整個房間看起來就跟他們離開時一樣。懸在窗上的水晶塊，薰香棒的殘梗，燒成灰色的灰燼。辦公桌上有一疊檔案，最上方那份還是攤開的，是聖托馬斯島的一份警方報告。那是泰迪．克拉克的檔案。桌上還放著安娜當天早晨剪來的那一束玫瑰。莫拉試圖想像安娜剪下玫瑰、吸入那芬芳時，腦袋裡面想著什麼。這是我能聞到花香的最後一天了？或者這只是待在花園裡的一個普通早晨，她沒想著時間不夠了，沒想到要跟人生告別？

是什麼讓這一天變得這麼悲劇性、這麼不同？

莫拉繞行房間，尋找安娜所遺留的任何痕跡。她不相信世上有鬼，而不相信的人絕對不會碰到鬼。但她還是在房間裡暫停，吸入玫瑰和薰香的氣息，呼吸著安娜不久前才呼吸過的同樣空氣。因為夜裡太冷，通往屋頂走道的門現在關上了。放著茶壺、瓷杯和有蓋糖罐的托盤放在小几一側，前一天早晨，珍和莫拉就是坐在茶几旁喝茶的。茶杯洗乾淨了疊放著，茶壺是空的。安娜結束自己的生命之前，還花時間把茶壺和茶杯沖洗並擦乾。或許那是她最後一個體貼的動作，免得事後還得麻煩別人整理。

那為什麼要選擇這麼一個凌亂的死法？會在小徑上濺血，在學生和同事的記憶中留下永遠的污痕？

「實在說不通，對吧？」

她轉身，看到朱利安站在門口。一如往常，那隻狗跟在他腳邊，而且跟主人一樣，大熊看起來也悶悶不樂，被憂傷壓垮了。

「我以為你去睡覺了。」

「睡不著。我剛剛想去找你聊聊，結果發現你不在房間裡。」

她嘆氣。「我也睡不著。」

朱利安站在門口猶豫著，彷彿踏入安娜的辦公室會對死者不敬。「她從來不會忘記我們的生日，」他說，「某個小孩去吃早餐時，會發現有個好玩的小禮物等著他。一頂洋基隊的棒球帽給一個喜歡棒球的男孩。一只小小的水晶天鵝給一個戴牙套的女孩。她給過我一個禮物，那天還不是我生日。一個羅盤，好讓我永遠都知道該朝哪裡走，永遠記得自己身在何處。」他的聲音愈來愈小，最後只剩氣音。「我在乎的人老是發生這種事情。」

「什麼事情？」

「離開我。」他的意思是死掉，也的確沒錯。他僅有的家人都在去年冬天死掉了，獨留他一個人活在世上。

除了我。他還有我。

她把他拉進懷裡擁住。朱利安是她人生中最接近兒子的人，然而在許多方面，他們對彼此還是很陌生。他在她雙臂裡僵硬地站著，像一座木雕像似的，而擁住他的莫拉對關愛也同樣不安。很不幸，這方面他們很像，渴望和別人產生連結，卻又不信任這樣的關係。至少她感覺到他的緊繃退去，然後他也回擁著她，在她懷裡軟化了。

「我不會離開你的，鼠王，」她說，「你永遠可以仰賴我。」

「大家都這麼說，但總是會出事。」

「我不會出事的。」

「你明知道這種事沒有辦法保證的。」他抽身後退，轉向維勒芙醫師的辦公桌。「她也說過我們可以仰賴她。結果你看現在這樣。」他碰觸花瓶裡的玫瑰：一片粉紅花瓣落下，像一隻垂死的蝴蝶般顫動下墜。「她為什麼要這麼做？」

「有時候就是沒有答案。我工作時太常被這個問題所困擾。家人總是設法想了解他們深愛的人為什麼會自殺。」

「那你怎麼告訴他們？」

「絕對不要怪自己。絕對不要內疚。因為我們只能為自己的行為負責，其他人的行為，我們沒有辦法擔負責任。」

她不明白自己的答案為何會讓他忽然垂下頭。他一隻手迅速、尷尬地抹過眼睛，在臉上留下一道晶亮的痕跡。

「鼠王？」她輕聲問。

「我的確很內疚。」

「沒人曉得她為什麼會自殺的。」

「不是因為維勒芙醫師。」

「那是為了誰？」

「凱莉。」他看著她。「下星期是她的生日。」

他死去的妹妹。去年冬天，他妹妹和他們的母親在懷俄明州一座孤立的山谷中死去。他很少談到家人，很少談到絕望的那幾個星期間、他和莫拉為了生存而奮戰時所發生的任何事。她還以為他已經把那些苦難拋在腦後了，但結果當然是沒有。他比我原先以為的更像我，她心想。我們都把自己的哀傷深埋在沒人看得到的地方。

「我當初應該救她的。」他說。

「你有什麼辦法？你母親不肯讓她離開啊。」

「我應該逼她離開的。我是家裡的男人。我有責任要保護她的安全。」

這種責任永遠不該落在一個只有十六歲的男孩身上，她心想。他可能像男人一樣高，有男人的寬闊肩膀，但她看到他臉上有男孩的淚水。他用袖子擦掉了，四處張望想找面紙。

她走進鄰接的浴室，拉出一段捲筒衛生紙。拉斷時，一星閃光吸引了她的注意力，一些看似發亮的小沙子撒在馬桶座上。她摸了一下，看著黏在手指上的白色細小顆粒，又注意到浴室的地磚上有更多顆粒閃閃發亮。

有人朝馬桶裡倒過東西。

她回到辦公室，去看茶几上那個放茶壺的托盤。她想起安娜曾用那個瓷壺泡藥草茶，然後倒入三個茶杯中。想起安娜當時加了滿滿三茶匙的糖在她那一杯裡，多得讓莫拉注意到。這會兒她拿起糖罐蓋，裡頭是空的。

安娜為什麼會把糖倒進馬桶裡？

安娜辦公桌上的電話響起鈴聲，把她和朱利安都嚇了一跳。他們彼此看了一眼，都因為有人打電話給一個死人而感到緊張。

莫拉接了電話。「晚禱學校。我是艾爾思醫師。」

「你沒回電給我。」珍．瑞卓利說。

「我應該要回電嗎？」

「幾個小時前，我留了話給維勒芙醫師。我猜想我最好再試一次，免得時間太晚了。」

「你跟安娜講過電話？什麼時候？」

「大概五點，或是五點半吧。」

「珍，發生了很可怕的事，而且——」

「泰迪沒事吧？」珍立刻打斷她。

「沒事。他很好。」

「那是出了什麼事？」

「安娜．維勒芙醫師死了。看起來是自殺。她從屋頂跳樓了。」

接下來是好長一段暫停。莫拉聽到背景裡有電視的聲音、水龍頭流水、碗盤碰撞聲。家居的聲音，讓她忽然很想念自己的家、自己的廚房。

「耶穌啊。」珍終於開了口。

莫拉低頭看著那糖罐。想像安娜把它拿去馬桶倒空，然後走回辦公室。打開屋頂的門走出去，走一小段路，躍向死亡。

「她為什麼要自殺？」珍問。

莫拉依然瞪著那個糖罐，然後說：「我不太相信她是自殺的。」

22

「你確定你想參加嗎，艾爾思醫師？」

她們站在停屍處的前廳裡，周圍環繞著塞滿了手套、口罩和鞋套等補充品的櫥櫃。莫拉之前已經在更衣室裡換上了刷手服上衣和長褲，頭髮也已經塞進了紙帽裡。

「我會把最終報告傳給你，」歐文醫師說，「而且我會按照你的建議，要求做全套的毒物篩檢。當然，我很歡迎你留下來，但我覺得好像——」

「我只是來觀察，不是來干預你的，」莫拉說，「這次解剖完全由你作主。」

在蓬鬆的紙帽下，歐文醫師臉紅了。即使在刺目的日光燈下，那張年輕的臉還是光滑得令人羨慕，不需要任何化妝品的美化，不像莫拉的浴室櫥櫃裡近年愈來愈多這類掩飾缺點的瓶瓶罐罐。「我不是那個意思，」歐文醫師說，「我只是想到你認識她。去參加解剖的話，你一定會很難受。」

隔著觀察窗，莫拉看到歐文醫師的助理是一名魁梧的年輕男子，正在整理工具盤。解剖桌上躺著安娜．維勒芙的屍體，還是全身衣服齊整。我解剖過多少屍體，她心想，從頭骨剝下過多少塊頭皮？多到她都數不清了。但那些全都是陌生人，跟她沒有共同的記憶。但安娜她認得。她知道她的聲音和微笑，看過她眼睛中發出的生命光亮。這種解剖是任何病理學家都會避免的，但她卻來到這裡，套上鞋套，戴上護目鏡和口罩。

「我應該替她做這件事。」莫拉說。

「我想解剖不會有任何意外發現。因為我們已經知道她是怎麼死的了。」

「她跳樓前一個小時，在電話裡的反應很奇怪。她告訴瑞卓利警探，說食物嚐起來不對勁。而且她還說看到鳥，奇怪的鳥，在她窗外飛翔。我在想，那些會不會是幻覺。」

「這就是你要求做毒物篩檢的原因？」

「我們在她的房間裡沒找到任何迷幻藥物，但有可能是我們漏掉了。或者她藏得很隱密。」

她們推門進入解剖室，歐文醫師說：「蘭迪，我們今天有一位貴客。艾爾思醫師是波士頓法醫處的法醫。」

那名年輕男子只是平淡地點了個頭問：「誰要動刀？」

「這是歐文醫師的案子，」莫拉說，「我只是來觀察而已。」

莫拉已經習慣在自己的驗屍處主掌大局，這會兒她得抗拒著跑去解剖台旁那個尋常位置的衝動。反之，她往後站，看著歐文醫師和蘭迪把工具盤放好，調整燈光的位置。其實她也不想湊得更近，去直視安娜的臉。才不過是昨天，她還看到那對眼睛中的神采，而現在失去生命力的眼睛殘忍地提醒她，身體只不過是具軀殼，而無論組成靈魂的是什麼，都是一閃即逝且很容易毀滅的。艾瑪·歐文說得沒錯，她心想。這場解剖我不該看的。

她轉向掛在燈箱上的初步X光片，趁著歐文醫師和她的助理把屍體上的衣服剝除時，莫拉就專注在那些沒有熟悉臉孔的影像上。X光片上沒有任何讓她驚訝之處。昨天晚上觸摸檢查時，她就已經發現顱骨的左頂骨上有凹陷的裂痕，而現在，她在黑白片子上看到了證據，一個不明顯的蜘蛛網狀破裂。接著她去看胸腔的X光片，即使透過衣服的模糊影子，她還是看到左胸第二到第八肋骨有巨大的裂痕。未受阻礙的墜落力量也摔裂了骨盆，薦骨孔都被壓緊了，同時恥骨支也斷裂了。正就是從高處摔下來的身體會出現的狀況。即使還沒劃開身體，莫拉就可以預測他們在胸腔裡會有什麼發現，因為她看過其他這類墜落的屍體。儘管墜落可能會摔斷肋骨、壓碎骨盆，但真正致命的，是突然減速對心臟和肺臟造成的拉扯力量，扯破了脆弱的組織和重大血管。他們劃開安娜的胸部時，很可能就會發現裡面充滿了血。

「她是怎麼會有這些的？」蘭迪說。

歐文醫師喊道：「艾爾思醫師，你會想看這個的。」

莫拉走向解剖台。他們已經解開安娜那件連身裙上半身的釦子，但還沒脫下。屍體還穿著胸罩，是一件實用式樣的白色款D罩杯，沒有蕾絲，沒有花邊。他們全都瞪著裸露的皮膚。

「這是我這輩子所看過最詭異的疤痕。」歐文醫師說。

莫拉也瞠目結舌。「我們先把她的衣服都脫掉吧。」她說。

他們三個人聯手合作，迅速脫掉了胸罩，拉下裙子。他們脫下包裹著臀部的內褲時，莫拉想起她剛剛在X光片上看到的骨盆裂痕，皺著臉想到了那些碎裂的骨頭彼此摩擦。想到她曾在急診室裡聽到一個年輕男子的慘叫，那男子因為駁船意外而壓碎骨盆。但是安娜現在不會痛了，被脫掉衣服也一聲不響。被脫光衣服後，她現在全身赤裸躺在那裡，因為斷掉的肋骨、頭骨和骨盆，她身上四處都是變形和瘀青。

但是讓他們盯著看的是她皮膚上的疤痕。X光機拍不出來，直到現在他們才看到。那些疤痕遍布在整個軀幹正面，在她的胸部、腹部，甚至肩膀形成一片醜陋的纏結傷疤。莫拉想著安娜每天穿的簡樸老奶奶式樣連身裙，就算在熱天都照穿不誤，原來她選擇這種服裝，不是因為怪異的時尚感，而是為了遮掩。她很好奇安娜有多少年沒穿過泳裝、沒在沙灘做過日光浴了。這些疤痕看起來年代久遠，是某種難以說出口的考驗所留下永恆的紀念品。

「這有可能是某種植皮嗎？」蘭迪問。

「這些不是植皮。」歐文醫師說。

「那是什麼？」

「我不知道。」歐文醫師看著莫拉。「你知道嗎？」

莫拉沒回答，注意力轉到雙腿上了。她伸手調整一下燈光，照著小腿，那裡的皮膚更厚、顏色更深。她看著蘭迪。「我們得替雙腿照更詳細的X光片，尤其是脛骨，還有腳踝。」

「我已經做過骨骼檢查，」蘭迪說，「片子已經掛在那邊了。你可以看到所有的斷裂。」

「我想看的不是新的裂痕，而是舊的。」

「舊的裂痕對我們判定死因有什麼幫助呢？」歐文醫師問。

「這是為了要了解被害人。她的過去，她的心理狀態。她沒辦法跟我們說話了，但她的身體可以。」

莫拉和歐文醫師退到前廳，隔著觀察窗看著蘭迪穿上鉛圍裙，挪動屍體準備拍攝另一組X光片。你隱藏了多少疤痕，安娜？她皮膚上的疤痕很明顯，但還有多少情感上的傷口從來不曾痊癒、是纖維化組織和膠原蛋白無法覆蓋的？是多年前的種種痛苦，終於逼得她走上屋頂走道，然後讓自己的身體屈服於地心引力和堅硬的土地嗎？

蘭迪把新的一組X光片夾在燈箱上，朝她們揮揮手。莫拉和歐文醫師再度進入解剖室時，他說：「我沒在這些片子裡看到任何斷裂。」

「是很久以前的了。」莫拉說。

「沒有疤痕形成，沒有畸形。你知道，這些我是認得出來的。」

他口氣擺明了不高興。她是來攪局的，大城市的大牌全能專家跑來質疑他的能力。莫拉選擇不予理會，專心看著X光片。他剛剛講得沒錯：乍看之下，雙臂和雙腿都沒有明顯的舊裂痕。她湊近了，首先查看右脛骨的片子，然後是左脛骨。安娜小腿上顏色較深的皮膚引起了她的疑心，而她在這些片子上所看到的，證實了她的診斷。

「你看到這個了嗎，歐文醫師？」莫拉指著脛骨的輪廓。「你注意到這些層次和厚度嗎？」

艾瑪．歐文皺起眉頭。「的確是比較厚，我同意。」

「這些片子高度暗示，這裡也有骨內膜的變化。你看到了嗎？」然後她看著蘭迪。「接下來可以看腳踝的片子嗎？」

「暗示什麼？」他問，還是不相信這個波士頓來的專家。

「骨膜炎。骨頭外面那層薄膜所產生的發炎變化。」莫拉把脛骨的X光片扯下來。「麻煩把腳踝的片子掛上去吧。」

蘭迪緊閉嘴唇，把新的X光片插入夾子底下，而莫拉所看到的，把她原來有的任何疑慮一掃而空。歐文醫師站在她旁邊，不安地咕噥了一聲：「哎呀。」

「這些是典型的骨骼變化。」莫拉說，「我之前只看過兩次。一次是一名來自阿爾及利亞的移民。第二個是出現在一輛貨車上的屍體，是個來自南美洲的男人。」

「你們看到了什麼？」蘭迪問。

「右跟骨的改變。」歐文醫師說。她指著右腳跟的那塊骨頭。

「你看得到，左跟骨也有同樣的狀況。這些畸形是因為痊癒後又多次骨折所形成的。」

「她的兩腳都骨折了？」蘭迪說。

「而且是重複骨折，」她看著那些X光片，想到其中意義而顫抖起來。「法拉卡（falaka）。」她輕聲說。

「我聽說過這種酷刑，」歐文醫師說，「但是從來沒想到會在緬因州看到這樣的實例。」

莫拉看著蘭迪。「這種刑罰也稱之為笞蹠刑。用棍棒擊打腳掌，會打斷骨頭，撕裂筋腱和韌帶。全世界很多地方都會施行這種刑罰。中東、亞洲、南美洲都有。」

「你的意思是，有人對她施加這種刑罰？」

莫拉點點頭。「而之前我指出的那些脛骨上的變化，也是因為重複擊打造成的。用某種沉重的東西毆打小腿。可能不足以造成骨折，但由於一再出血，在骨膜上留下了永遠的改變。」莫拉回到解剖台前旁，看著安娜的屍體。她現在明白安娜胸部和腹部那些纏結的疤痕是怎麼回事了，她不明白的是為什麼安娜會遭到這些酷刑，也不知道是什麼時候發生的。

「但這些還是不能解釋她為什麼自殺。」歐文醫師說。

「的確，」莫拉承認。「但是這讓你好奇了，對吧？或許她的死跟她的過去有關，跟造成這些疤痕的原因有關。」

「所以你現在是懷疑，這可能不是自殺？」

「在看過這個之後，我什麼都懷疑。而且現在我們有了一個新的謎團。」她看著歐文醫師。

「安娜・維勒芙為什麼會遭到刑求？」

牢房可以縮小任何人，對伊卡魯斯來說也是如此。隔著鐵柵條，裡頭的他似乎更小，而且無足輕重。現在沒了義大利西裝和沛納海手錶，他穿著一件鮮橘色的連身囚服和一雙橡膠夾腳拖鞋。他的個人囚室裡只有一個水槽、一個馬桶，還有一個水泥床架，上頭鋪了薄薄的床墊，現在他坐在上頭。

「你知道，」他說，「每個人都有價格的。」

「那你的價格是多少？」

「我已經付掉了。因為我失去了我所珍惜的一切。」他抬起頭看著我，那對亮藍的眼珠，跟他死去的兒子卡羅的淺褐色眼珠一點都不像。「我談的是**你的**價格。」

「我？我是不賣的。」

「所以你只是個腦袋簡單的愛國者？你做這件事是因為你愛你的國家？」

「對。」

他大笑。「這種事我以前聽說過。其實這只表示另一方的出價不夠高。」

「任何出價都不夠讓我出賣我的國家。」

他朝我露出一種類似憐憫的表情，彷彿我是智能不足的笨蛋。「好吧。回到你的國家去吧。但是你要知道，你回家時本來可以不必那麼窮的。」

「我才不像某些人，」我嘲笑他。「至少我回得了家。」

他微笑，那微笑讓我忽然雙手發冷。那一刻，我彷彿看著自己的未來。「是嗎？」他說。

23

珍不得不承認，達倫．克羅在電視上看起來很稱頭。她坐在兇殺組辦公室自己的位子上，看著局裡電視機上的專訪，很佩服克羅時髦的西裝、吹整過的頭髮，還有一口白閃閃的牙齒。她很好奇他是去藥房買美白套裝組自己漂白的，還是花錢找專業牙醫弄成那種珍珠白的顏色。

「魯賓三明治，加雙份酸白菜。」佛斯特說，把一個裝了三明治的紙袋放在她桌上。他自己也在她旁邊的椅子坐下，打開他平常的午餐：白麵包夾火雞肉，不放萵苣。

「你看看那個記者，一直在跟他拋媚眼，」珍說，指著螢光幕裡訪問克羅的那位金髮女郎。「我敢發誓，接下來她隨時都會扯掉他的襯衫，尖叫說，佔有我吧，警官！」

「就從來沒人跟我說過這樣的話。」佛斯特嘆氣，認命地嚼著他的三明治。

「他面對鏡頭就像個專業演員。啊，你看，他擺出那副深思的表情了。」

「我看過他在廁所裡練習那個表情。」

「深思？」她冷哼一聲，拆開她的魯賓三明治。「他要是會就好了。照他看著那個小妞的德性，我看他想的比較接近深喉嚨吧。」

他們坐在那裡吃著三明治，一邊看著電視上的克羅描述拘捕札帕塔的行動。他可以投降的，但是卻選擇逃跑……我們一直很克制……他顯然是作賊心虛……

珍突然胃口盡失，放下手上的三明治。

像札帕塔這種非法外國人，把暴力帶來這個國家，我們必須制裁他。這是我對波士頓良善公民的承諾。

「真是滿嘴屁話，」她說，「他就這樣擅自把札帕塔給審判、定罪了。」

佛斯特什麼都沒說，只是繼續嚼著他的火雞肉三明治，好像其他的都無所謂，這搞得她很煩。通常她很欣賞這位搭檔的沉著，不誇張，不崩潰，像個異常鎮定的童子軍，但現在她覺得他像頭平靜啃著青草的母牛。

「嘿，」她說，「這事情不會困擾你嗎？」

他看著她，滿嘴火雞肉。「我知道你很困擾。」

「但是你可以接受嗎？我們沒找到兇器，札帕塔的東西裡也完全找不到任何跟艾克曼一家有關的東西，就這樣結案掉？」

「我沒說我可以接受啊。」

「現在好萊塢警察上電視了，把這案子整個打包結束，活像一個聖誕禮物似的。只不過是個發臭的禮物。你應該要火大的啊。」

「應該吧。」

「有什麼事能惹你火大嗎？」

他又咬了一口三明治咀嚼著，同時思索這個問題。「有，」最後他終於說，「愛麗絲。」

「前妻本來就該有這種效果。」

「是你自己要問的。」

「好吧，那這個案子也應該惹你火大才對。或者至少讓你心煩，就像我和莫拉這樣。」

聽她提到莫拉的名字，佛斯特終於放下三明治看著她。「艾爾思醫師怎麼想？」

「跟我一樣，這三個小孩不知怎地都彼此相關。他們的心理醫師剛剛從屋頂跳樓，莫拉很好奇，這三個小孩為什麼會害身邊的人都被殺掉？簡直就像是被詛咒似的。他們走到哪裡，就會有人死。」

「而現在他們都在同一個地方了。」

晚禱學校。她想著那片黑暗的樹林裡，柳樹上掛著濺血的玩偶。想到一座城堡裡住著一堆被噩夢糾纏的人，全都活在暴力的陰影中。泰迪和莫拉都在那兒，位於上鎖的大門裡面，裡頭的小孩都已經太了解殺人是怎麼一回事了。

「瑞卓利。」那聲音害她嚇了一跳，她在椅子上趕緊回頭，看到馬凱特副隊長站在她後頭。她立刻抓了遙控器，把電視關掉。

「這裡的事情不夠多嗎？」馬凱特說，「你們兩個還有空看肥皂劇？」

「最盛大的肥皂劇，」她說，「克羅警探正在告訴波士頓的良善公民們，說他一個人就把邪惡天才札帕塔給撂倒了。」

馬凱特昂起頭。「馬上到我辦公室來，我有事要跟你談。」

她站起來，看到佛斯特一臉大事不妙了的表情，然後她跟著馬凱特匆忙走進他辦公室。他關上門。她等著他坐回自己椅子上，自己才坐下，然後望著辦公桌對面的他，設法保持鎮定。

「你和克羅永遠不可能意見相同，對吧？」

「他又抱怨我什麼了？」

「有關艾克曼滅門血案，你們的對外說法不一致。而且你一直質疑，覺得太快下結論了。」

「罪名成立，」她承認，「我的確覺得太快下結論了。」

「嗯，你的種種反對意見我都聽說了。不過你要曉得，要是讓媒體聽到你這些話，我們就會很難看了。那會是個公關噩夢。這個案子已經引起各方矚目。有錢人家庭，幾個小孩死了，全都是那些嗜血媒體最喜歡的。另外還有個壞人，是一半美國人都很樂意痛恨的，就是非法移民。札帕塔是人人夢想中的行兇者。最棒的是，他死了，所以案子結了。這根本是個童話結局。」

「所以噩夢變成童話了。」

「畢竟，媒體都說這是令人戰慄的格林童話。」

「一般民眾滿意了，所以你認為我應該閉嘴，跟著一起滿意了？」

馬凱特在椅子上往後靠坐。「有時候，瑞卓利，你真的很惹人厭。」

「這種話我最近聽了很多。」

「這就是為什麼你是個優秀的調查者。你會到處追查。你會去挖一些其他人都不想挖的洞。我看了你寫的那份報告了，有關那三個小孩的。新罕布夏的塞姆汀炸藥？馬里蘭一架飛機爆炸？這事情看起來像個要命的大墳場。」他暫停，手指輕敲著辦公桌打量她。「所以去吧。去做你那一套。」

她不太確定他的意思。「我那一套？」

「去挖。正式來說，艾克曼滅門案結案了。非正式來說，我也有懷疑。不過只能讓你一人知道。」

「我可以帶佛斯特一起嗎？我需要他。」

「這事情我沒辦法給你更多資源了。我甚至不確定我該讓你花時間在這上頭。」

「那你又為什麼要讓我去查？」

馬凱特身體前傾，雙眼盯著她。「聽我說，我也很樂意現在就結案，當成一場勝利。我希望我們的統計數字看起來漂亮，那是當然的。不過就跟你一樣，我也有直覺。有時候我們被迫去放棄那些直覺，等到最後結果證明我們的直覺其實一直都是對的，我們就會懊惱得要命。我不希望有一天才發現，當初太快就結掉這個案子。」

「所以我們是要防止自己出醜。」

「這樣有什麼不對嗎？」馬凱特兇巴巴地問。

「一點都沒有。」

「好吧。」他身子又往後靠坐。「你的計畫是什麼？」

她還得想一會兒，考慮哪個懸而未決的問題應該最優先處理。然後她決定第一個問題是：沃德、雅布朗斯基、克拉克這三家人除了都被殺害之外，還有什麼共同點？他們彼此認識嗎？

她說：「我得去馬里蘭州。」

「為什麼？」

「威爾．雅布朗斯基的父親曾在航太總署的戈達德太空飛行中心工作。還有威爾的姨丈布萊恩．譚普也是。我想跟他們在航太總署的同事談談。或許他們知道為什麼那架飛機會失事。還有為什麼布萊恩夫婦事後馬上就帶著他們的外甥搬離馬里蘭州，住到新罕布夏去。」

「他們的農莊就是在新罕布夏爆炸的。」

她點點頭。「這整件事愈看愈不對勁，似乎像是很大、很惡劣的陰謀。這就是為什麼我希望佛斯特一起去，他可以幫我理出頭緒。」

馬凱特想了一會兒，然後點頭了。「好吧，你可以帶佛斯特一起。我給你三天辦這件事。」

「我們馬上開始。謝了。」她站起來。

「瑞卓利？」

「是的，長官？」

「別聲張。不要告訴組裡任何人，尤其是克羅。對於一般大眾來說，艾克曼的案子已經結掉了。」

◆

「你知道大家不是常說嗎，不必是火箭科學家也曉得。」佛斯特說，此時他們開著車進入戈達德太空飛行中心園區。「唔，現在我們就要碰上真正的火箭科學家了！真是神奇。我的意思是，你看看窗外這些走動的人，想想他們的平均智商。」

「那我們比起來算什麼？傻瓜？」

「他們懂得那一大堆數學、化學和物理學。火箭要怎麼發射，我是一點概念也沒有。」

「你的意思是，你從來沒用醋和小蘇打發射過玩具火箭？」

「是喔，用那種火箭就能登上月球呢。」

她停在探索科學大樓前的一個停車格裡，兩人把之前在入口大門領的訪客證戴上。

「哎，我真希望能留著這個，」他說，摸著他的訪客證。「這會是個很酷的紀念品。」

「你能不能把這種宅男崇拜稍微降低一點？你聽起來像個《星艦迷航記》的大粉絲，而且老實說，這樣很丟臉耶。」

「我的確是《星艦迷航記》的大粉絲啊。」他們下了車，佛斯特行了個瓦肯舉手禮❸，還說出瓦肯祝詞：「健康長壽——」

「我們在這裡的時候不要這麼做，行嗎？」

「嘿，你看看那個！」他指著停車場裡一輛車的保險桿貼紙。「**把我傳送上去，史考提！**」❹

「所以呢？」

「所以這些人跟我是同一國的！」

「那麼或許他們會把你留下吧。」她咕噥著伸展著僵硬的背部。他們今天搭了清早的班機飛到巴爾的摩，走進大樓時，她四下張望著，希望能有咖啡販賣機。結果沒找到，倒是看到了一個

---

❸《星艦迷航記》中瓦肯人用於問好的手勢。將中、食指併攏，再將無名指與小指併攏，大拇指盡可能張開。

❹此為源自電視《星艦迷航記》（*Star Trek*）系列中的流行語。

塊頭很大的男子朝他們蹣跚走來。

「你們就是波士頓來的那兩位？」他問道。

「巴圖塞克博士嗎？」珍說，「我是瑞卓利警探。這位是我的搭檔佛斯特警探。」

「叫我柏特吧。」巴圖塞克咧嘴笑了，抓住珍的手熱誠地搖晃。「大城市來的兇殺組警探！我敢說你們的工作一定很有趣。」

「不像你們的那麼有趣。」佛斯特說。

「我的工作？」巴圖塞克嗤之以鼻。「絕對比不上追獵兇手那麼酷。」

「我的搭檔認為在航太總署工作才酷得多。」珍說。

「唔，別人家的草坪總是比較綠。」巴圖塞克笑著說，然後揮手示意他們走過門廳往前。「來吧，去我辦公室坐。樓上的人說我跟你們談完全沒問題。當然了，一個警察來問我問題，我還能怎麼樣？要是我不回答，你們搞不好會逮捕我！」他帶著他們沿著走廊往前，隨著他龐大身軀所邁出的每一步，珍想像著自己幾乎可以感覺到整棟大樓都隨之震動。「我自己也有很多問題想問，」他說，「我和我同事，我們都想知道尼爾和奧麗薇亞發生了什麼事。你們跟派瑞斯警探談過了嗎？」

「我們約了晚上會跟他碰面，」珍說，「如果他能從佛羅里達趕回來的話。」

「我跟派瑞斯碰過面，覺得他好像很聰明。他問了我各式各樣可能的問題。但是我不認為他得出了答案。」他看了珍一眼。「現在都過了兩年，不曉得你們能不能解答。」

「你對那樁墜機事件有什麼推理嗎？」

他搖頭。「我們從來沒人想得透，為什麼會有人想殺了尼爾。他是個好人，很棒的好人。我們這裡大家也討論過很多，想過各種可能的理由。他是欠了錢嗎？他是惹到了不該惹的人嗎？是情殺嗎？」

「有這個可能嗎，情殺？」佛斯特問，「他或他太太有外遇？」

巴圖塞克停在一道門前，大大的身軀擋住了視線，完全看不到房間裡。「我當時不認為有這個可能。我的意思是，他們看起來很正常。不過，婚姻裡頭出什麼事，外人永遠不會曉得的，對吧？」他哀傷地搖搖頭，走進他的辦公室。裡頭的牆上掛著一系列銀河和星雲的照片，像是彩色的阿米巴變形蟲。

「哇，碼頭星雲。」佛斯特說，欣賞著其中一張照片。

「你很懂這些嘛，警探。」

珍看了佛斯特一眼。「你真的是星艦迷耶。」

「早跟你說過了。」佛斯特走到另一張照片前。「這上頭有你的名字，巴圖塞克博士。這些照片是你拍的。」

「天文攝影是我的嗜好。你會以為，白天都在研究宇宙，我回家會拍鳥或拍花。但是不，我的眼睛還是永遠看著天空。」他擠到他的辦公桌後頭，坐進一張巨大的椅子裡，那椅子的彈簧發出一個響亮的呻吟。「這算是一種執迷吧。」

「所有的火箭科學家都這樣嗎？」佛斯特問。

「唔，嚴格來說，我其實不是火箭科學家。那些負責發射火箭的人會告訴你，說他們的工作很好玩。」

「那你的工作呢？」

「我是天體物理學家。在這棟大樓裡，我們做的主要是研究。我的同事和我會擬出一個科學問題，然後評估我們需要什麼樣的資料才能解答這個問題。或許我們需要一個經過彗星的塵土樣本，或者要對天空做一個大範圍的紅外線搜索。為了得到這個資料，我們就得發射一個特殊的望遠鏡。這個時候，我們就會去找火箭科學家，請他們協助把望遠鏡發射到我們指定的位置上。我們決定一個任務的目的；火箭科學家則設計出幫我們達成的方法。其實我們的語言不太相同。他們是玩科技設備的發燒友，覺得我們是一堆搞理論的老學究。」

「尼爾．雅布朗斯基是哪一種？」珍問。

「尼爾絕對是老學究。他和他的連襟布萊恩．譚普是這裡最聰明的兩個人。或許這就是為什麼他們會成為好友。好到還計畫要帶著各自的太太，兩家人一起去羅馬玩。尼爾和奧麗薇亞就是在羅馬認識的，他們想回去重溫當年的浪漫回憶。」

「如果跟另一對夫婦一起去，實在就不怎麼浪漫了。」

「可不是隨便的另一對夫婦。你知道，琳恩和奧麗薇亞是姊妹。尼爾和布萊恩則是最要好的朋友。所以琳恩和布萊恩閃電結婚時，他們就成了四個好友。布萊恩和尼爾反正得去羅馬開一個會，所以他們就決定要帶老婆一起去。要命，尼爾好期待這趟旅行！成天跟我談那邊的義大利麵！披薩！炸魚！」他低頭看自己隆起的肚子，此時突然發出一個低沉的聲響。「我想我光是說這些話，就又會增加體重了。」

「可是他們去成羅馬了嗎？」

巴圖塞克憂傷地搖搖頭。「他們出發前三個星期，尼爾和奧麗薇亞要去他們在乞沙比克的週末度假小屋。尼爾有一架小型的賽斯納飛機，他打算就開著飛機過去。他們的兒子威爾有份科學作業沒弄完，所以就留下來住在譚普家。那孩子很幸運，因為起飛三分鐘後，那架賽斯納就起火墜毀。那天的天氣很完美，尼爾也是個謹慎的飛行員。我們原先都以為是機械故障。直到大約一個星期後，派瑞斯警探和聯邦調查局跑來這裡開始問一大堆問題。那時候我才明白，那樁墜機事件不是我們原來想的那麼單純。派瑞斯從來沒明白告訴我，但是我後來在報紙上看到了。那樁墜機事件很可疑，尼爾的賽斯納飛機上或許有個炸彈。而既然你們現在也跑來問，我想那就是真的了。」

「這部分我們晚上會跟派瑞斯警探討論。」珍說。

「所以那次墜機不是意外了？」

「看起來不是。」

巴圖塞克往後靠坐搖著頭。「難怪布萊恩會嚇得半死。」

「什麼意思？」

「尼爾的飛機摔下來的第二天，布萊恩來上班時臉色白得像床單。他拿了一些他的研究論文，說他接下來幾天要在家工作，因為琳恩和他們的外甥不想單獨待在家裡。一個星期後，我們就聽說他辭職了。我真的很驚訝，因為他很愛這份工作。做了二十幾年，我無法想像有什麼原因能讓他就這樣收拾東西辭職。他沒告訴任何同事他要去哪裡。我甚至不曉得他們搬到新罕布夏，直到我們聽說他和琳恩死於家中的火災。」

「所以布萊恩為什麼搬走，沒留下任何線索？」

「一個字都沒有。就像我剛剛說的，他看起來非常震驚不安，但當時我覺得他有這種反應很正常。他最要好的朋友和他的大姨子才剛死掉，他得撫養尼爾的兒子長大。」巴圖塞克沉默了一會兒，肉乎乎的臉因為回憶而沮喪。「可憐的孩子，人生碰到這麼不幸的事情。才十二歲就失去父母。」他搖搖頭。「你知道，我從來沒跟派瑞斯提過，但是我們有些人還推理說一切都搞錯了。或許兇手的炸彈放錯了飛機。有幾個大商人的飛機也停在那座機場，還有幾名政客，天曉得我們有些人會很想讓他們的飛機掉下來。」他暫停一下。「我是開玩笑的，真的。」他雙眼來回看著兩名警探。「不過我看得出來，你們不欣賞這種幽默。」

「我們之前一直把焦點放在尼爾身上，可是他太太呢？」佛斯特說，「她有可能是目標嗎？」

「奧麗薇亞？不可能。她是個小甜甜，但是也有點無趣。我每次在航太總署的派對上碰到她，她都站在角落裡，一臉不知所措。我以前總是盡力想多關照她，因為她這樣當壁花太慘了。但是老實說，她從沒說過任何讓人記得住的話。她的工作很無聊，是醫療器材的銷售代表。」

佛斯特看了一下筆記本。「萊戴克醫療用品公司。」

「對，就是那家。她以前很少談起工作。只有談到威爾時，她整個人才有了神采。那個小孩算是個天才吧，跟尼爾一樣。」

「好吧，我們再回去討論尼爾，」珍說，「他在這裡跟誰有過衝突嗎？有什麼同事跟他合不來？」

「只有平常的那些。」

「什麼意思？」

「一個科學家提出一個理論，明確表達了自己的看法。有時候碰到其他人反對他的看法，他就會激動起來。」

「誰曾經不同意尼爾？」

「我根本不記得了，可見這種事有多麼平常。他和布萊恩兩個人老是很激烈在辯論，不過從來都沒有惡意，你懂吧？這比較像是他們之間的學究遊戲。要是讓他們兩個討論岩屑盤，那就火爆了！他們就像兩個無法無天的小鬼在沙池裡玩，朝對方亂丟玩具。」

佛斯特筆記寫到一半，忽然抬起頭來。「岩屑盤？那是什麼？」

「是他們研究的主題。跟星際雲核心有關。星際雲核心崩裂時，尖銳的動能使得它們在年輕恆星周圍形成這種由氣體和塵埃所組成的旋轉圓盤。」

「他們會為了這種事情吵架？」珍問。

「嘿，我們大概任何事都能吵。這就是科學迷人的地方。是啊，有時我們的爭論可能會轉為人身攻擊，不過我們這裡的人都能應付。我們是大人了。」他低頭看著自己的肚子，諷刺地嘆了口氣。「有些人比別人還大。」

「你們會為土屑盤吵些什麼？」

「岩屑盤。關於這些塵埃和氣體所形成的環狀物，是怎麼變成有行星的恆星系，科學界有很多爭論。有些人說那些行星是因為多次碰撞所形成的，然而是什麼讓這些岩屑微粒聚合在一起的？質量是如何累積的？你要怎麼把一堆旋轉的微粒變成水星、金星、地球？這個問題我們還沒有辦法回答。我們只知道我們的太陽系不是唯一的恆星系。光是在這個銀河系裡，就有數不清的行星了，而且其中很多是位於適居帶。」

佛斯特簡直像是額頭上有「星艦迷」字樣的刺青，忽然充滿興趣地傾身向前。「你的意思是，我們可以在那邊建立殖民地？」

「或許。適居帶是指那裡可能存在著某些形式的生命。至少是我們熟悉的碳基生物。從克卜勒任務所傳回來的資料裡，已經發現了一些我們所謂的適居帶行星。不太熱、不太冷，而是剛剛好。事實上，這就是尼爾和布萊恩要去羅馬的原因。為了向梵諦岡天文台提出他們的資料。」

佛斯特驚訝地笑了一聲。「梵諦岡還有個天文台？」

「屬於宗座科學院的一部分，而且評價相當高。」他看到佛斯特揚起一邊眉毛。「沒錯，我知道，聽起來很奇怪，當年伽利略相信地球繞著太陽旋轉，攻擊他的就是同一個教會。但是他們梵諦岡學院裡有幾位很厲害的天文學家。他們很急著想仔細看看尼爾和布萊恩最新的研究，因為這個研究結果，可能會造成一些重大的影響，對梵諦岡來說絕對是如此。」

「為什麼這個研究會影響天主教？」

「因為我們在談的這些是天體生物學，也就是研究宇宙中的生命，瑞卓利警探。你想想看，如果我們在別的行星上發現了生命，對我們在宇宙中地位的既有認知會有什麼影響？原先大家認為宇宙和生物的起源都是神的創造、聖經《創世記》裡的神說，要有光要怎麼辦？這會推翻人類最珍愛的信念，那就是：我們是獨一無二的、我們是上帝創造的。這可能推倒天主教會最重要的支柱。」

「推倒？雅布朗斯基和譚普真的有資料可以推倒天主教會？」

「我其實不太確定那是所謂的證據。」

「他們告訴你了？」

「我看過他們針對紅外線望遠鏡和電波望遠鏡傳回來的資料，所做出的初步分析。就是我剛剛跟你們提過那些適居帶的行星，上頭有二氧化碳、水、臭氧，還有氮。不光是有生命的基礎材料，還有些微粒暗示那裡有光合作用在發生。」

「意思就是那裡有植物。」佛斯特說。

巴圖塞克點頭。「可能性很高。」

「那我們怎麼都沒聽說過這件事？」佛斯特說，「怎麼沒開記者會，怎麼沒有白宮出面鄭重宣布？」

「如果不是完全確定，你不能就這樣貿然宣布，否則你會搞得自己像個白癡。你明知道自己會遭受攻擊，明知道會有各式各樣的神經病來追殺你。我們必須先想出各種應變方案，去對付各式各樣想開著卡車炸彈衝進我們這些大樓的瘋子。」他停下來，吸了口氣，好讓自己冷靜點。「所以，不。我們沒宣布，直到我們可以證明這些推測不光是懷疑而已。要命，要是有外星人，那他就得降落在白宮草坪上，否則某些人根本不會相信的。但是尼爾和布萊恩覺得他們已經有足夠的證據了。事實上，那就是尼爾死前告訴我的最後幾件事之一。」

珍瞪著他。「說他有證據了？」

巴圖塞克點頭。「對，外太空有生命存在。」

24

珍和佛斯特沉默地開著車駛向馬里蘭州的哥倫比亞市，兩個人都還震驚不已，設法消化著他們剛剛所聽到的。去航太總署拜訪過之後，現在要沿著一條單調的高速公路，去奧麗薇亞・雅布朗斯基當醫療設備銷售代表時期那個平凡無奇的辦公室，真是太掃興了。

「我一直在想，我們是不是搞錯了，」佛斯特說，「我不認為那個男孩是新罕布夏那場火災的目標。」

珍看了旁邊一眼，佛斯特正瞇著眼睛往前看，好像設法要看穿濃霧。「你在想，目標其實是那個男孩的姨丈：布萊恩・譚普。」

「兩個人都正要發表一份驚天動地的資料。尼爾被幹掉了。布萊恩緊張起來，帶著老婆和外甥逃到新罕布夏。壞人是在找他。」

「麻煩的是，我們不曉得壞人是誰。」

「你也聽巴圖塞克說了。發現外星人會改變整個世界。會讓人們懷疑他們在主日學所學到的一切。」

「所以，怎麼，難道有個白子隱修士殺手在殺害航太總署的科學家？」她大笑。「我以為那是電影而已。」

「想想宗教狂熱者為了捍衛自己的信仰而做過些什麼。連麻省理工學院的那些氣候科學家都常常接到恐嚇了。這件事要是宣布了，一定會引起很多瘋狂行動。」他皺眉。「有趣的是，航太總署沒有宣布。」

「看起來好像他們還沒有證據。」

「是真的這樣，還是這事情對他們來說——對任何人來說——都棘手得無法處理？」

外太空生命。她腦袋裡把這個可能性轉來轉去，設法從每個角度去看，想像會造成的種種後果。這是暗殺的動機？雅布朗斯基夫婦和譚普夫婦的謀殺案，都絕對是熟悉塞姆汀炸藥的專業殺手幹的。「這個理論有一個麻煩，」她說，「就是無法解釋克蕾兒．沃德父母的命案。她父親是外交官，替美國國務院工作。他和航太總署會有什麼關係？」

「或許他們的案子不相干。我們會把兩個案子連在一起，是因為兩個小孩最後都去了晚禱學校。」

她嘆了口氣。「現在你說的就像克羅一樣了。不同的小孩，不同的案子。他們最後會去到同一所學校，只是巧合而已。」

「雖然有件事很有趣……」

「什麼？」

他指著一個往華府交流道的路標。「厄斯金．沃德不也曾在華府工作過一陣子嗎？」

「還有羅馬，還有倫敦。」

「至少我們查出了沃德和雅布朗斯基這兩家人之間的地理關係了。他們都住在方圓五十哩的範圍內。」

「但是泰迪．克拉克家不是。尼可拉斯．克拉克的工作是在羅德島州。」

「是啊。」佛斯特聳聳肩。「所以或許我們是想把沒關係的事情硬牽在一起，全都搞得太複雜了。」

她看到他們在找的那個地址，於是轉進停車場。這又是一條商店街，跟全國幾千條商店街沒什麼兩樣。難道建築研究所裡都會教什麼舉世通用的商店街設計，影印藍圖傳遍全美國每一個建商？她駛入停車位，看著那些尋常的商店組合。一家藥房、一家大尺碼服裝店、一家一元商店，還有一家中華料理自助餐。這就是你走到哪裡都一定會有的：中華料理自助餐。

「沒看到那家公司。」佛斯特說。

「一定是在比較遠的那一頭。」她開了車門。「我們出去走一段路，活動一下筋骨吧。」

「你確定地址沒錯？」

「我今天早上才跟那個經理確認過。她在等我們。」她的手機響了，她認出號碼是馬里蘭州那個曾調查過雅布朗斯基案的警探。「我是瑞卓利。」她接了電話。

「我是派瑞斯警探。你們到巴爾的摩了嗎？」他問。

「已經到了。我們今天晚上碰面沒問題吧？」

「沒問題。我還在路上，不過晚餐前應該可以回到巴爾的摩。我們七點半在長角牛排屋碰面吧？就在司諾登河大道上。到時候我就可以好好吃點紅肉了。我寧可不要在我家碰面。」

「我明白。我也不喜歡把公事和私事混在一起。」

「不，不光是這樣。是因為這個案子。」

「這個案子怎麼了？」

「我們碰面再談吧。你的搭檔也來了嗎？」

「佛斯特警探現在就跟我在一起。」

「很好。有個人幫你提防總是好事。」

她掛斷電話後看著佛斯特。「這通電話好詭異。」

「這個案子有哪個地方不詭異的？」他看著商店街那些無趣的商店。「從太空總署到這個地方。」他嘆了口氣。「走吧。」

萊戴克醫療用品公司位於商店街的另一頭，櫥窗裡陳列著兩台輪椅和一具四腳拐杖。珍本來以為店內會是一個充滿醫療設備的展示間。但結果一進去，他們發現裡頭是個辦公室，有五張辦公桌，米色地毯，外加兩棵棕櫚盆栽。其中一張辦公桌坐著一名中年女人，一頭服貼的金髮，正在講電話。她看到訪客，於是說：「有關那份訂單，我稍後再回電給你，威金斯先生。」然後她掛上電話，朝訪客微笑。「我能效勞什麼嗎？」

「米奇女士嗎？我們是瑞卓利警探和佛斯特警探，」珍說，「我們稍早通過電話。」

那女人站起來招呼他們，苗條的身軀穿著剪裁精良的灰色套裝。「叫我凱若就行了。我真的希望能幫上你們。這事情到現在還是一直糾纏著我，你知道。每回我看著那裡，看著她的辦公桌，就會想到她。」

珍看著四下的空辦公桌。「奧麗薇亞的其他同事在嗎？我們也想跟他們談談。」

「其他人現在都不在，都出城去拜訪客戶了。不過我認識奧麗薇亞比其他同事都久，所以我應該可以回答你們的問題。坐吧。」

他們全都坐下後，佛斯特說：「我想你之前也被問過這些問題。」

「是啊，有個警探來過這裡好幾次。我忘了他名字了。」

「派瑞斯？」

「就是他。墜機意外發生一個星期後，他打電話來這裡，問起……」她暫停。「但是我猜想，我們現在都知道那不是意外了。」

「沒錯。」

「他問我奧麗薇亞是不是有任何敵人。任何以前的男友，或是任何新的男友。」

「你知道有嗎？」珍問。

凱若．米奇猛搖頭，但頭上服貼的金髮有如頭盔般紋絲不動。「奧麗薇亞不是那種人。」

「很多普通人都有外遇的，米奇女士。」

「唔，她不是隨便什麼普通人。她是我手下最可靠的銷售代表。如果她說她星期三會在倫敦，那她星期三就會在倫敦。我們的客戶都知道可以信賴她。」

「那麼這些客戶，」佛斯特說，「都是醫院？還是診所？」

「都有。我們賣給全世界的醫療機構。」

「那你們的產品在哪裡？這裡沒看到什麼展示。」

凱若從一個抽屜裡拿出一本厚重的商品目錄，砰一聲放在他們面前的桌上。「這裡只是我們的衛星銷售辦公室。產品會從我們位於奧克蘭、亞特蘭大、法蘭克福、新加坡，以及其他幾個地方的倉庫出貨。」

珍翻閱那本目錄，看到病床和輪椅、活動浴廁椅和輪床。印刷精美地彙整了各種她希望自己永遠不需要的東西。「雅布朗斯基太太常常出差嗎？」

「我們所有的銷售代表都常出差。這個辦公室是他們的基地，我在這裡設法讓一切維持正常運作。」

「你自己不出差？」

「總得有人看家。」凱若看著這個有米色地毯和假棕櫚樹的辦公室。「但有時候，待在這裡真的會有幽閉恐懼症。我應該把這裡收拾得整齊漂亮點，對吧？或許貼一些旅遊海報。看著一片熱帶沙灘換換心情，應該很不錯。」

佛斯特說：「你們的銷售代表是單獨去拜訪客戶，還是都跟同事一起出差？」

凱若迷惑地看了他一眼。「你問這個做什麼？」

「我只是想知道，奧麗薇亞是不是跟哪個同事有特別親密的友誼。」

「我們的五個銷售代表都是獨自出差。另外，這個辦公室裡沒有不適當的友誼。老天在上，我們談的是奧麗薇亞。一個快樂的已婚女人，有一個兒子。我還當過幾次威爾的臨時保姆。你可以從人們撫養出什麼樣的子女，對他們的為人有深入的了解。威爾是個很棒的小孩，非常有禮貌，非常守規矩。跟他父親一樣對天文學著迷。我只能感謝老天，那天他沒在飛機上。否則想到這一整家人都被害死……」

「那麼威爾的阿姨和姨丈，也就是譚普夫婦呢？你也認識他們嗎？」

「不，可惜我不認得。我聽說他們帶著威爾搬走了，大概是要逃離這些傷心的回憶。給那孩子一個新的開始。」

「你知道琳恩和布萊恩・譚普死掉了吧？」珍問。

凱若瞪著她。「啊，老天。怎麼發生的？」

「他們在新罕布夏的那棟農舍起火燒毀了。威爾當時不在屋裡，所以逃過一劫。」

「他還好吧？他現在跟其他的親戚一起住嗎？」

珍只說：「他現在住在一個安全的地方。」

凱若顯然被這個消息搞得很震驚，跌坐在她的椅子上喃喃道：「可憐的奧麗薇亞，她再也看不到他長大了。你知道，她比我年輕八歲，我從來沒想到她會比我早走。」凱若掃視了辦公室一周，好像第一次真正看清楚這個地方。「兩年了，我多出來的這兩年做了什麼？還是在這裡，同樣的地方，一點改變都沒有。就連那些愚蠢的假棕櫚樹也沒換掉。」

辦公桌上的電話響了。凱若深吸一口氣，硬撐出微笑，拿起聽筒輕快地說：「喂，你好，丹若許先生，真高興又聽到你的聲音了！是的，當然可以幫你更新訂單。你還要其他不同的商品，或者只有那一項？」她伸手拿起一支筆，開始在紙上記錄。

珍沒興趣聽那些有關拐杖和助行器的對話，於是從椅子上起身。

「對不起，丹若許先生，麻煩你稍等一下好嗎？」凱若一手摀住聽筒，看著珍。「真抱歉，你們還有別的事情要問嗎？」

珍看著桌上那本銅版紙印刷的商品目錄。想著奧麗薇亞・雅布朗斯基帶著那本沉重的目錄從一個城市到另一個城市，一個客戶接一個客戶，推銷輪椅和尿盆。「我們沒有其他問題了，」她說，「謝謝。」

◆

派瑞斯警探看起來像個喜歡喝酒吃肉的人。他們到了長角牛排屋，發現他已經坐在裡頭了，正在啜一杯馬丁尼調酒，一邊看著菜單。他魁梧的身材塞在卡座裡，珍看他要起身，連忙揮手要他不必客氣，同時自己和佛斯特坐進他對面的位子。派瑞斯警探放下他的馬丁尼，朝他們兩個匆忙打量一眼，像個典型的警察，而珍也同時冷靜地打量了他。他年紀六十出頭，大概要準備退休了，老早就失去了年輕的體型和大部分的頭髮。但是從他凌厲的目光來看，那對眼睛後頭還是有警察的腦袋，他打量完珍和佛斯特之後，這才開了口。

「我一直在納悶，要等到什麼時候，才會有人來問我關於這個案子的事情。」他說。

「現在我們來了。」珍說。

「嗯，波士頓市警局。你永遠不會曉得這件事下回又會轉往哪個方向。兩位餓了吧？」

「是啊，我們要吃點東西。」佛斯特說。

「我剛從佛羅里達州回來，在那邊的塔拉赫西市跟我吃純素的女兒度過了非常漫長的一星期。所以你們可以打賭，我來這裡不是要吃什麼蔬菜沙拉的。」他又拿起眼前的菜單。「我要紅屋牛排。二十盎司的，加上一份焗烤馬鈴薯和焗洋菇。這樣應該可以彌補我吃了一星期青花菜的傷害了。」

他要求牛排兩分熟，另外又加了一杯馬丁尼。他在塔拉赫西的那個星期，珍心想，一定是過得很折磨。直到開始喝第二杯馬丁尼，他才似乎準備好要談正事了。

「你看過整個檔案了？」他問。

「你寄來的我都看了。」珍說。

「那你知道的就跟我一樣多了。乍看之下，這好像是又一樁小型飛機出了意外。單引擎賽斯納天鷹機，起飛後不久就摔下來。殘骸散布在一片樹林地帶。大家形容這位飛行員對安全向來非常吹毛求疵，但你也知道怎麼回事。這類事故幾乎都是人為疏失，不是駕駛員就是機械故障。我本來也沒追查，直到國家運輸安全委員會打電話給我。在找回的殘骸中，他們發現了高速碎片穿透的跡象，因而進一步檢驗出有炸藥殘留。那些化學術語細節我記不太清楚，反正他們用了什麼氣相層析質譜儀，發現了一種叫黑索金什麼的，通稱是RDX。」

「研究部門炸藥（Research Department Explosive）。」佛斯特說。

「原來你們還真看過報告了。」

「這部分讓我很感興趣。這種炸藥是軍用的，比黃色炸藥還有威力。跟蠟混合在一起，就可以塑形，也是塞姆汀炸藥的成分之一。」

珍看著自己的搭檔。「現在我知道為什麼你以前想當火箭科學家了。這樣你就可以把東西炸掉。」

「而那正是雅布朗斯基那架小天鷹飛機所發生的事，」派瑞斯說，「炸掉了。那個RDX炸藥是透過無線電控制的。沒有定時器，也不是飛到特定高度就會觸發的。而是有個人守在下頭，看到飛機起飛後，就按下按鈕。」

「所以不是搞錯的，」珍說，「不是炸藥放錯飛機。」

「我幾乎可以確定，兇手的目標就是雅布朗斯基夫婦。你們從尼爾在航太總署的同事們聽到的說法大概不是這樣。他們不肯相信有誰會想殺他。我也從來懶得跟他們多說。」

「沒錯，巴圖塞克博士就是這麼告訴我們的，」珍說，「說一定是搞錯了，說尼爾沒有敵人。」

「每個人都有敵人。但是會玩RDX炸藥的敵人？」他搖搖頭。「這玩意兒很可怕，是軍事級的炸藥。可怕到會讓我好奇是不是……」他忽然停住，此時女侍端著他們的菜過來。比起派瑞斯盤子上那一大片肉，珍的七盎司菲力牛排和佛斯特的雞胸肉看起來像開胃菜。直到女侍離開了，珍才催派瑞斯把話說完。

「讓你好奇什麼？」她問。

「好奇我會不會是下一個死掉的人。」他喃喃說，把一塊肉塞進嘴裡。他又切著肉時，帶血的肉汁在盤子上積聚成一灘，然後他又喝了一大口馬丁尼。珍想到他那天下午稍早在電話裡講過的：*我寧可不要在我家碰面*。她本來以為他只是想把公事和私人生活分開。現在他那些話有了一種不祥的新意味。

「你被嚇成這樣？」她問。

「一點也沒錯。」他看著她。「要是你繼續追查，你也會開始明白的。」

「你是在怕什麼？」

「問題就在這裡，我不知道。我永遠不曉得自己會不會是偏執狂或是想太多。也不曉得是不是真有人在竊聽我的電話、跟蹤我的車子。」

「哇。」珍笑了一聲。「你是認真的？」

「認真得要命。」他放下刀叉瞪著她。「這就是為什麼我很高興你帶著你的搭檔來這裡。有個人可以照應你。我是老派人，認為女士就應該要有人照顧的，即使這位女士是警察。」

「照顧？」珍對佛斯特說，「你一直沒盡到責任喔。」

「派瑞斯警探，」佛斯特說，「你覺得這個，呃，威脅，是從哪裡來的？」

「我從你的口氣聽得出來，你不相信我。不過你很快就會發現了。所以我建議你：隨時提防周遭。無論走到哪裡，都要注意身邊的臉孔，你就會開始覺得有的臉看起來很眼熟。咖啡店裡的那個男子。機場裡的那位年輕小姐。然後有天夜裡，你會注意到你屋子外頭停著一輛廂型車，而且停在那裡不走。」

佛斯特看了珍一眼，這個舉動沒有逃過派瑞斯的眼睛。

「是啊，好吧。你們認為我瘋了。」他聳聳肩，伸手拿他的馬丁尼。「你們繼續挖，事情慢慢就會出現了。」

「什麼事情？」珍問。

「你們光是跑來這裡，到處問問題，大概就已經驚動他們了。」

「是跟尼爾有關，還是跟奧麗薇亞有關？」

「忘了奧麗薇亞吧。那個可憐的女人只是在錯誤的時間搭上了錯誤的飛機。」派瑞斯朝女侍揮手，指著他喝空的馬丁尼杯。「麻煩一下好嗎？」他朝女侍喊道。

「你認為兇手的動機跟工作有關？」佛斯特問。

「要是你把嫉妒的情人、生氣的鄰居和貪婪的親戚排除掉，剩下的就是工作場所了。」

「你知道他在航太總署是研究什麼的，對吧？」

派瑞斯點點頭。「外星的生命。據說他和好友布萊恩．譚普認為他們可能發現了，不過航太總署沒有人會公開這麼說。」

「因為他們想隱瞞？」佛斯特問，「還是因為他們認為這不是事實？」

派瑞斯身體前傾，因為喝了酒而臉上發紅。「你不會因為搞錯而被炸死的。只有當你是正確的，事情才會變得危險。我有個感覺……」他突然停下來，眼睛盯著珍背後的某個點。她正要轉頭看，他低聲阻止：「別看。」

「是什麼？」

「一個戴著眼鏡的傢伙，白襯衫，藍色牛仔褲。坐在六點鐘方向。我覺得我兩個小時前在高速公路的一個休息站看過他。」

珍故意讓膝上的餐巾滑落到地上，然後彎腰去撿，順便看一眼那個男人，此時正好有個女人牽著一個學步的小孩坐進他旁邊的卡座。

「除非他們會雇三歲小孩當間諜，」珍說著直起身子。「我想你不必擔心那個戴眼鏡的男人。」

「好吧，」派瑞斯承認。「所以那一個我搞錯了。但是還有別的事情。」

「比方停在你屋子外頭的廂型車。」她說，聲音不帶任何感情。

他身子一僵。「我知道聽起來像是我多疑。一開始的時候，我也不相信。我一直想找一個合理的解釋，但是這類事持續發生。我的電話留言不見了。我桌上的東西被動過，檔案遺失了。就這樣持續了好幾個月。」

「現在還會嗎？」

女侍碰巧端著第三杯馬丁尼過來，於是派瑞斯暫停一下。他看著那杯酒，彷彿在評估繼續喝下去是否明智。最後他拿起酒杯。「不。大概在這個案子辦不下去那陣子，這些怪事就剛好停止了。我們合作的那些政府單位——國家運輸安全委員會、聯邦調查局——他們的調查陷入停頓狀態。我猜想他們有其他更優先的事情要辦。然後一切都沒了。陌生的廂型車不見了，我的生活又回到正常。然後，兩三個星期前，我從新罕布夏警方那邊聽說譚普家的農舍被塞姆汀炸藥給炸了。」他暫停。「現在你們又跑來這裡。我就等著那些廂型車又要出現了。」

「你猜得到那些廂型車是哪裡派來的嗎？」

「我不想知道。」他往後垮坐。「我六十四歲了。兩年前就該退休了，但是我需要收入幫我女兒。當警察是我的工作，不是我人生的全部，你懂吧？」

「麻煩的是，」珍說，「可能還有其他人的性命牽涉在內。比方說，尼爾和奧麗薇亞的兒子。」

「這沒道理啊，去追殺一個十四歲的男孩。」

「去追殺其他兩個小孩，也沒有道理。」

派瑞斯皺起眉頭。「什麼小孩？」

「在你調查期間，有碰巧看到過尼可拉斯和安娜貝爾．克拉克這兩個名字嗎？」

「沒有。」

「那厄斯金和伊莎貝爾．沃德呢？」

「也沒有。這些人是誰？」

「其他被害人。在尼爾和奧麗薇亞死掉的同一個星期，還有另外兩家人被謀殺。兩家人都有一個小孩倖存。而現在這三個小孩又再度被攻擊。」

派瑞斯凝視著她。「其他這些名字，我之前調查中從來沒看到過。現在是我第一回聽到。」

「這些事情發生的時間這麼接近，很怪吧？」

「會是跟航太總署有關嗎？有辦法因此把這三家人都連在一起嗎？」

「很不幸，沒有。」

「那麼你有什麼，可以把這三個小孩連在一起的？」

「這就是我們原來期望你能告訴我們的。其中的關聯。」

他往後靠坐，看著他們，中間隔著積了牛排血水的空餐盤。「關於雅布朗斯基夫婦，你們現在知道的跟我一樣多了。所以告訴我沃德夫婦的事情吧。」

「他們在倫敦一條小巷子裡被射殺身亡，表面上看起來是搶劫出了差錯。先生是美國外交官，太太是家庭主婦。他們十一歲的女兒也中槍，但是勉強活下來了。」

「沃德是外交官，雅布朗斯基是航太總署的科學家。中間有什麼關聯？我的意思是，天體生物學並不是熱門的外交主題啊。」

佛斯特忽然坐直身子。「如果外星人有智慧，我們就得跟他們建立外交關係了，對吧？」

珍嘆了口氣。「拜託別再玩《星艦迷航記》了。」

「不，你想想看！尼爾．雅布朗斯基和布萊恩．譚普正要飛到羅馬，去見梵諦岡的科學家們。厄斯金．沃德則曾經外派到羅馬，所以他在那邊的大使館有熟人。他大概還能講流利的義大利語。」

「那克拉克一家呢？」派瑞斯說，「你們還沒談過他們。他們跟這兩家人有任何關係嗎？」

「尼可拉斯．克拉克是羅德島州普羅維登斯的一位財務顧問，」珍說，「他和他太太安娜貝爾，是在聖托馬斯島岸邊的遊艇上被殺害的。」

派瑞斯搖搖頭。「我從雅布朗斯基一家或沃德一家看不出任何關聯。沒有什麼能把這三家人連起來。」

只除了他們的小孩現在都在同一所學校。這件事珍之前沒說出來，因為她覺得很不安。現在兇手只要查出他們都在同一個地方，就可以一口氣把他們三個都殺掉了。

「我完全不曉得這些事情有什麼含意，」派瑞斯說，「我唯一能說的就是，這可真把我嚇死了。RDX炸藥把雅布朗斯基的飛機炸得墜機。塞姆汀炸藥炸毀了譚普在新罕布夏的農舍。這些人可不是業餘的。像這樣的殺手，他們才不在乎我們是警察。他們的行動完全是不同的層次，有特殊的訓練，還有管道拿到軍事等級的炸藥。你們和我，對他們來說都只是蟑螂而已。記住這一點。」他喝光他的馬丁尼，放下玻璃杯。「我要說的大概就是這些了。」他朝女侍揮手。「結帳，麻煩了！」

「晚餐由我們請客吧。」珍說。

派瑞斯點點頭。「非常感謝。」

「謝謝你跟我們碰面。」

「我沒能幫上什麼忙，」他說，從椅子上起身。儘管喝了三杯馬丁尼，他的腳步似乎完全不受影響。「其實，應該是我謝你才對。」

「為什麼？」

他一臉同情地看著她。「這樣我就脫離苦海了，」他說，「現在他們會改去監視你了。」

◆

珍沖了個熱水澡，倒在她汽車旅館的床上，瞪著一片黑暗。晚餐不該喝那杯咖啡的。咖啡因，加上白天的種種事件，害她一直睡不著，滿腦子翻騰著她和佛斯特所查到的一切，以及其中有什麼意義。等到最後終於睡著了，那些騷動的思緒也跟著她直接進入夢境。

那是個非常清朗的夜晚。她牽著瑞吉娜站在人群裡，抬頭凝視著群星閃亮的夜空。有些星星開始像螢火蟲般移動。當那些星星變得更亮，在天空呈幾何形狀移動時，她聽到群眾驚奇地發出低語。

那些不是星星。

她驚駭地明白那些亮光其實是什麼，她擠過人群，拚命想找個地方躲起來，好讓外星人的亮光找不到。他們來找我們了。

她突然醒來，心臟跳得好快，覺得簡直要從胸口蹦出來了。她滿身大汗躺在那裡，等著夢魘中的恐怖逐漸退去。這就是你跟一個偏執狂警察吃晚飯的下場，她心想。你會夢到外星人入侵。不是友善的ET，而是乘著太空船、會發出死亡射線的怪物。而且為什麼外星人不會以征服者的姿態來到地球？他們大概跟我們一樣兇殘嗜血。

她起身坐在床緣，喉嚨發乾，皮膚上的汗水逐漸冷卻。旅館床頭鐘上發亮的數字顯示是凌晨兩點十四分。再過四個小時，她就得離開旅館，趕搭飛機回波士頓了。她在黑暗中站起來，摸索著到浴室喝水。經過窗子時，一道極細的光閃過窗簾，然後消失了。

她走到窗邊，稍微撥開窗簾，往外看著沒有照明的停車場。這家汽車旅館客滿了，停車位也都佔滿了。她搜尋著那片黑暗，很好奇剛剛那道手電筒的光是哪裡來的，正要讓窗簾回復原狀時，有輛汽車裡的車頂燈忽然亮了起來。

那是我們租的車。

她這趟出差沒帶槍；佛斯特也是。他們沒有武器，沒有後援，而且也不知道他們要對付的是什麼？她抓了手機，按了速撥鍵。響了幾聲後，佛斯特接了，聲音裡充滿濃濃的睡意。

「有個人跑進我們的車裡，」她用氣音說，一邊穿上她的藍色牛仔褲。「我要去看看。」

「什麼？等一下！」

她拉上拉鍊。「三十秒之後，我就要出去了。」

「等一下，等一下！我馬上就來。」

她抓了手電筒和房門卡，赤腳進入走廊，此時佛斯特也從隔壁房間走出來。難怪這麼快，他身上還穿著睡衣褲。紅白條紋的，從克拉克．蓋博的年代以後，就沒再流行過了。

他看到她盯著他看，於是說：「幹嘛？」

「那些條紋害我眼睛痛。你像個會走動的霓虹燈。」她喃喃說，兩人走向走廊盡頭的側門。

「你的計畫是什麼？」

「去看誰在我們的車裡。」

「也許我們該打九一一。」

「等到他們趕來，他早就走了。」

他們溜出側門，進入夜色，衝到一輛停著的車後面。珍從後保險桿邊緣探頭窺看，沿著一整排車，看向他們那輛租來的車所停的車位。車內的頂燈沒亮了。

「你確定你剛剛看到的？」佛斯特低聲問。

她不喜歡他話中的懷疑意味。三更半夜的，柏油路上的砂礫搞得她的赤腳刺痛，此刻她最不需要的，就是霓虹燈睡衣先生懷疑她的視力。

她躡手躡腳走向他們租來的車，不曉得也不在乎佛斯特是不是跟在後面，因為現在她也開始懷疑自己了，開始納悶她剛剛看到的亮光會不會只是夢魘裡的殘留。之前外星人在她夢裡出現，現在外星人跑來停車場了。

那輛車就在一個車位外。

她暫停，汗溼的手掌按著一輛小貨卡的後保險桿。她只要再走兩步，就可以碰到他們那輛車的保險桿了。她蹲在黑暗中，仔細聽著可有任何動靜、任何聲音，但唯一聽到的，就是遠處車子掠過的嘶嘶聲。

她身子往前探，朝兩輛車之間的空隙看。結果只看到一片空蕩。她剛剛所聽到佛斯特聲音中的懷疑意味，現在也在她腦子裡迴盪，甚至更大聲了。於是她蹲下身子，匆忙爬過他們那輛車的後方，朝乘客座那一側的外頭看。

也是空的。

她站起身，掃視著整個停車場，感覺到夜間的微風吹過她的臉。她現在完全暴露，要是有人在監視他們，就一定會看到她了。接著佛斯特也出現，穿著紅白條紋的睡衣，是個更顯眼的目標。

「沒有人。」他說。不是疑問句，只是陳述明顯的事實。

她心煩得不想回答，只是打開她的小手電筒，繞著車子走一圈。車子上沒有任何刮痕，周圍的地上只有一根踩扁的菸蒂，看起來已經丟在那裡好幾個星期了。「我的房間就在那裡，」她說，指著自己的窗子。「我看到一道光照過窗簾。是手電筒。我正在看的時候，這輛車的頂燈就亮了起來。有個人進了車裡。」

「你有看到人嗎？」

「沒有。他一定是蹲得很低。」

「唔，如果他上了我們的車，那麼車子應該……」佛斯特暫停。「沒鎖。」

「什麼？」

「車子沒鎖上。」他拉了一下駕駛座旁的車門把手，車裡的頂燈亮了起來。他們兩個都全身僵住，瞪著發亮的車內。

「我離開時明明鎖上的。」她說。

「你確定？」

「你為什麼一直質疑我？我知道我鎖上了那道該死的車門。你看過我沒鎖車嗎？」

「沒有，」他承認。「你向來會鎖的。」他低頭看著他剛剛碰過的車門把手。「該死，指紋被我給毀了。」

「我更關心的是，為什麼有人會跑進我們的車裡。還有他們在找什麼。」

「如果他們不是在找東西呢？」他說。

她凝視著車窗裡的前座，想著尼爾和奧麗薇亞．雅布朗斯基爬上他們的賽斯納天鷹小飛機。她想到RDX和塞姆汀炸藥以及一棟新罕布夏的農舍被炸成一片火焰。

「我們看一下車子底下吧。」她低聲說。

她什麼都不必解釋；佛斯特已經從駕駛座旁的車門後退，跟著她走到後保險桿。她雙手和膝蓋著地，感覺到砂礫刺著她的手掌，同時探頭審視著車子的底盤。她手電筒的光線掃過消音器、排氣管和車身底板。沒看到什麼多出來或不對勁的地方。

她站起來，脖子因為剛剛的尷尬姿勢而痠痛。她揉著刺痛的肌肉，繞到車子前方，再次雙手和膝蓋趴地，搜尋著底盤。

沒有炸彈。

「要我打開後行李廂嗎？」佛斯特問。

「好。」*希望不會把我們兩個炸上天。*

他猶豫著，顯然也有同樣的焦慮，然後伸手到儀表板底下，拉了一下解鎖桿。

珍拉起後行李廂門，手電筒照著裡頭的一片空蕩。沒有炸彈，她拉起裡頭鋪的地毯，看了一下放置備用輪胎的隔層。沒有炸彈。

或許真的是我夢到的，她心想。*或許我忘了把車鎖上。而我們凌晨三點站在這裡*，佛斯特還穿著那套醜死人的睡衣，白白少睡了半個夜晚。

她關上後行李廂門，挫敗地嘆了口氣。「我們得檢查車子裡頭。」

「是啊，我來吧，」佛斯特喃喃道，「要檢查就檢查個徹底。」他爬進前座，穿著睡褲的臀部還在打開的門外。誰想得到他會打扮得像根拐杖糖？他搜尋著置物匣時，她就跪下來，把手電筒往上照著左後輪胎上方的輪艙。當然，什麼都沒看到。她又接著來到車子前方，輪番檢查左右兩個前輪艙，然後繞到右後方輪胎旁。她跪下來，手電筒照進輪胎上方的空間。

她所看到的，立刻讓她全身僵住。

佛斯特朝外輕喊：「我發現東西了！」

「我也是。」她蹲得更低，看著輪艙裡頭，同時一股寒氣沿著她的背部往上爬。「你最好過來看看這個。」她低聲說。

佛斯特爬出車子，蹲在她旁邊。那個儀器不會比手機大，黏在輪艙底部。

「那是什麼鬼啊？」她問。

「看起來像是GPS追蹤器。」

「你在車裡發現了什麼？」

他抓著她的手臂，把她往旁邊拉開幾呎，然後跟她咬耳朵說：「在乘客座底下，甚至沒黏好。我猜想不管是誰來放的，一定離開得很匆忙。」他暫停一下。「所以車門才會沒鎖上。」

「不可能是因為他看到了我們。我們還沒到這裡，他就離開了。」

「你之前用你的手機打電話給我，」佛斯特說，「他們一定是因此得到警告。」

她瞪著他。「你認為我們的電話可能被監聽了？」

「你想想看。我們車子的座位底下有個竊聽器，輪艙裡有個GPS追蹤器。他們為什麼不會竊聽我們的電話？」

他們聽到發動引擎聲，轉身剛來得及看到一輛車忽然轉彎駛出停車場。他們赤腳站在被竊聽且被裝了追蹤器的那輛租來的車旁，現在完全清醒，而且驚嚇得不可能睡得著了。

「派瑞斯不是偏執狂。」佛斯特說。

她想著被燒毀的農舍，被殘殺的那幾家人。「他們知道我們是誰。」她說。也知道我們住在哪裡。

25

今天早上，晚禱學校的用餐室異常安靜，學生和老師們都在微弱的瓷器叮噹聲中悄聲低語。維勒芙醫師現在空下的位子，就位於佩斯昆托尼歐博士和杜普勒賽女士之間，他們兩個都很謹慎地避免去看那位過世同事幾天前才坐過的空椅子。你死掉之後，就是會發生這樣的事嗎？克蕾兒心想。每個人忽然都會假裝你從來沒有存在過？

「我們可以坐這裡嗎，克蕾兒？」

她抬頭看到泰迪和威爾站在她旁邊，手裡端著早餐托盤。這真是前所未見的新狀況；現在有兩個人想跟她一起坐。「隨便。」她說。

他們坐下來。威爾的托盤上是份量很多的蛋和香腸。泰迪則只有小小一堆馬鈴薯和一片乾巴巴的吐司。他們兩個截然不同，連吃東西的選擇都是。

「有什麼食物是你不會過敏的嗎？」她問泰迪，指著他的早餐。

「我今天不餓。」

「你從來都不餓。」

他把蒼白鼻子上的眼鏡推高些，指著她盤子裡的香腸。「那個裡面含有毒素，你知道。加工肉類經過高溫烹調後，會產生雜環胺類的致癌物質。」

「好吃！難怪嚐起來滋味這麼好。」她把最後一塊香腸趕緊塞進嘴裡，只是為了唱反調。當你的腦袋中過槍，你對致癌物質這種小事的危險性就有了不同的觀點。

威爾湊近了輕聲說：「有一個特殊的會議要舉行，就在早餐之後。」

「什麼會議？」

「胡狼社。他們希望你也去參加。」

她專注看著威爾長了青春痘的那張滿月臉，腦袋裡忽然冒出一個字眼：易胖型體質，這是她從健康教育課本裡面學到的字彙，比布里安娜在威爾背後取的綽號肥男孩、斑點豬要善意得多。克蕾兒和威爾在這件事上頭有共同點；泰迪也是。他們是三個格格不入的小孩，太怪、太胖或近視太深，永遠不會被邀請跟酷小孩們同桌吃飯。所以他們自成一桌：流放者的一桌。

「你會來嗎？」威爾問。

「為什麼要我去參加他們的蠢會議？」

「因為我們要一起動腦筋，談談維勒芙醫師所發生的事情。」

「我已經告訴每個人發生了什麼事，」克蕾兒說，「我跟警察說了，跟艾爾思醫師說了，跟——」

「他的意思是真正發生的事情。」泰迪說。

她皺起眉頭看著他。泰迪是消瘦型體質（ectomorph），又一個她在健康教育課本裡面學到的字彙。ectoplasm（靈質，鬼魂身上的能量）這個字彙也是ecto開頭，泰迪就是蒼白又柔弱得像個鬼。「你是說我沒講實話？」

「他完全不是這個意思。」威爾說。

「聽起來就是這個意思。」

「我們只是想知道——胡狼社只是想知道——」

「你們在我背後講我什麼嗎？你和那個社團？」

「我們只是想搞懂事情怎麼會發生。」

「維勒芙醫師從屋頂跳下來，摔到地上。這沒有那麼難懂。」

「但是她為什麼要這麼做？」威爾說。

「有一半的時間，我都不曉得為什麼我要做我所做的那些事。」她說，然後站起來。

威爾的手橫過桌面抓住她的手，好阻止她離開。「她為什麼從屋頂跳下來，你覺得是合理的嗎？」

她往下瞪著他抓著她的手。「不。」她承認。

「這就是為什麼你應該去開會，」他熱切地說，「但是你不能說出去。朱利安說只有胡狼社的社員才能曉得。」

她看著用餐室裡的另一桌，頭髮光滑的布里安娜跟其他酷小孩坐在一起講八卦。「她也會去嗎？這是某種惡作劇嗎？」

「克蕾兒，現在要你去的人是我，」威爾說，「你知道你可以信任我的。」

她看著威爾，這回她的焦點沒放在他的青春痘或蒼白的月亮臉，而是他的雙眼。那對有長睫毛的、溫柔的褐色眼珠。威爾從來不會做出或說出任何刻薄的事。他很呆，有時還很煩，但從來不會傷人。不像我。她想著有幾回自己刻意忽略他，或聽他講了什麼就翻白眼，或跟著其他人一起嘲笑他，比方有回他跳進湖裡激起了一片巨大的水花。在某個地方，有個農夫發現他養的豬不見了。另一個女孩說，而克蕾兒對於這類殘忍的評語從來不吭聲。現在她看著威爾的雙眼，忽然覺得羞愧起來。

「要在哪裡開會？」她問。

「布魯諾會帶我們去。」

◆

他們沿著一條小徑爬上學校背後的丘陵，一路陡峭又崎嶇，而且克蕾兒從沒在午夜漫遊中探索過這個方向。這條路線實在太難辨識，要不是有布魯諾・秦帶領，她很可能就會在樹林間迷路了。布魯諾跟克蕾兒一樣是十三歲，也同樣格格不入，但他總是興高采烈，而且似乎註定會是團體裡最矮的一個。他像隻雪羊似的身手矯健，迅速爬上一塊巨石，不耐地朝三個落後的同學看了一眼。

「有誰要跟我比賽爬到山頂嗎？」他問。

威爾停下腳步，滿臉漲紅，汗溼的T恤黏在他圓滾滾的軀幹上。「我快死掉了，布魯諾。能不能休息一下？」

布魯諾咧嘴笑了，揮手要他們跟上，像個小拿破崙帶領著軍隊攻上山丘。「別這麼懶了，你得練得像我一樣健康才行！」

「你想殺了布魯諾嗎？」克蕾兒咕噥著。「或者我該動手？」

威爾擦掉臉上的汗。「給我一分鐘，我就會好起來的。」他喘著氣。但他之前吃力地往前跋涉，喘得好大聲，大鞋子在青苔上打滑，看起來一點也不好。

「我們要去哪裡啊？」克蕾兒喊道。

布魯諾停下腳步回頭。「在我們繼續深入之前，你們全都得保證。」

「保證什麼？」泰迪問道。

「保證你們不會把這個地點說出去。這是我們的地方，我們最不希望的，就是那個暴躁的老羅門先生跟我們說那是禁區。」

克蕾兒嗤之以鼻。「你以為他還不曉得這個地方？」

「跟我保證就是了。舉起右手來。」

克蕾兒嘆了口氣，舉起右手。威爾和泰迪也是。「我們保證。」三個人齊聲說。

「好了，」布魯諾又轉回身子，推開一叢灌木。「歡迎來到胡狼窩。」

克蕾兒是第一個走進那片林中空地的人。她看到長滿青苔而滑溜的石階，明白這裡不是樹林間的天然開闊地，而是有人刻意開闢出來的，非常古老。她爬上石階，踏上一座以褪色花崗岩砌成的圓形平台，進入一個以十三塊大石頭圍成的圓圈內，她的同學列斯特．葛里密和亞瑟．圖姆斯已經坐在裡頭。附近一片樹林的陰影下，有一棟石砌小屋，屋頂生了厚厚的青苔，遮光板緊閉，鎖住了裡頭的祕密。

泰迪走到圓圈內，緩緩轉著身子審視那十三塊巨石。「這是什麼地方？」他驚奇地問。

「我在學校的圖書館裡查過，」亞瑟說，「我想麥格納斯先生在建造城堡期間，也建造了這個地方，但是我查不到任何資料。」

「那你們是怎麼找到這裡的？」

「不是我們，是傑克．傑克曼找到的，很多年前。他幫胡狼社認領了這個地方，從此這裡就是我們的了。那裡的那棟石砌屋，傑克曼第一次看到時整個都快垮掉了。他和第一代社員修復了，裝好屋頂和遮光板。天冷的時候，我們就在屋裡開會。」

「誰會在樹林裡這麼高的地方蓋房子呢？」

「的確有點怪，不是嗎？就像這十三個大石頭。為什麼是十三個？」亞瑟的聲音壓低。「或許麥格納斯先生弄了個神祕教派或什麼的。」

克蕾兒低頭看著一叢叢雜草從岩石間的縫隙鑽出來。遲早小樹和大樹也會進駐這塊土地，把花崗岩擠鬆、扯裂、弄碎。多年下來，時光已經造成了損害。但在這個夏日早晨，遠處的空中還懸著霧靄，她感覺這個地方是永恆的，永遠都會是這個模樣。

「這裡比城堡還要古老得多，」她說，「我想這個地方已經存在非常久了。」

她走到平台邊緣。隔著樹林中的一道空隙，她往下看著山谷裡。底下是有眾多煙囪和塔樓的晚禱學校，再遠些是深色水面的湖。從這裡，她心想，我可以看到整個世界。兩艘小船划過，在湖面刻下餘波。幾個學生騎著馬，在一條細細的小徑上移動。站在這裡，風吹在她臉上，她感覺自己無所不能，什麼都看得見。她是宇宙的女王。

狗叫聲傳來，於是她知道朱利安快到了。轉身看到他正大步跨上石階，來到這個岩石平台，大熊一如往常跟在他後頭。「你們都來了，」他說，然後看著克蕾兒。「你承諾過了？」

「我們已經發誓不會把這個地方說出去，如果你指的是這個，」她說，「你們又不是什麼祕密社團。為什麼要跑到上頭這裡來開會？」

「這樣我們才能暢所欲言，不會擔心有別人聽到。而且在這裡所說的話，就都留在這裡，不要傳出去。」朱利安看了一圈，現在他們總共有七個人。這群人很不錯，克蕾兒心想。布魯諾是歡樂的小雪羊。亞瑟是凡事都要再三確認才肯放心。列斯特則是有時夜裡做噩夢尖叫著醒來，把宿舍裡的人全都吵醒。克蕾兒是這個團體裡唯一的女生，而即使身在這些怪人裡頭，她還是覺得自己很顯眼。

「有奇怪的事情正在發生，」朱利安說，「他們不肯告訴我們關於維勒芙醫師的真相。」

「你說的真相，是什麼意思？」泰迪問。

「我不相信她是自殺的。」

「我親眼看到的。」克蕾兒說。

「那可能不是真正的情況。」

克蕾兒很火大。「你是說我撒謊？」

「我看到莫拉把維勒芙醫師的糖罐裝袋，送去鑑識實驗室。而且她去看解剖之後回來的那一晚，跟一些老師開會開了好久。他們很擔心，克蕾兒。我想他們甚至很害怕。」

「這些跟我們三個人有什麼關係？」威爾問，「為什麼你希望我們三個來參加會議？」

「因為，」朱利安轉向威爾說，「不知道為什麼，你們三個是這件事的中心。我聽到莫拉跟瑞卓利警探講電話，你們三個人的姓都被提到過。沃德、克拉克、雅布朗斯基。」她的目光從克蕾兒轉到泰迪、威爾身上。「你們三個有什麼共同點？」

克蕾兒看著自己的兩個同伴，聳聳肩。「我們都很怪？」

布魯諾發出了那種煩人的咯咯笑聲。「這個答案也太明顯了。」

「還有他們的檔案。」亞瑟說。

「我們的檔案怎麼了？」克蕾兒問。

「維勒芙醫師過世那天稍早，我下午一點跟她有約診。我走進她辦公室的時候，看到她桌上有三份檔案攤開來，看起來她一直在閱讀。你的檔案，克蕾兒。還有威爾和泰迪的。」

朱利安說：「那天晚上，她自殺之後，那三份檔案還放在她桌上。你們三個人有某件事引起了她的注意。」

克蕾兒看著那一張張期待的臉。「你已經知道為什麼了。是因為我們的家人。」她轉向威爾。「告訴他們，你的父母是怎麼死的。」

威爾低頭看著自己的腳，那兩隻巨大的腳穿著巨大的運動鞋。「他們說那只是意外。飛機墜機。但是後來我才發現……」

「是意外嗎？」朱利安問。

威爾搖頭。「是一顆炸彈。」

「泰迪，」克蕾兒說，「把你跟我說過的那些告訴他們。有關你的家人。」

「我不想談。」泰迪低聲說。

她看著其他學生。「他的家人是被謀殺的，就跟威爾的父母一樣。跟我父母一樣。這個就是你們想聽到的，對吧？我們三個人的共同點就是這個。」

「把剩下的告訴我們吧，克蕾兒，」朱利安說，「你的寄養家庭所發生的事情。」

每個人的目光都轉回克蕾兒身上。

她說：「你明知道發生了什麼事，為什麼還要問？因為去搞亂怪小孩的腦袋很好玩嗎？」

「我只是試著了解這裡現在到底發生了什麼事。對你、對整個學校都是。」朱利安看著其他社員。「我們老在說有一天我們要當調查員，有一天我們會為這個世界做點事情。我們花了那麼多時間學習血跡形態和蒼蠅，但那些都是理論而已。現在有一個真正要調查的案子就發生在我們身邊，就在這裡。而這三個人是整個案子的中心。」

「你為什麼不去問艾爾思醫師？」威爾問。

「她說她不能講。」朱利安說，又有點忿恨地補了一句：「總之不能跟我講。」

「所以你就打算自己調查？光憑幾個小孩？」克蕾兒笑了。

「為什麼不行？」朱利安走向她，近得她得抬頭看他的眼睛。「你難道不好奇嗎，克蕾兒？還有你們，威爾和泰迪？誰想要你們死？為什麼這麼想殺了你們，不惜出手兩次？」

「就像那部恐怖電影《絕命終結站》，」布魯諾說，那模樣也太開心了。「那些小孩原來應該死於墜機，但他們逃過一劫。然後死神就一直追著他們不放。」

「這不是電影，布魯諾，」朱利安說，「我們談的也不是超自然的東西。真實的人做了這件事，而且是有理由的。我們得查出理由。」

克蕾兒輕蔑地笑了一聲。「聽聽你說了什麼話！你以為你們能查出警察沒辦法查出來的？你們只是一群小孩，手上只有一些顯微鏡和化學實驗箱而已。那麼告訴我，朱利安，你要怎麼利用課餘時間，完成這些厲害的警察工作？」

「我打算從詢問你開始。這件事就發生在你身上，克蕾兒。你一定多少知道，是什麼把你們三個連在一起的。」

她看著威爾和泰迪。易胖型體質和消瘦型體質。「唔，我們絕對不是親戚，因為我們長得一點也不像。」

「而且我們都住在不同的地方，」威爾說，「我媽和我爸是在馬里蘭州遇害的。」

「我爸媽是在倫敦被殺害的。」克蕾兒說。*我差點也死在那裡。*

「泰迪？」朱利安問。

「我說過了，我不想談。」他說。

「這件事有可能很重要，」朱利安說，「你不想知道答案嗎？你不想知道他們為什麼會死掉嗎？」

「我知道他們為什麼會死掉！因為我們在船上。就在我爸那艘愚蠢的船上，停在一個沒沒無聞的小地方。要是我們沒在上頭，要是我們還待在家裡……」

「告訴他們，泰迪，」克蕾兒輕聲鼓勵。「告訴他們船上發生了什麼事。」

有好一會兒，泰迪都沉默不語。他垂頭站起來，往下看著石砌地面。等到他終於開口，聲音小得幾乎聽不見。

「有幾個人帶著槍，」他低聲說，「我聽到尖叫。我媽，還有我的兩個妹妹。但是我幫不了她們。我唯一能做的就是……」他搖頭。「我討厭水。我這輩子再也不要坐船了。」

克蕾兒走到泰迪旁邊，雙手擁住他。感覺到他的心臟像小鳥拍翅似的，在瘦弱的胸膛裡跳得好快。「不是你的錯，」她喃喃說，「你救不了他們。」

「我活著。他們卻沒有。」

「別怪自己。要怪就怪殺了你家人的那些人。或者怪這個爛世界。或者甚至怪你爸，因為他帶你們上了那艘船。但是絕對不要怪自己，泰迪。」

他掙脫她的手臂，退出圓圈石陣。「這樣子太蠢了，我不想玩這個遊戲。」

「這不是遊戲。」朱利安說。

「對你就是！」泰迪吼回去。「你和你的蠢社團。你還不懂嗎？對我們來說，這是真實人生。是我們的人生。」

「這就是為什麼，你們三個人必須查清楚，」朱利安說，「你們得一起合作，仔細想一想，查出你們有什麼共同點。你們的家人，你們的父母，你們上過的學校。重點就是查出一個連結，查出把你們綁在一起的那個人。」

「人？」威爾輕聲問，「你的意思是：兇手。」

朱利安點點頭。「一切都歸結到這一點。有個人曾在你們的人生中出現，或是你們父母的人生。這個人現在可能正在找你們。」

克蕾兒看著威爾，想起他曾跟她說過的：我覺得我好像見過你。她完全不記得他。她對很多事情都沒有記憶了，但那是因為她腦袋中槍過。很多事情都可以怪那顆子彈，從她平庸的成績到她的失眠症還有反常的壞脾氣。

而現在她的頭痛老毛病又犯了，她也因此怪那顆子彈。

她走到一顆大石頭旁坐下來，按摩自己的頭皮，手指摳著頭皮上那個舊疤。這個疤是個永遠的提醒物，讓她記得自己所失去的一切。在她腳邊，一棵細瘦的幼樹從岩石間生出來。她心想，這種事情是無可避免的，就連花崗岩也無法阻擋。有一天將會有大樹突破阻礙，把岩石擠裂並抬起。就算我現在把這棵幼樹拔掉，另一棵也會冒出來。

就像殺手一樣。

◆

克蕾兒打開她的衣櫥，拿出上方架子上那個破爛的紙箱。她來到晚禱學校後，就從來沒把這箱子拿出來過，也幾乎不記得裡頭放了些什麼。兩年前，她和芭芭拉．巴克利把她父母在倫敦公寓裡的一些紀念物裝進裡頭。之後，這個箱子就跟著她到處跑，從倫敦到易薩卡，現在來到這裡，但她從來沒打開來看過。她一直很怕再看到父母的臉，很怕會讓她想起自己所失去的種種。這會兒她坐在床上，把箱子放在旁邊。她花了半晌鼓起勇氣，這才打開紙箱的掀蓋。

箱裡最上方放著一隻瓷製的獨角獸。伊吉，她心想，我還記得它的名字。這個愚蠢的小玩意兒本來是她母親伊莎貝爾．沃德在某個跳蚤市場買的；她說這是她的幸運符。*幸運用光了，媽。*

我們所有人都是。

她小心翼翼地把那隻獨角獸放在她的床頭桌上，然後伸手到箱子裡繼續拿出東西來。一個天鵝絨的束口袋，裡頭是她母親的珠寶。她爸媽的護照。一條大絲巾裡還有淡淡的香水味，是那種帶著檸檬香的清爽氣味。最後，在箱底，是兩本相簿。

她拿出相簿，放在膝上。其中一本顯然比較新；裡頭最後幾頁還是空白的。她先打開這本，看到自己的臉在第一頁的照片裡微笑。她穿著一件黃色的蓬蓬裙，手裡牽著一顆氣球，站在迪士尼樂園的門口。她不記得這件洋裝，也不記得去過迪士尼樂園。這張照片裡的她多大？三歲？四歲？她不太會看小孩的年齡。要不是這張照片，她根本不曉得自己去過迪士尼的魔幻王國。

又是一段我失去的記憶，她心想。她好想把那張照片從相簿裡扯下來，把那撒謊的照片撕成碎片。如果她不記得，那還不如從來沒有發生過。這本相簿就是一本謊言之書，是另一個女孩的童年，另一個女孩的記憶。

「克蕾兒，我可以進來嗎？」威爾說，從打開的門口窺看。他好像不敢走進來，只是站在走廊上縮著頭，好像怕她會拿什麼東西丟過來。

「無所謂，」她說。她的意思是邀請，但他卻後退了，於是她喊道：「嘿，你要去哪裡？你不想進來看看我的房間嗎？」

於是他才進來，但還是站在剛進門的地方猶豫，緊張地四下看著書架、書桌、梳妝台。他避免去看任何床，好像其中一張可能會跳起來咬他似的。

「我的室友都在打包準備去魁北克，」威爾說，「好爛，我們明天不能跟他們一起去。」

「反正我也不想被困在巴士上好幾個小時。我寧可待在這裡。」她說，其實這不是真心話，被留在這裡的確很爛。她把相簿翻到下一頁，看到另一張自己的照片，這回是戴著牛仔帽，坐在一匹看起來很沮喪的小馬背上。

「那是你嗎？」他笑了。「真的好可愛。」

她心煩地把相簿啪地一聲闔上。「我只是在調查，照朱利安的要求做而已。」

「我也做了調查。」他伸手到口袋裡，掏出一張紙打開。「我做了一份我們的人生時間表。列出你、我和泰迪身上所發生的事，設法找出可能的關聯。我想看看我們的人生是不是有任何交叉。我還得去問泰迪一些確切時間，不過我已經列出了你的。你要不要檢查一下？」

她接過那張紙，注意力放在代表她個人悲劇的那兩樁事件。第一樁是她和爸媽在倫敦中槍的那天，那事件在她記憶裡好模糊，因而簡直像是發生在另一個女孩身上，而不是她身上。但第二樁事件記憶猶新，害她的胃因為愧疚而翻攪了起來。過去幾個星期，她一直頑固地避免去想那件事，但是看到威爾這份時間表上頭的那個日期，又把那段令人想吐的記憶帶回來。那天夜裡她多麼漫不經心地溜出巴克利家。鮑伯和芭芭拉把她請上車時，他們夫婦看起來有多麼疲倦又擔心。他們是因為我而死的。因為我是個不會為別人著想的混蛋。

她把那時間表遞還給威爾。「對，時間沒問題。」

他指著那兩本相簿。「你發現了什麼嗎？」

「只有照片。」

「我可以看看嗎？」

她不想再看任何害自己尷尬的照片，於是把比較新的那本相簿放到一旁，打開了她父母的相簿。在第一頁，她看到她父親厄斯金，高大又英俊，穿西裝打領帶。「這是我爸。」她說。

「他後面是華盛頓紀念碑！我去過那裡。那是在我八歲的時候，我爸帶我去那裡的國家航空及太空博物館。那地方太酷了。」

「你真愛吹噓。」

他看著她。「你為什麼要這樣，克蕾兒？」

「怎樣？」

「老是要貶低我。」

她本能地想否認，然後看到他的臉，這才明白他說得沒錯。她的確老是貶低他。她嘆了口氣。「我其實不是故意的。」

「所以不是因為你認為我活該？覺得我很討厭或什麼的？」

「不。是因為我根本沒用腦子想，這是個蠢習慣。」

他點點頭。「我也有蠢習慣。比方我老是用比方這個詞。」

「那就別再用了啊。」

「那我們講好，我們兩個都別再這樣了，好嗎？」

「當然了，隨便。」她又翻了幾頁，看到更多她英俊的父親在不同背景前擺姿勢拍照。在樹下跟一群朋友野餐。穿著泳裝躺在有棕櫚樹的海灘上。然後她看著一張她媽媽和爸爸的照片，他們勾著手臂，站在羅馬大競技場前面。

「看，這是我媽。」她柔聲說，一根手指輕撫過照片。那條絲巾上的香水味忽然從遺失記憶的濃霧中傳來，她可以聞到母親的頭髮，感覺到母親的雙手摸著她的臉。

「她跟你長得好像，」威爾驚奇地說，「她真的很美。」

他們兩個都很美，克蕾兒心想，凝視著母親和父親。拍攝這張照片時，他們一定覺得全世界都在他們腳下。他們長得好看，又還那麼年輕。而且他們住在羅馬。他們可曾停下來思索，可曾想像自己的未來會這麼早就結束？

「這是十九年前拍的。」威爾說，注意到克蕾兒的母親寫在相簿上的時間。

「當時他們剛結婚。我爸在大使館工作，當政治秘書。」

「在羅馬？好厲害。你就是在那裡出生的嗎？」

「我的出生證明上說，我是在維吉尼亞州出生的。我想我媽是回美國生下我的。」

他們又繼續翻了幾頁，同樣看到這對俊美的夫妻在晚餐時微笑，在雞尾酒會舉著香檳杯，在汽艇上揮手。過著 *la dolce vita*，她母親曾這麼說。那是義大利語，意思是甜蜜生活。而克蕾兒在那些照片裡看到的，的確就是如此，記錄了一連串跟同事和好友共度的、彷彿沒有盡頭的美好時光。但相簿本來就該是如此，收集了人生最美好的時刻。裡頭是你希望記住的片段，而不是你想忘掉的那些。

「你看，這個一定是你。」威爾說。

照片裡是克蕾兒的母親，在醫院病床上微笑，手裡抱著一個嬰孩。她看到照片旁手寫的日期就說：「對，那是我出生那天。我媽說生我的過程非常快。她說我急著要出來，害她差點來不及趕到醫院。」

威爾大笑。「你現在還是急著要出去。」

她又翻了幾頁，同樣都是無趣的嬰兒照。學步照。坐在兒童餐椅上。抓著一個瓶子。這些都無法幫助她記起任何事，因為這些都是在她有記憶之前拍的照片。就像是另一個小孩的相簿一樣。

她翻到最後一頁。最後兩張照片中沒有克蕾兒。拍的又是一場雞尾酒會，另一群微笑的陌生人舉著葡萄酒杯。那就是外交官太太的沉重責任，她母親常常開玩笑。*總是要微笑，總是要幫人倒酒。*克蕾兒正要闔上相簿，威爾的手忽然壓住她。

「等一下，」他說，「那張照片。」

「怎麼了？」

他從她手上拿走相簿，湊近了審視其中一張酒會照片。裡頭是克蕾兒的父親，手上拿著雞尾酒杯，正和另一個男人在大笑。手寫的圖片說明是：**七月四日，美國生日快樂！**

「這個女人，」威爾喃喃說。他指著一個站在厄斯金．沃德右邊的苗條褐髮女郎。她穿著一件低胸的綠色洋裝，繫著金色腰帶，雙眼看著克蕾兒的父親。那是一種毫不隱瞞的欣賞表情。

「你知道她是誰嗎？」威爾問。

「我應該知道嗎？」

「你仔細看，設法想想你是不是見過她。」

她看得愈認真，就愈覺得這個女人眼熟，但那只是一縷模糊的回憶，她無法確定。那回憶有可能根本不存在，只是想得太努力而造成的錯覺。「不曉得，」她說，「怎麼了？」

「因為我認識她。」

她朝他皺眉。「怎麼可能？這是我的家庭相簿啊。」

「而那位，」他說，指著照片中的女人，「是我的母親。」

26

安東尼．桑索尼在黑暗中抵達晚禱學校，就像之前那回一樣。

從她房間的窗子，莫拉看到那輛賓士車停在下頭的庭院裡。一個熟悉的身影下了車，高高的，穿得一身黑。他匆忙掠過庭院裡的路燈下，短暫地在卵石路面投下了一道長長的、不祥的黑影，然後迅即消失。

她走出房間，想去樓下攔截他。到了二樓的樓梯平台，她暫停下來往下看著黑暗的門廳，桑索尼和鮑姆正在那裡低聲交談。

「……她為什麼這麼做還是不清楚，」鮑姆說，「我們的聯絡人都很不安。有關她的事情，有太多地方是我們不知道的，那些事情我們早應該問清楚的。」

「你相信她是自殺？」

「如果不是自殺，那要怎麼解釋……」鮑姆聽到樓梯的吱呀聲，忽然停住。兩個男人都轉過頭來，看著站在他們上方階梯的莫拉。

「艾爾思醫師，」鮑姆說，立刻擠出微笑。「睡不著嗎？」

「我想知道真相，」她說，「有關安娜．維勒芙的。」

「對於她的死，我們跟你一樣想不透。」

「我想知道的不是關於她的死，而是有關她活著的時候。你說過你沒有答案給我，鮑姆校長，」她看著桑索尼。「或許安東尼有。」

桑索尼嘆氣。「我想，該是告訴你實話的時候了。這一點是我欠你的，莫拉。來吧，我們去圖書館談。」

「那麼，我就向兩位說晚安了，」鮑姆說，轉身走向階梯。然後他又暫停下來，回頭看著桑索尼。「安娜走了，但是不表示我們可以打破對她的承諾。記住這一點，安東尼。」接著他爬上階梯，消失在陰影中。

「那些話是什麼意思？」莫拉問。

「意思是有些事我不能告訴你。」他說，帶頭走進那條通往圖書館的昏暗走廊。

「這麼保密的意義是什麼？」

「關鍵在於信任。安娜是在非常信任的狀況下跟我們說了一些事情。那些細節我們不能說出去的。」他在走廊盡頭暫停下來。「但是現在我也不確定，我們到底是不是真知道關於她的真相。」

白天時，陽光從圖書館的帕拉第奧式窗子照進來，在光滑的木桌上發出微光。但現在，陰影籠罩著館內，把凹室轉變為黑暗的小洞穴。安東尼按開了一盞檯燈，在那片舒適的昏暗中，他們隔著一張桌子面對面坐下。周圍一排排書架構成一種博學感，由兩千年的知識組合而成。但她現在想讀透的，卻是眼前這個男人，難解得就像一本闔上的書。

「安娜．維勒芙是什麼人？」莫拉問，「我去看了她的解剖。她的屍體上到處都是刑求所留下的舊疤。我知道她先生是被謀殺的，但安娜呢？她發生了什麼事？」

他搖著頭。「我們之間永遠都會是這樣嗎？」

「什麼意思？」

「我們為什麼不能有正常的談話，就像其他人那樣？聊天氣，聊戲劇？但我們沒有，而是在談你的工作，這可不是愉快的話題。但我猜想，持續把我們湊到一起的，就是這個吧。」

「你指的是死亡？」

「還有暴力。」他身體前傾，目光銳利得有如雷射光。「我們這麼相似，你和我。你的心中有黑暗，這是我們的共同點。我們彼此心裡明白。」

「明白什麼？」

「明白黑暗是真實的。」

「我不想用那個方式看世界。」她說。

「但是每回有屍體放在你的解剖台上，你都會看到證據。你知道這個世界並不是陽光普照，我也知道。」

「那就是我們為這份友誼帶來的嗎，安東尼？悲觀和失望？」

「我第一次見到你的時候，就從你身上感覺到了。它深入你的內心，因為你這個人。」

我這個人。死亡天后。惡魔的女兒。黑暗深入她血管內的鮮血，因為她母親艾曼爾提亞體內也流著同樣的血，而她母親是個殺人兇手，將會在監獄度過餘生。

他的目光那麼熱切，讓她再也無法跟他對望下去，於是轉而把視線移到他的手提箱。他們認識快兩年了，然而只要看一眼，他就還是可以讓她失去平衡，感覺自己像個放大鏡底下的樣本，被人檢視且暴露無遺。

「我來這裡不是要談自己的，」她說，「你剛剛答應我，說你會告訴我有關安娜的真相。」

他點頭。「總之，是我可以告訴你的部分。」

「你知道她曾經遭到刑求嗎？」

「知道。而且我們明白，她和她丈夫在阿根廷碰到的事情，一直還是讓她深受困擾。」

「可是你們雇用了她。讓她成為你們的教職員，擔任脆弱孩童的心理諮商師。」

「雇用她的，是晚禱學校董事會。」

「你自己也一定贊成。」

他點頭。「根據她的推薦人，她的學術資格，還有她對犯罪被害人的盡心盡力。她絕對就是我們的一分子。」

「梅菲斯特俱樂部。」

「她也有暴力的傷疤。二十二年前，安娜和她的丈夫法蘭克林在阿根廷幫一家國際公司工作期間，遭到綁架。安娜和她丈夫都被刑求了。她丈夫被殺害。兇手始終沒抓到。這段經驗讓安娜領悟，司法是靠不住的。惡魔總是在我們身邊。她離開了之前工作的那家公司，回到研究所重拾書本，然後成為犯罪被害人的心理諮商師。十六年前，她加入了我們。」

「你們的俱樂部並沒有公開聯絡方式，她怎麼會曉得你們？」

「就像所有會員一樣。透過中間人。」

「她是被召募的？」

「她的名字被提出，是經由一個在執法單位的會員。他會注意到安娜，是因為她擔任心理諮商師的工作十分出色。他知道安娜因為暴力而失去了丈夫，而且她在全國各地的執法單位、兒童保護機構有很多熟人。」他拿起帶進圖書館的那個手提箱，放在桌上。「我接到她的死訊後，又重新看了一次她的會員檔案。」

「每個會員都有檔案？」

「在申請入會時編製的。我已經塗掉了敏感資訊，但這就是我能給你看的。」

「你不能給我看完整的檔案？」

「莫拉，」他嘆氣。「就算我信任你，某些資訊還是只有會員能看的。」

「那乾脆都不要給我看，不就得了？」

「因為你已經成為調查的一分子。你參與了解剖。你要求對安娜的血液做全套的毒物篩檢，所以我假設你懷疑她其實不是自殺的。當你提出問題時，我會認真聽。因為我知道你對自己的工作有多麼在行。」

「目前還沒有證據能支持我的懷疑。」

「但有個什麼觸動了你的直覺。在你的潛意識裡，有個什麼挑起了你甚至沒意識到的細節。那直覺告訴你事情不對勁。」他湊近他，審視著她的臉。「我說得對嗎？」

她想著那個倒空的糖罐，還有珍跟安娜在那通電話中令人困惑的對話。她低頭看著桑索尼推給她的檔案夾，打開來。

第一頁是一張安娜的照片，當時她的頭髮還沒轉為銀白色。那是十六年前她申請入會時拍的。一如往常，她穿著一件長袖、高領的簡樸連身裙，讓她看起來似乎很古怪，但莫拉現在明白，那衣服是為了要掩蓋她身上被刑求過的疤痕。安娜的微笑、她的眼睛中，都看不出往日痛苦或未來自殺的痕跡。

莫拉往下翻，下一頁是塗去部分內容的自傳資料。生於柏林，父親是駐德國的陸軍軍人。在華府的喬治．華盛頓大學取得心理學學位，嫁給法蘭克林．維勒芙。他們夫婦都服務於一家國際性的人才招聘公司，在墨西哥、智利、阿根廷都有分公司。

她又翻了一頁，看到了幾張新聞剪報，有關這對夫婦在阿根廷被綁架，隨之法蘭克林被殺害。第二張剪報提到兇手始終沒有被捕。

「安娜親身體驗過司法的失敗，」桑索尼說，「所以她是我們的一分子。」

「這種會員資格，任何人都不會想擁有的。」

「我們加入這個俱樂部，沒有一個人是因為想要，不像你想加入鄉村俱樂部那樣。我們每個人都是因為個人的悲劇，感到憤怒、絕望或灰心，才不得不加入的。我們了解一般人不懂的。」

「邪惡。」

「那是一個形容的字眼。」他指著檔案。「安娜當然了解。在她丈夫死後，她辭掉工作回到美國，重返校園，拿到心理諮商學位。她以自己的方式，藉著跟被害人的家庭合作，去設法跟邪惡對抗。我們提供她更有效率的方式，去培養一整個世代的人。不光是當諮商師而已，而是當我們招生的偵察員。有她在各個兒童保護機構和執法單位裡的熟人，她可以從全國各地找到適合的學生。」

「藉著過濾謀殺案？把目標對準受傷的人？」

「這個問題我們之前已經談過了，莫拉。我知道你不贊同我們的做法。」

「因為這種做法，感覺上是為你們的理想在召募新兵。」

「看看朱利安在這裡變得多麼健康、有自信。你能告訴我，這個學校對他沒有好處嗎？」

她沒回答，因為她無法反駁。晚禱完全就是朱利安該來的地方。才短短幾個月，他不但長了肌肉，還生出了自信。

「安娜早就知道他來這裡可以過得很好，」桑索尼說，「如果只從他在懷俄明州的學校紀錄判斷，沒有人會認為他是個有希望的學生。他一半的科目都不及格，老是跟人打架，還犯過一些小錯。但安娜從他的檔案裡看出他是個倖存者。她知道他在那片高山間幫忙保住你的命，沒有別的原因，只是因為同情。而她就是因此知道他是我們想要的學生。」

「所以決定的人是她？」

「安娜的認可是關鍵。你在這裡看到的學生，有一半是她親自挑選的。」他暫停一下又補充：「包括克蕾兒・沃德和威爾・雅布朗斯基。」

最後這句話讓她思索了一會兒。她想到她和珍曾去安娜的辦公室裡，跟她談過這三個孩子，以及他們之間是否有關聯。安娜當時告訴他們，那只是巧合，不值得追查下去。然而在安娜死掉的那天，她卻在研究這三個小孩的檔案。

整個圖書館好安靜，安靜得莫拉都能聽到自己的心跳。那種沉寂更放大了走近的腳步聲，她轉頭，看見四個人從陰影裡走出來，進入檯燈的光線中。

「我們得跟你談一談。」朱利安說。他旁邊站著三個同伴。就是那三個：威爾、泰迪和克蕾兒，對這三個人來說，他們的悲劇似乎永遠沒有盡頭。

雖然快要十一點，這些小孩都早該上床睡覺了，但桑索尼還是以對待成人的同等尊重看著他們。「你有什麼事情想談，朱利安？」他問。

「胡狼社今天早上開了個會，討論有關維勒芙醫師的事情，」朱利安說，「而這三位社員因此發現一個線索。但是我們需要你的協助，才能繼續追查下去。」

莫拉嘆氣。「朱利安，我知道你想幫忙，但現在很晚了。桑索尼先生和我還有事情要——」

「我們想看我們的檔案，」克蕾兒插嘴。「我們想知道有關我們和我們父母的一切警方紀錄。所有的報告。」

「我沒有這樣的資訊，克蕾兒。」

「但是你可以弄到，對吧？或者瑞卓利警探可以。」

「這些調查都還在進行中。這表示你們要的資訊是不能對一般大眾公開的。」

「我們不是一般大眾，」克蕾兒說，「這是有關我們，有關我們的性命，我們有權利知道。」

「是的，你們的確有權利知道，等到你們大一點。但這些是官方文件，有些細節你們可能不了解。」

「因為我們年紀太小，無法理解真相？你的意思是這樣嗎？十三歲就不可能理解。就好像你完全不曉得我們是什麼樣的人，或我們經歷過什麼。」

「我真的知道，克蕾兒，」莫拉低聲說，「我了解的。」

「了解什麼？她腦袋中槍過？那就是你對我的了解，但是你不曉得這真正代表的意義是什麼。在醫院醒來，不記得自己是怎麼進去的。不曉得你媽媽和爸爸都死了。感覺自己再也沒有辦法讀完一本書、睡上一整夜，或甚至只是認真去思考一件事、不要分心。」她一手按著頭。「當他們在我的腦袋轟出一個洞時，他們也同時毀了我的人生。我再也沒辦法像其他每個人一樣。我永遠都會是個怪胎。所以別跟我說你了解我，或了解任何有關我的事。」

其他男孩都被她這番爆發給嚇呆了，只是瞪著她感到很驚奇，或許甚至是讚賞。

「對不起，」莫拉說，「你說得一點也沒錯，克蕾兒，我是不了解。」她看著威爾和泰迪。「就像我其實不了解你們的人生到底會是什麼滋味。我很習慣切開屍體，看到裡頭的東西，但我能做到的也就是這樣。你們三個，唔，你們得告訴我那些檔案沒法告訴我的。有關你們的人生，以及你們是什麼樣的人。」

「就像克蕾兒剛剛說的，我們都是怪胎。」威爾說，泰迪也哀傷地點頭附和。「沒有人想跟我們在一起。就好像每個人都能感覺到我們很倒楣，他們不想跟我們扯上任何關係，免得沾上霉運。」威爾的腦袋垂下。「他們也怕最後自己會死掉，就像維勒芙醫師那樣。」

「維勒芙醫師是自殺的，現在還沒有證據能證明是其他原因。」

「或許吧，」威爾說，「但是她死掉那天，我們的檔案就放在她桌上。彷彿她打開檔案時，就被詛咒了。」

「莫拉，」朱利安說，「我們想協助調查。我們有資訊。」

「胡狼社是個很好的社團，朱利安。但現在有很多專業人員在調查發生的一切。」

「你的意思是，這個案子只有專業人員才有資格調查？」

「事實上，這就是我的意思。」

「那如果我們發現了專業人員沒發現的呢？」她看著克蕾兒。「給他們看吧。」

此時莫拉才注意到克蕾兒拿著一本冊子。「這是我們家的相簿。」克蕾兒說，把那本相簿遞過來。

莫拉打開來，看到一對年輕男女站在羅馬大競技場前面的照片，兩人都是金髮，都極其迷人。「你的父母？」

「對。我爸在大使館工作。他是政治秘書。」

「他們真是一對璧人，克蕾兒。」

「但是我要你看的不是這張。」克蕾兒把相簿翻到最後一頁。「而是這張照片，雞尾酒會。這個是我爸，正在跟這個人講話。然後你看站在旁邊的那個女人，穿著綠色洋裝的？你知道她是誰嗎？」

「誰？」

「那是我母親。」威爾說。

莫拉驚訝地轉向他。「你確定？那有可能是任何一個長得像她的人。」

「那就是我母親沒錯。我認得那件洋裝。她老是穿去參加派對。那是綠色的，有金色腰帶，她跟我說過，那是她這輩子買過最貴的一件衣服，但是品質本身就值回票價了。這是她的格言，她老是這樣跟我說。」他的聲音愈來愈小，雙肩垮下輕聲說：「那是我媽。」

莫拉看著旁邊的圖片說明：**七月四日，美國生日快樂！**「沒有寫哪一年，我們不曉得這張照片是哪一年拍的。」

「重點是，」朱利安說，「他們在一起，在同一個派對上。而且你知道還有誰也在那裡？」

「他，」克蕾兒說，指著被拍到跟厄斯金．沃德正在講話的那名男子。照片拍到他的側面，他比沃德高，寬闊的肩膀、強壯的身材。整個房間的人都在喝葡萄酒，他是唯一手裡拿著罐裝啤酒的。

「那是我父親。」泰迪說。

「這就是連結，」朱利安說，「我們還是不知道他們為什麼會被殺害，也不知道為什麼會有人兩年後還想傷害他們的小孩。但這就是我們在找的證據。克蕾兒的爸爸、泰迪的爸爸、威爾的媽媽，他們彼此認識。」

◆

那張掃描的圖片在佛斯特的電腦螢幕上發亮，照片裡的賓客都穿著派對服裝，有些坐著，有些站著，大部分手裡都拿著酒。中心人物是厄斯金．沃德和尼可拉斯．克拉克，他們站著面對彼此，但臉都稍微朝相機轉，彷彿有個人剛朝他們喊道：「兩位，笑一個！」威爾的母親奧麗薇亞站在外圍一個女人旁邊，但目光轉向厄斯金．沃德。珍審視著其他幾張臉，想尋找這三個人的配偶，但在那些生活富裕又顯然喝太多的人群中沒找到。

「那個，」佛斯特指著奧麗薇亞說，「就是一個女人愛慕沃德的表情。」

「你在她臉上就看到這個？」

「從來沒有人用那種表情看我。」

「那也可能只是一個老朋友的表情，顯示對他很了解。」

「如果他們彼此這麼了解，那就好笑了。因為我們找不到任何線索，可以把奧麗薇亞和厄斯金連在一起。」

珍往後靠坐在椅子上，扭動脖子好去除那裡的痙攣。快要半夜十二點，兇殺組每個人都已經下班離開了。我們也該離開，她心想，但莫拉用電子郵件寄來的這些掃描照片，讓珍和佛斯特過去一個小時都沒離開。莫拉寄來了八張出自沃德家庭相簿裡的照片，有烤肉宴也有正式晚宴，有室內也有室外。其他照片裡，珍都沒看到奧麗薇亞．雅布朗斯基或尼可拉斯．克拉克；這是唯一那兩人跟厄斯金．沃德一起出現的照片。一個七月四日國慶日的派對，沒註明是哪一年，根據照片裡能看到的，在場的至少還有其他十餘人。

這張照片是在何時、何地拍的？

佛斯特點著其他七張照片輪流看，忽然停在一張沃德一家三口坐在白色沙發上的照片。照片中克蕾兒看起來大約八歲。他們都穿上最好的衣服，厄斯金是一套灰色西裝，伊莎貝爾是剪裁考究的洋裝加上外套。在他們身後是一棵精心裝飾的聖誕樹。

「這裡就是雞尾酒會的同一個房間，」佛斯特說，「看到右邊的那個壁爐嗎？另一張照片裡面也有。還有這裡……」他把房間的一個角落放大。「你覺得是同樣的天花板裝飾線板嗎？」

「對，沒錯。」珍說。她瞇起眼睛閱讀相簿上手寫的圖片說明：**我們在喬治城的最後一個聖誕節。倫敦，我們來了！**她看著佛斯特。「這是在華府拍的。」

「所以雞尾酒會就是在他們家裡舉行的。問題是，為什麼尼可拉斯．克拉克和奧麗薇亞．雅布朗斯基會受邀去參加一個外交官的派對？尼可拉斯是金融界的。奧麗薇亞是醫療設備銷售代表。這三個人是怎麼認識、在哪裡認識的？」

「回去看另一張照片。」她說。

佛斯特又把雞尾酒會那張照片找出來，現在他們知道這是在華府了。

「這張裡頭，他們看起來比較年輕，」珍說。轉身從自己辦公桌上抓了沃德家的檔案，翻到厄斯金．沃德的履歷。「外交官，曾派駐羅馬十四年，華府五年。然後派駐倫敦，一年後遭到殺害。」

「所以這個雞尾酒會，是沃德一家待在華府的五年期間舉辦的。」

「對。」她闔上檔案夾。「這三個人是怎麼認識的？一定是在華府。或者是……」她看著佛斯特，他似乎也有了同樣的想法。

「羅馬，」佛斯特說，然後興奮地坐直身子。「還記得航太總署的那個傢伙跟我說過的嗎？尼爾和奧麗薇亞很期待他們的羅馬之行——他們就是在那裡認識的。」

珍又轉身抓了她桌上雅布朗斯基一家的檔案。「一直以來，我們都把焦點集中在尼爾和他的工作。持續追著那個愚蠢的航太總署和外星人狗屎，但其實我們該注意的根本就是奧麗薇亞。」

乏味的奧麗薇亞和她無趣的工作，在她丈夫的航太總署聚會裡總是一臉茫然。奧麗薇亞，常常到國外出差、推銷醫療設備。*你真正銷售的是什麼，奧麗薇亞？*

珍找到她要查的那頁。「就是這個。奧麗薇亞和尼爾・雅布朗斯基的結婚日期。十五年前。她在羅馬認識她未來的丈夫，當時厄斯金・沃德也在羅馬的美國大使館工作。」

「那這個傢伙呢？」佛斯特指著泰迪的父親尼可拉斯・克拉克，他的體格健壯且引人注目，整個人充滿自信，在別人都喝葡萄酒的時候，他偏偏喝啤酒；在別人都穿西裝打領帶的時候，他自在地穿著卡其褲和高爾夫球衫。「我們能查到尼可拉斯・克拉克同一段時間也在羅馬嗎？這樣三個人都在那裡？」

珍翻著檔案。「我們對克拉克知道的不夠多。大部分的資料，都是聖托馬斯島的警方給的。」

「他在聖托馬斯島只是個遊客。在那裡，沒有人認識他。」

「但是在他以前工作的普羅維登斯，那邊會有人認識他。」她翻著檔案。「這裡，擔任財務顧問，在查普曼街的賈麥公司。」她抬頭。「我們的下一站。」

27

反正我也不想去魁北克。

看著興奮的同學們爬上那輛旅遊巴士，克蕾兒站在院子裡生悶氣。她之前跟威爾說她才不想被困在巴士裡好幾個小時，但這是一輛光鮮的新巴士，不是大部分學校用的那種破爛的黃色校車。布魯諾還在傷口上撒鹽，一上車就對著車窗外大喊，宣布車上的種種豪華設備。

「嘿，各位，車上有電視機！有頭戴式耳機！有WiFi！」

這會兒布里安娜和那三位公主走出校舍，拖著她們可愛的小行李箱，走過鵝卵石路面。經過克蕾兒面前時，她聽到其中一個小聲嘲笑道：夜蚯蚓。

「魯蛇。」克蕾兒反擊。

布里安娜回頭。「我就在這裡跟你大聲說清楚好了，這樣每個人都能聽到。我的房間上鎖了。如果我回來發現有什麼東西搞丟，我們就都知道是誰偷的。」

「上車吧，布里安娜，」莉莉．索爾老師嘆了口氣說，同時和杜普勒賽老師忙著把其他學生弄上車。「我們得馬上出發，否則就沒辦法在中午之前抵達了。」

布里安娜惡毒地瞪了克蕾兒一眼，然後上了巴士。

「你還好吧，克蕾兒？」索爾老師輕聲問。

晚禱學校的所有老師中，她最喜歡的就是索爾老師，因為她看著你的神情好像真的懂你，而且關心你。而現在她所看到的一定很明顯：儘管克蕾兒百般否認自己想跟他們去，但她痛恨留下來。

「這回純粹是因為你才剛到晚禱學校不久，」索爾老師說，「下回我們旅行，你就會一起去了。而且這個週末只有你們四個人，整個學校都是你們的，這樣不是很棒嗎？」

「我想是吧。」克蕾兒悶悶不樂地說。

「羅門先生已經幫你們擺好了幾大捆乾草，你們可以去射箭。等到我們回來，你就會變成射箭專家了。」

你不怕我又會去殺掉一隻雞嗎？克蕾兒心想，但她閉緊嘴巴，看著索爾老師爬上車，車門關上。隨著一陣柴油廢氣吐出，巴士開動駛過石砌拱門下。她聽到身後有狗叫聲，看到一道閃電般的黑色毛皮衝過去，是朱利安的狗跟在巴士後面追。

「大熊！」克蕾兒喊道，「回來！」

那狗沒理會她，照樣衝出庭院。克蕾兒一路跟著跑到湖邊，大熊才忽然停住，對空抬起鼻子。牠好像不再對巴士感興趣了，任憑那巴士繼續往前，轉過彎道消失。大熊轉身，朝另一個方向跑去。

「現在你又要去哪裡了？」克蕾兒喊道。然後她嘆了口氣，追著狗繞過校舍，朝向通往山脊的小徑。那狗已經在矮樹叢之間疾行，現在速度更快了，快得她很勉強才能趕得上。「大熊，回來這裡！」她命令道。她挫折地看著牠鑽進林下灌木叢。太不聽話了；連一隻狗都對她毫無尊重。

到山脊的路程才一半，她就放棄追那狗，然後重重坐在一塊大石頭上。從這裡往下看，只能看到學校的屋頂。視野不像在胡狼社那麼壯觀，但這裡也不錯了，尤其是在這個晴朗的早晨，太陽照得湖面閃閃發亮。現在那輛巴士應該出了大門，正在前往魁北克的路上。到中午，他們就會在某間時髦的法國料理餐廳——總之，布里安娜是這樣吹噓的——然後他們會去魁北克體驗博物館參觀，還會搭乘戶外電梯登上一座懸崖。

而在此同時，我卻只能坐在這顆蠢石頭上。

她摘下一小片地衣丟出去。很好奇威爾和泰迪吃完早餐了沒有。或許他們會想跟她一起去射箭。但她沒下山去，而是乾脆整個人往後倒下伸展身子，像一條蛇躺在那顆大石頭上晒太陽，然後閉上眼睛。她聽到狗的哀鳴，感覺到大熊摩擦著她的牛仔褲，她撫摸狗的背部，從那毛皮的觸感得到安慰。為什麼有狗作伴這麼舒服？或許是因為你永遠不必對狗隱藏你的感覺，永遠不必對狗裝出笑臉。

「好大熊，」她低聲說，然後睜開眼睛。「你帶了什麼回來給我？」

那狗嘴裡有東西，好像不願意交出來。直到她用力拉了一下，他才終於放開。那是個皮手套，黑色的。大熊是在哪裡發現這隻手套的？聞起來好臭，上頭還黏著亮晶晶的狗唾液。

克蕾兒皺著臉拿起那手套，感覺到有點重量。她看了裡頭一眼，發現有個白色的東西閃了一下。她把手套顛倒過來，用力一晃。掉出來的東西害她尖叫又慌忙往後爬，遠離那個落在大石頭上發臭的東西。

一隻手。

◆

「向來都是狗發現的。」艾瑪．歐文醫師說。

莫拉和這位緬因州法醫站在樹林裡斑駁的陰影間，昆蟲圍著他們的臉嗡響，空氣中有很重的屍臭味。莫拉想到自己多年來所檢查過、同樣是被狗找到的那些屍體，狗的鼻子總是會留意到這類腐爛的寶藏。雖然這具遺骸在校舍往上幾百碼的山坡上，大熊還是聞到了氣味，追蹤到這個樹叢中。這裡濃密的林下灌木也有助於掩蓋屍體。那個男人看起來肌肉發達且健壯，身穿迷彩工裝褲，T恤和墨綠色防風夾克，腳上穿著健行靴。一根鋸齒刀還塞在他腳踝的皮帶裡，旁邊一顆大石頭上放著一把步槍，上面裝了瞄準鏡。他往左側躺著，右臉和脖子暴露在風吹雨打之下。食腐動物已經開始發揮作用，貪婪地扯開了頭皮和臉，啃噬鼻軟骨，掘入右眼窩，裡頭現在空蕩蕩的，被挖得乾乾淨淨。犬科動物，莫拉心想，注意到殘餘皮膚上的齒痕，還有薄薄眼眶骨上的穿刺痕。最可能是郊狼，或者在這麼偏僻的地區，說不定就是狼。即使在這片纏結的藤蔓中，死因也很容易看得出來：一根鋁箭，尖端深深嵌入他的左眼。箭尾的羽毛染成深綠色。

換了其他狀況，莫拉可能會假設死者只是個倒楣的獵人，在樹林中被另一個不小心的獵人射中。但這個人非法侵入了晚禱學校的土地，而且從他放著步槍的那顆大石頭來看，他的視野居高臨下，底下的山谷和學校一覽無遺。他可以看到誰進來，以及誰出去。

儘管對惡臭已經習以為常，但是工作人員把屍體翻身、放在一張塑膠布上頭、激起一陣臭味時，莫拉還是不得不別過身子，那惡臭害她憋住呼吸，舉起手臂掩住鼻子。歐文醫師的工作人員穿戴了整套服裝和面罩，但莫拉站在這裡只是個觀察員，只有手套和鞋套，大城市法醫要設法證明她經驗老到，不會讓一具腐爛的屍體擊敗她。

歐文醫師蹲在屍體上方。「屍僵幾乎完全退去了。」她說，拉著手腳測試一下可以活動的幅度。

「昨天夜裡是攝氏十一度，」其中一名州警局的警探說，「氣溫舒適。」

歐文醫師拉起被害人T恤一角，露出腹部。即使從莫拉站著的地方，都明顯看得出自溶所造成的改變。死亡使得滲出的酶將蛋白質消化掉，並分解細胞膜，對軟組織造成一連串的改變。血球破掉，從血管壁滲出，而在這片營養物的濃湯中，細菌便盡情飽餐且大量繁殖，使得腹部充滿氣體。莫拉勇敢地面對惡臭，蹲在歐文醫師旁邊。她看到藍色的血管有如大理石花紋般遍布在膨脹的腹部表面，心知如果他們把長褲脫下，就會發現死者的陰囊也因為這些氣體而腫脹。

「四十八到七十二小時，」歐文醫師說，「你贊成嗎？」

莫拉點點頭。「由於食腐動物所造成的毀損相對較少，我認為死亡時間會比較偏向四十八小時那一頭。動物的攻擊侷限於頭部、頸部和……」莫拉暫停，看了一下從夾克袖子露出來的殘肢。「……和一隻手。手腕之前一定是暴露在外，所以動物才會攻擊。」她很好奇，大熊把那個腐臭的戰利品拿去給克蕾兒之前，是否曾偷偷嚐一下滋味。在這件事情之後，大熊友善地舔一下，就不是那麼受歡迎了。

歐文醫師拍拍被害人的夾克和長褲。「這裡有東西，」她說，從工裝褲口袋拉出一個薄薄的皮夾。「裡頭有證件。維吉尼亞州的駕駛執照。羅素．倫姆森，一八五公分，八十六公斤。褐色頭髮，藍色眼珠，三十七歲。」她看一下屍體。「有可能。希望他有牙醫X光片存檔。」

莫拉凝視著被害人的臉，有一半都被啃掉了，另一半腫脹起來，而且被人體死後的滲漏液染出一道道痕跡。一個死後的大皰從完整的那邊眼皮腫起，形成鼓脹的小囊。在屍體右側，食腐動物已經扯開脖子的皮膚和肌肉；毀損一路延伸到他衣服的領口，鋒利的牙齒已經把領口處的布料咬穿且扯爛，還設法想扯到胸廓出口。如果這些食腐動物繼續進攻，下一個目標就會是內臟了，把心臟和肺臟、肝臟和脾臟扯出來盡情大吃。四肢會從關節處扯開，以便帶回巢穴，或是給幼獸享用。森林也會損害屍體，藤蔓纏繞肋骨，昆蟲翻掘、吞食。她心想，一年之內，羅素．倫姆森就會只剩一堆骨頭碎片，散布在樹林中。

「這傢伙帶的不是一般的獵槍。」那名州警局的警探說，檢視著放在大石頭上的那把槍。他戴著手套的手拿起那武器，好讓歐文醫師看，又把槍旋轉一下，秀出下機匣的製造公司標章。

「這是什麼樣的步槍？」莫拉問。

「M一一〇。奈特軍械公司製造的，附兩腳架的半自動步槍。」他看著她，顯然覺得這槍非比尋常。「這款步槍有非常厲害的瞄準鏡，二十發彈匣。子彈口徑是點三〇八英寸，或者照北約的規格是七點六二六毫米。有效射程八百公尺。」

「要命啊，」歐文醫師說，「都可以射中隔壁郡的鹿了。」

「這款步槍不是設計來獵鹿的，而是軍用款。非常優良、非常昂貴的狙擊步槍。」

莫拉皺眉看著那個死去的男子，看著他的迷彩長褲。「他帶著狙擊步槍跑來山上這裡做什麼？」

「這個嘛，射鹿獵人可能會用這種槍。如果你想在遠距離放倒一隻鹿，這款槍是非常方便的武器。但那就像是開著勞斯萊斯汽車去街角的雜貨店買東西。」他搖搖頭。「我猜想，這就是所謂的諷刺吧。他來到這裡，帶著最頂尖的設備，結果卻死在弓箭這麼原始的武器之下。」他看了歐文醫師一眼。「這應該就是他的死因吧？」

「我知道死因似乎很明顯，肯恩，不過我還是要等到解剖才能斷定。」

「我就知道你會這麼說。」

歐文醫師轉向莫拉。「歡迎你明天來停屍處參加解剖。」

莫拉想到劃開那個腹部，裡頭腐爛且充滿臭氣。「我想這回的解剖，我就不參加了，」她說著站了起來。「我來這裡是要度假，遠離死神的。但結果死神老是找到我。」

歐文醫師也站起來，她若有所思的眼神讓莫拉很不自在。「這裡是怎麼回事，艾爾思醫師？」

「但願我知道。」

「首先是自殺，現在又是這個。我甚至沒辦法告訴你這個是什麼。意外？兇殺？」

莫拉看著那死去男子眼睛裡的箭。「這是神射手才有辦法做到的。」

「不見得，」那名州警局的警探說，「射箭的靶心比眼眶要小。一個不錯的弓箭手就可以從一百呎、兩百呎外射中這個眼眶，尤其是十字弓。」他暫停。「假設他是故意要射中的話。」

「你的意思是，這可能是意外？」歐文醫師說。

「我只是提出一些可能性而已，」那警探說，「比方兩個好友沒得到允許就跑來這裡打獵。帶著弓箭的那個看到一隻鹿，興奮起來，於是就射出箭。糟糕，結果不小心射中他的好友。弓箭手嚇壞了跑掉，沒告訴任何人，因為他知道他們是非法侵入。或他還在假釋期間。或者他就是不想惹這個麻煩。」他聳聳肩，「我可以想像那種情形。」

「希望事實就是這樣，」莫拉說。「因為我不喜歡另一個可能。」

「就是有一個會殺人的弓箭手在這片樹林裡活動？」歐文醫師說，「離學校這麼近，想到就很不安。」

「還有一個令人不安的想法。如果這個人不是來獵鹿的，那他帶著一把狙擊步槍跑來這裡做什麼？」

沒有人回答，但是莫拉看著底下的山谷，感覺答案似乎很明顯。如果我是狙擊手，她心想，我就會守在這裡。有這片林下灌木叢掩護，底下城堡、庭院、道路的視野毫無遮蔽。

但是目標是誰？

一個小時後，她沿著小徑下山時，這個問題依然糾纏著她。她繞過裸露的岩石，走過太陽地、進入樹蔭，接著又是太陽地。她想像有個神射手就在上方的山坡上。想像有個虛線的靶心對準她的背部。射程八百公尺的步槍。她永遠不會曉得有人在觀察她、瞄準她，直到她感覺到子彈。

最後她終於擺脫樹林裡纏結的藤蔓，走進學校的後草坪。她站在那邊拂去衣服上的小樹枝和樹葉時，聽到了幾個男人在談話，因為爭辯而大聲起來。那聲音是從樹林邊緣的林務員小屋裡傳來的。她走向小屋，隔著打開的門，她看到她稍早在山脊見過的一名警探。屋裡還有桑索尼和羅門先生。她走進門，三個男人都沒跟她打招呼。她看到屋裡有各式各樣戶外活動者的工具，斧頭、繩索和雪鞋。一面牆上還懸掛著至少十二把，以及裝滿箭的箭袋。

「這些箭沒有什麼特別的，」羅門說，「任何運動用品店都找得到。」

「誰可以拿到這些設備，羅門先生？」

「所有學生都可以。這裡是學校，難道你沒注意到？」

「他擔任我們的射箭老師已經超過二十年了，」桑索尼說，「射箭可以教導學生紀律和專注。對任何學科來說，這些都是很有用的技巧。」

「所有的學生都會學射箭？」

「只要他們選修。」羅門說。

「如果你教了超過二十年，那你一定很厲害。」那警探對羅門說。

羅門哼了一聲。「很合理。」

「什麼意思？」

「我打獵沒錯。」

「鹿?松鼠?」

「松鼠身上的肉太少了,根本不值得費這個事。」

「重點是,你可以射中松鼠?」

「我也可以在一百碼之外射中你。這是你想知道的,對吧?你想知道是不是我射中了山脊上的那個傢伙。」

「你之前有機會檢查屍體,對吧?」

「那隻狗帶著我們找到他。根本不必檢查屍體,殺害他的原因很清楚。」

「一支箭射穿他的眼睛,那可不是隨便就能辦到的。這個學校裡有其他任何人做得到嗎?」

「要看距離,不是嗎?」

「一百碼。」

羅門冷哼一聲。「這裡除了我,沒有人辦得到。」

「學生都沒辦法?」

「沒有人花夠多的時間練習。也沒有那個訓練。」

「那你是怎麼得到訓練的?」

「我靠自學。」

「你只用弓箭打獵?從來沒用過步槍?」

「我不喜歡步槍。」

「為什麼？要獵鹿的話，用步槍好像容易得多。」

桑索尼插嘴：「我想羅門先生已經把你想知道的都告訴你了。」

「這是個簡單的問題。為什麼他不用步槍？」那警探盯著羅門，等他回答。

「你不必再回答任何問題了，羅門，」桑索尼說，「除非有律師在場。」

羅門嘆氣。「不，我要回答。總之，我想他已經知道有關我的事情了。」他迎視著那警探的目光。「二十五年前，我殺了一個人。」

在接下來的沉默中，莫拉猛地吸了一口氣，搞得那名警察終於看向她。「艾爾思醫師，你介意出去嗎？我想繼續進行這場偵訊，沒有外人在場。」

「讓她留下吧，我無所謂。」羅門說，「最好一口氣全都說清楚，再也沒有祕密。反正我本來就不想，」他看著桑索尼。「儘管你覺得最好保密。」

「這件事你也知道，桑索尼先生？」那警察問，「而你們學校還是雇用他？」

「讓羅門告訴你狀況吧，」桑索尼說，「他有資格用自己的說法，把事情交代清楚。」

「好，那就請你說吧，羅門先生。」

羅門走到窗邊指著丘陵。「我就是在那邊長大的，過了那片山脊沒幾哩的地方。我祖父本來是這裡的工友，早在這裡變成學校之前，他就一直在照顧這座城堡。當時這裡沒有人住，只是一棟空建築，等著要出售。很自然地，會有非法擅闖進來的人。有些只是進來打獵而已，獵到了鹿就帶走，不會多生事端。但是有些人會進來闖禍。把玻璃窗打破，在門廊生火，或者更糟糕的。碰到他們的話，你根本不曉得他們是什麼樣的人……」

羅門吸了口氣。「我就是在那裡碰到他，從樹林裡走出來。那天夜裡沒有月亮。他忽然就出現了。大個子，帶著一把步槍。我們都看到對方，他舉起他的槍。我不曉得他想做什麼。從來不曉得。我唯一能告訴你的就是，我的反應純粹是出自本能。我射中了他的胸部。」

「用一把槍。」

「沒錯，霰彈槍。當場把他擊倒。他大概沒再吸幾口氣就死了。」羅門坐下，看起來老了十歲，雙手放在膝蓋上。「我當時才剛滿十八歲。但是我想你已經知道了。」

「我已經打電話回局裡查過背景了。」

羅門點頭。「這些部分都不是祕密。重點是，他不是什麼聖人，雖然他父親是醫生。但是我殺了他，所以我就去坐牢。四年。過失殺人。」羅門低頭看著自己的雙手，上頭有多年戶外勞動留下的疤痕。「我從此再也沒拿過霰彈槍。這也是為什麼我這麼會用弓箭。」

「他一出獄，葛佛瑞．鮑姆就雇用了他。」桑索尼說，「沒有更好的人選了。」

「他還是得到局裡一趟，為他的正式證詞簽名。」那警探轉向羅門。「走吧，羅門先生。」

「鮑姆校長會幫你打幾個電話，羅門，」桑索尼說，「他會去城裡找你。在他帶著律師過去之前，一個字都不要說。」

羅門跟著那警察走向門口，然後忽然停下來看著桑索尼。「我想我今天晚上回不來了。所以我想警告你們，你們現在有了個大麻煩，桑索尼先生。我知道我沒殺那個人，這表示你最好查出是誰殺的。」

28

夏日大霧籠罩著通往普羅維登斯的高速公路，珍往前伸長脖子，隔著方向盤看著前頭滑行的汽車和卡車，在迷霧中有如鬼魂般。今天她和佛斯特又來追逐另一個鬼魂了，她心想，同時雨刷把灰色霧氣從擋風玻璃上刷掉。尼可拉斯．克拉克的鬼魂，泰迪的父親。生於維吉尼亞州，畢業於西點軍校，拿到經濟學學位，喜歡戶外活動，擅長駕船。已婚，有三個子女。在賈麥公司擔任財務顧問，常常要去國外出差。沒被逮捕過，連交通罰單都沒有過，也沒有未清償的債務。

至少在書面紀錄上，尼可拉斯．克拉克看起來是如此。可信賴的公民。顧家的男人。霧氣在他們前方的路面上旋轉。沒有什麼是可信賴的，沒有什麼是真實的。尼可拉斯．克拉克就跟奧麗薇亞．雅布朗斯基一樣，是一個鬼魂，從一個國家跑到另一個國家。而且財務顧問到底是什麼意思？這類模糊的工作職稱會讓人想到穿西裝、提著公事包的商人，滿口只談錢。要是你問一個男人做什麼工作，而他說財務顧問，可能會害你目光呆滯。

就像醫療器材銷售代表的效果一樣。

在她旁邊的乘客座上，佛斯特的手機響了，他接起來。過了一會兒他說：「你在開玩笑吧，那種事怎麼會發生？」珍瞥了他一眼。

「怎麼了？」她問。

他揮揮手要她別吵，繼續專心講電話。「所以你們始終沒完成檢查？你沒有別的能告訴我了？」

「是誰打來的？」

最後他終於掛斷電話，然後轉向她，一臉震驚的表情。「你知道我們從那輛租來的車上找到的GPS追蹤器？不見了。」

「剛剛打來的是鑑識組的實驗室？」

「他們說昨天夜裡放在實驗室裡，不見了。他們之前只初步看了一下。追蹤器上沒有製造商的印記，完全無法追蹤。最先進的設備。」

「耶穌啊。顯然先進到沒辦法留在波士頓市警局的手裡。」

佛斯特搖頭。「現在我真的被嚇到了。」

她看著高速公路上一縷縷幽靈般的迷霧，「我告訴你還有誰也嚇到了，」她說，雙手握緊了方向盤。「嘉柏瑞。昨天晚上他還打算把我綁起來關進衣櫃裡。」她暫停。「我這星期把瑞吉娜送去我媽家住。只是為了安全起見。」

「可不可以讓我也躲在你媽家？」

珍大笑。「我就是喜歡你這點。你不怕承認你害怕。」

「所以你不害怕？這是你的意思嗎？」

她好一會兒沒回答，雨刷左右揮動，她望著外頭的高速公路上一片朦朧，有如他們的未來。她想著飛機從天空墜落，子彈擊碎頭骨，還有鯊魚吃著屍體。「就算我們被嚇到了，」她說，「現在還能怎麼辦？我們都已經陷入這麼深了，唯一的出路就是趕緊往前，把事情做完。」

等到他們抵達普羅維登斯郊區，濃霧凝結成毛毛雨。賈麥公司的地址位於市區的東南角，靠近海岸邊的工業區，是個荒涼的地帶，滿是廢棄建築和空蕩的街道。他們來到那個地址，珍已經大概知道他們會發現什麼了。

那是一棟兩層樓的磚造倉庫，左右兩邊是空停車場。她看到褪色的塗鴉，一樓的窗子都釘上了木板，看得出來這棟房子已經空了幾個月，甚至有幾年了。

佛斯特打量著人行道上的碎玻璃。「尼可拉斯．克拉克買得起七十五呎的遊艇，卻在這裡工作？」

「顯然這裡不是他上班的主要地方。」她推開車門。「總之，我們去看一下吧。」

他們下車走進細雨中，珍拉上她夾克的拉鍊，豎起領子。烏雲好低，感覺上像是整個天空朝下壓，把他們困在昏暗中。他們過了馬路，碎玻璃在腳下吱嘎響，來到前門，他們發現鎖上了。

佛斯特後退，打量著二樓的窗子，發現大部分都破了。「我沒看到任何賈麥公司的招牌。」

「我查過納稅紀錄。這棟房子是賈麥公司的產業。」

「你覺得這裡看起來像個公司嗎？」

「我們到後頭看看吧。」

他們繞過轉角，經過幾個破掉的條板箱和一個爆滿的大型垃圾拖箱。到了建築的背面，她發現一座空蕩的停車場，雜草從柏油路面的縫隙鑽出來。

後門的門閂被撬開了。

她用鞋子輕推一下，門吱呀一聲半開，裡頭是洞穴般的黑暗。她在門口暫停一下，開始感覺到一陣驚慌。

「好吧，」佛斯特低聲說，聲音離得好近，害她嚇了一跳。「現在我們得搜索這棟嚇人的屋子了。」

「這就是為什麼我要找你一起來，免得你錯過了任何好玩的事情。」

他們互看一眼，同時拔出手槍。這裡不是他們的轄區，甚至根本不是他們的州，但兩人都不敢冒險不帶槍就走進那片昏暗中。她拿出手電筒，掃過黑暗的屋裡。看到了一片水泥地，一張皺報紙。她走進門時，感覺到自己的心跳加速了。

裡頭感覺上更冷，彷彿這些磚牆封住了多年來的陰冷潮溼，裡頭什麼細菌都可能有。等待。她聽到佛斯特就緊跟在後頭，兩人一起深入屋子，各自手電筒的光掃過柱子和破掉的條板箱。佛斯特不小心踢到一個啤酒罐，那鋁罐滾過水泥地的嘩啦聲像槍響一樣驚人。兩個人都僵住了，聽著那回音逐漸沉寂下來。

「對不起。」佛斯特低聲說。

珍吐出一口氣。「好吧，現在蟑螂全都曉得我們進來了。但看起來好像沒有其他人……」她講到一半停下來，猛抬頭往天花板看。

在他們上方，地板發出輾軋聲。

她的心臟忽然跳得更快，同時努力傾聽樓上的動靜。她走向一道金屬階梯，佛斯特就緊跟在她後頭。到了階梯底部，她暫停，往上看著二樓，一扇窗子透進灰色的光線。他們剛剛聽到的聲音可能不代表什麼，只是木板收縮發出來的聲音而已。

她開始爬上那道金屬階梯，每一步都發出微弱的哐噹聲，在黑暗中餘音嗡響著，同時宣告：我們來了。靠近樓梯頂時，她蹲下身子，雙手冒汗，然後緩緩抬起頭，看著二樓的地面。

有個東西從陰影中朝她飛來。

她瑟縮一下，那東西呼嘯著飛過她臉頰旁。她聽到身後的玻璃被砸碎，同時看到一個像是螃蟹的人影退入黑暗中。

「我看到他了，我看到他了！」她朝佛斯特吼著，同時趕緊爬到樓梯頂。「我們是警察！」她喊道，雙眼盯著角落裡那個龐大的身影。他整個人蹲坐在那邊，黑色的臉在陰影中模糊不清。「雙手舉起來。」她命令道。

「我先來的，」那人咆哮著。「你們走開。」那人影舉起一手，珍看到那手裡握著另一個瓶子。

「把瓶子放下，馬上！」她又命令。

「他們說我可以待在這裡的！他們允許我的！」

「把那個瓶子放下。我們只是想談一談！」

「談什麼？」

「這個地方。這棟房子。」

「這裡是我的。他們給我的。」

「誰給你的？」

「黑色汽車裡的那些男人。說他們不需要這棟房子了，我可以留在這裡。」

「好吧。」珍垂下槍。「我們從頭來過吧。首先，請問你的大名？」

「丹佐。」

「貴姓？」

「華盛頓。」

「丹佐·華盛頓。真的。」她嘆了口氣。「我想這個名字不錯吧。那麼，丹佐，我們兩個都把武器放下，放輕鬆點。」她把槍放回槍套裡，雙手舉起來。「這樣公平吧？」

「那他呢？」丹佐說，指著佛斯特。

「等到你放下那個瓶子，我就把槍收起來。」佛斯特說。

過了一會兒，丹佐砰一聲把那瓶子放到兩腳之間。「我隨時就能丟出去，」他說，「所以你們最好乖一點。」

「你住在這裡多久了？」珍問他。

丹佐劃了根火柴，身體前傾點著一根蠟燭。藉著發亮的火焰，珍看到二樓到處亂丟著垃圾，還有一把壞掉椅子的殘餘碎片。丹佐坐在蠟燭邊，是個穿著破爛衣服、一身凌亂的非洲裔美國人。「幾個月。」他說。

「到底幾個月？」

「七、八個月，我想是吧。」

「有其他人來察看過這個地方嗎？」

「只有老鼠。」

「這裡一直只有你一個人住嗎？」

「你為什麼想知道？」

「丹佐，」珍說，光是說出這個名字就覺得好荒謬。「我們是想查出這棟建築的屋主到底是誰。」

「我跟你說過了，是我。」

「不是賈麥公司？」

「那是誰？」

「那麼尼可拉斯·克拉克呢？你聽過這個名字嗎？見過這個人嗎？」

丹佐忽然轉身朝佛斯特吼：「你在那邊做什麼？想偷我的東西嗎？」

「拜託，這裡沒有東西可以偷吧，」佛斯特說，「我只是四處察看一下。看到這邊地上有很多鐵屑。這裡以前一定是個製造工具的工廠……」

「聽我說，丹佐，我們不是來這裡找你麻煩的，」珍說，「我們只是想知道兩三年前這裡的狀況。」

「這裡以前什麼都沒有。」

「你當時就知道這棟房子了？」

「我就是在這一帶混的。我有眼睛。」

「你認識一個叫尼可拉斯·克拉克的男人嗎？一八八公分，金髮，很壯？大約四十五歲，長得很帥。」

「為什麼你要找我問帥哥的事情？」

「我只是問你有沒有見過尼可拉斯・克拉克出現在這裡。這個地址是他的登記工作地點。」

丹佐哼了一聲。「那他一定混得很成功了。」他的頭轉向佛斯特厲聲說：「你真的都不聽我說的，對吧？我叫你不要在我這裡亂看了。」

「媽的搞什麼，」佛斯特說，看著破掉的窗子外。「有人在我們車上！」

「什麼？」珍趕緊過去窗前，往下看著她的速霸陸汽車，結果看到乘客座的門半開。她伸手拿槍，大聲說：「我們下去！」

「不，你們不必去了，」丹佐說，一把槍管忽然抵著珍的後腦勺。「你們要放下武器。兩個都是。」他的聲音不再是懶洋洋的拖腔，現在變得冷酷又簡潔。

珍讓她的葛洛克手槍掉到地板上。

「你也是，佛斯特警探。」那男子命令。

他知道我們的名字。

佛斯特的槍也砰地一聲落到地板上。丹佐抓著珍的夾克，推著她跪下。那把槍還是抵著她的後腦勺，用力壓著她的頭皮，感覺上簡直像是一把鑽頭，就要在她的頭骨鑽出一個洞來。誰會在這棟荒廢的建築內發現他們的屍體？有可能要好幾天，甚至好幾個星期之後，才會有人注意到她那輛車被棄置。然後才會想到要追查車主的行蹤。

佛斯特也在她旁邊跪下。她聽到撥手機的聲音，然後丹佐說：「我們有一個問題。你要我結束掉嗎？」

她往旁邊看了佛斯特一眼，看到他眼裡的恐懼。要是他們想反抗，這是最後的機會了。兩個人對抗一個拿槍的男子。幾乎可以確定，他們其中之一會挨槍子兒，但另一個或許能活命。現在就動手，趁著他還在分心講電話。她肌肉緊繃，吸了一口氣，或許是最後一口氣了。轉身，抓他的手，扭向旁邊——

樓梯傳來鏗鏘的腳步聲，她頭皮上的槍管忽然往上抬起，同時丹佐後退，退到她能搆著的距離外，退到她能搶走那把槍的距離外。

那腳步逐步來到樓梯頂，然後走向他們，鞋跟清脆敲著木地板。

「唔，這的確是一個問題，」一個驚人熟悉的聲音說。女人的聲音。「兩位警探，你們可以站起來。我猜想，該是放棄所有偽裝的時候了。」

珍站起來，轉身面對著凱若．米奇。但這回不是萊戴克醫療用品公司裡自稱是奧麗薇亞．雅布朗斯基同事的那名金髮服貼的女子。眼前這個女人穿著俐落的藍色牛仔褲和黑色靴子，之前她一頭金髮用髮膠梳得服貼莊重，現在往後紮成馬尾，凸顯了她模特兒般突出的顴骨。她以前一定美得懾人，但現在歲月在她臉上鐫刻下痕跡，從兩隻眼睛尾巴畫出扇形皺褶。

「我想，根本就沒有萊戴克醫療用品公司吧。」珍說。

「當然有，」凱若說，「你看過我們的商品目錄。我們經營最先進的輪椅和沐浴座椅。」

「由那些似乎從來不進辦公室的銷售代表四處推銷。他們真的存在嗎？或者他們全都像奧麗薇亞．雅布朗斯基一樣，幫中央情報局在全世界各地進行特務活動？」

凱若和丹佐彼此看了一眼。

「那還真是個很大的邏輯跳躍啊，警探。」凱若終於說，但她那兩拍的停頓，讓珍知道自己猜對了。

「所以你的名字其實不是凱若，對吧？」珍說，「因為我知道他不是丹佐。」

「暫時就用這些名字吧。」

丹佐說：「他們問起我有關尼可拉斯．克拉克的事。」

「當然了。他們不是白癡。」凱若拿起那兩把掉地的手槍，交還給珍和佛斯特。「所以我決定，現在我們該一起合作了。你不認為嗎？」

珍拿回她的葛洛克槍，有那麼一瞬間，她考慮把槍口對著凱若，叫她一起合作的那些屁話都去死吧。這些人之前拿槍指著她，逼她和佛斯特跪下來，害她滿心以為自己就要死掉了。這種事情可沒辦法輕易拋開或彌補的。但是她忍住脾氣，把槍插回槍套裡。「你怎麼會剛好在這裡？」

「我們知道你們朝這個方向來，一直在留意你們。」

「這裡就像萊戴克公司，」佛斯特說，「另一個假公司，用來掩護尼可拉斯．克拉克真正的身分。」

「而且他們就是跑來這裡找他的。」凱若說。

「但是克拉克死了。他死在國外，在他的遊艇上。」

「他們不知道這事。有好幾個星期，我們放出謠言說克拉克還活著，而且動過了整型手術，外貌已經跟以前不一樣了。」

「誰在找他？」珍問。

凱若和丹佐交換一下眼神。過了一會兒，她似乎下定決心，然後對丹佐說：「我要你到外頭守著街上，這裡交給我。」

丹佐迅速一點頭離開了，他們聽到他的腳步聲走下階梯。凱若站在窗前沉默地觀察，直到看到她的夥伴走出去。

她轉向珍和佛斯特。「一層套一層，盒子裡面還有盒子。我們局裡就是這樣控制資訊的。他知道他自己那個小盒子裡頭是什麼，但外頭就都不曉得了。所以現在我要給你一個盒子，只能屬於你們兩個。不能告訴別人，懂嗎？」

「那誰知道全部？」珍問，「誰擁有所有的盒子？」

「我沒辦法告訴你。」

「是沒辦法還是不願意？」

「你的盒子裡沒有這項資訊。」

「所以我們不知道你在這個階層組織裡面的位置。」

「我所知道的，足以負責掌管這個行動。足以知道有你們兩個在這裡頭攪和，會威脅到我所努力的一切。」

「中央情報局不能在美國本土進行任何特務活動的。」佛斯特指出，「你這樣是非法的。」

「也是必要的。」

「為什麼這件事不是由聯邦調查局來處理？」

「這不是他們捅的漏子，而是我們的。我們只是來清理多年前就該完成的工作。」

「在羅馬。」珍平靜地說。

凱若沒回答，但她忽然僵住的神情確認了珍的想法。一切就是從羅馬開始的。在那裡，尼可拉斯、奧麗薇亞和厄斯金的人生在某個災難性的事件中交會，至今餘波仍影響到他們的子女。

「你怎麼知道？」凱若終於說。

「十六年前，他們全都在羅馬。厄斯金是外交官。奧麗薇亞是所謂的銷售代表。」珍暫停，然後憑經驗猜想。「而尼可拉斯，則是以賈麥公司顧問的身分出差。那個公司只存在於紙上。」

她從凱若的表情看出自己猜對了。那女人望著窗外嘆氣。「他們當時太自負，對自己太有把握了。我們之前成功過，所以這回怎麼可能出錯？」

我們。「所以當時你也在那裡了，」珍說，「在羅馬。」

凱若從窗邊走回來，靴子在木頭地板上敲出清脆的聲音。「那次行動很簡單。我們團隊裡只有奧麗薇亞一個是新手。其他人之前都合作過。我們對羅馬很熟，尤其厄斯金。他就住在那裡，手上有各種現成的當地資源，當地的人脈。我們唯一要做的，就是突襲，抓住目標，把他送出國。」

「你的意思是……綁架？」

「瞧你一副批判的口氣。」

「對綁架？對，我很容易這樣。」

「要是你了解我們要抓的那個目標，你就不會了。」

「你指的是你的被害人。」

「他是個罪犯，直接或間接要為幾百條性命負責。我們談的是美國人的性命，警探。我們的國民，在不同的國家被殺害。不光是軍事人員，還有在國外的無辜百姓。觀光客、商人、家庭。有些惡魔就是該被消滅掉，對社會才有益處。以兩位的工作來看，你們一定明白這個道理。畢竟，你們的工作就是這個，追獵惡魔。」

「但我們是在法律的範圍之內做。」佛斯特說。

「法律的效用有限。」

「法律告訴我們界限在哪裡。」

凱洛冷哼一聲。「我來猜猜看，佛斯特警探。你以前當過童子軍。」

珍看了一眼搭檔。「唔，猜得可真準。」

「我們做了必須做的事情，」凱若說，「人人都知道極端的手段有時是必要的，只是沒有人願意承認，沒有人願意坦白。」她走向珍，近得足以令人膽怯。「如果你希望這個世界更安全，你就需要某種人去幫你做骯髒活兒。而那種人就是我們。我們準備好要把惡魔除掉。」

「你談的是非常規引渡。」佛斯特說。

「這個詞聽起來冷冰冰的，不過沒錯，就是這個。十六年前，我們的行動就是把他抓起來，帶到一座私人飛機跑道，運到一個樂意合作國家的拘留場所。」

「好讓你們偵訊？刑求？」珍問。

「遠遠不如他對手下被害人所做的那些。這個人不是受到政治信念或宗教信仰的驅使。他殺人是為了錢，而且他因此致富。只要匯給他足夠的現金，他就會安排在峇里島一家夜店引爆炸彈。或炸掉一架從倫敦希斯洛機場起飛的七四七客機。他的財富讓人無法觸及——至少，透過一般管道是沒辦法的。我們知道他在義大利從來沒有被司法制裁過。所以我們得用另一個辦法實踐正義。我們有一次機會抓到他，而且只有這一次機會。要是我們搞砸了，要是伊卡魯斯逃過了，他就會躲起來再也找不到。以他的資源，我們就永遠不會有第二次機會了。」

「伊卡魯斯？」

「只是一個代號。他真正的名字不重要。」

「我猜想，你們的行動進行得不順利。」珍說。

凱若回到窗前，隔著破裂的木板往外看。「啊，我們達成任務了。等在他最喜歡的餐廳外頭，他跟他老婆、小孩、外加兩名保鏢在裡頭吃飯。他們吃完出來時，我們已經等著他們了。一組人擋住保鏢的車。另一組人追著伊卡魯斯和他家人搭的那輛車。」她轉身看著他們。「你們在羅馬的山路上開過車嗎？」

「我沒去過義大利。」珍說。

「而我在經歷了當年的事情後，也永遠不會再去了。」

「你剛剛說，你們完成了任務。」

「沒錯，不過是以非常血腥的方式。我們正在追逐。我們四個人，在兩輛車上，開過一堆危險的彎道。我們就要抓到他時，那輛卡車就在前面彎道出現。伊卡魯斯撞上路邊護欄打滑，那輛卡車攔腰撞上他車子的側面。」凱若搖搖頭。「那真是他媽的慘透了。他老婆和長子當場被壓爛。小兒子也性命垂危。」

「那伊卡魯斯呢？」佛斯特問。

「啊，他還活著。不光是活著，還拚命反抗。尼可拉斯和厄斯金設法把他綁住，丟進我們的一輛車子裡。六個小時後，他便搭上一架飛機，上了手銬、注射了鎮靜劑。他醒來後就被關在牢裡了。你知道他看到我時，講的第一句話是什麼嗎？你們死定了。每一個都是。」

「你們的確殺了他的家人。」珍指出。

「那很不幸沒錯，是附帶性的傷亡。但是我們達成了任務。那名卡車司機太震驚了，沒辦法給義大利警方有關我們的任何有用細節。厄斯金繼續在羅馬的美國大使館任職。尼可拉斯回來，繼續假裝當他的財務顧問。」

「奧麗薇亞則回來，繼續賣那些不存在的便盆。」

凱若笑了起來。「至少奧麗薇亞回家帶了個紀念品。完成任務之後，她在義大利又待了幾個星期，認識了一個名叫尼爾．雅布朗斯基的呆頭鵝觀光客。在羅馬餐廳的燭光下，我想就連呆頭鵝看起來都很美好吧。一年後，她就嫁給他了。」

「而你們全都繼續過你們的日子。」

「本來應該是這樣的。」

「結果什麼出了錯？」

「伊卡魯斯脫逃了。」

在接下來的沉默中，珍把一切都兜攏起來了。為什麼三個家庭被屠殺。「復仇。」她說。

凱若點點頭。「為了我們對他所做的，還有對他家人所做的。他坐牢那十三年，使得他變得更可怕。他有時間養大他的恨意，滋養它、培育它，直到那恨意吞噬他。他的脫逃是買通了監獄內的人員，這是唯一的可能。我很確定他出了天價給願意幫他的任何人。他溜掉之後，我們也不曉得他會去哪裡，甚至不知道他長得什麼樣。我們從來沒查出他的祕密帳戶，所以他還是有很多錢可以動用。我確定他花了大錢整型，有了一張新臉孔，而且也結交了很多高官。」

「你說他在監獄裡待了十三年。」佛斯特說。

「是的。」

「所以他是三年前脫逃的。」佛斯特看著珍。「那一定是尼可拉斯．克拉克和他的家人打包搬走，搭上遊艇離開的時候。」

凱若點點頭。「伊卡魯斯脫逃之後，尼可拉斯就緊張起來。我們全都很緊張，但他是唯一擔心到連根拔起，實際脫離局裡的人。我想伊卡魯斯要查到他的下落並不容易，直到義大利政府介入。」

「為什麼？」珍問。

「要怪就怪政治吧，或者怪維基解密，隨便。總之，媒體得到消息，知道中央情報局在義大利境內執行過非常規引渡行動。忽然間，義大利人都很火大，氣美國人侵犯他們的主權，氣一個中央情報局的行動害死了三名無辜的義大利公民。我們的名字已經從所有的報告中刪去，但有錢能使鬼推磨。」她回到窗邊，看著外頭，灰光照出她瘦削的輪廓。「厄斯金和他太太先遇害。在一條倫敦的巷子裡被射殺。幾天後，奧麗薇亞和她先生也死於墜機。我設法傳話給尼可拉斯，但沒能來得及。才一個星期內，我的三個同事就都死了。」

「你怎麼那麼幸運，還能保住一條命？」

「幸運？」凱若苦笑。「我可不會用這個字眼來形容自己。應該用在劫難逃會比較貼切吧。老是要提防，老是睡不穩。我有兩年都過著這樣的生活，即使局裡盡力保障我的安全，但感覺上永遠不夠。而且也不足以保住那三個小孩的命。」

「伊卡魯斯會這麼過分？連小孩也不放過？」

「不然還有誰會獵殺他們？他殺了尼可拉斯、奧麗薇亞和厄斯金，全都在一個星期之內。現在他又去追殺他們的小孩，要除掉這三家人的最後一個倖存者。你還不明白嗎？這是為了要表明態度。這是一個訊息，要給未來敢跟他作對的人看。敢得罪我，我就殺掉你和你所愛的每一個人。她又走向珍，臉上的皺紋似乎因為筋疲力竭而顯得更深。「他會再試的。」

一輛汽車經過街上，那聲音讓凱若轉身走向窗邊，看著那輛車駛過。引擎聲消失後許久，她還站在那裡，搜尋著、期待著即將來臨的攻擊。

珍掏出她的手機。「我要打電話給緬因州警局。要求他們派出一組人馬——」

「我們不能信賴他們。我們不能信賴任何人。」

「那些小孩現在需要保護。」

「我告訴你的都是機密。你不能把任何細節告訴其他執法單位。」

「不然怎麼樣，你就得殺了我們？」珍嗤之以鼻。

凱若走向她，臉上毫無幽默的痕跡。「別犯錯。如果必要時，我會動手的。」

「如果這些真的是最高機密的話，那你為什麼要告訴我們？」

「因為你們已經深入這件事了。因為你們的介入，可能搞砸一切。」

「到底是會搞砸什麼？」

「我逮到伊卡魯斯的最佳機會，也許還是唯一的機會。總之，這是我的計畫。把三個小孩都放在同一個地方，他一定沒辦法抗拒這個誘惑的。」

珍和佛斯特震驚地交換眼色。「這是你計畫的？」她說，「你安排把那三個小孩都送到晚禱學校去？」

「一開始只是為了預防，不是計畫。局裡相信他們在各自的地點很安全，但是我有疑慮。我一直在監控他們。等到第一次攻擊發生，針對那個女孩——」

「你就是那個好心人。那個忽然出現在現場的神祕金髮女人。然後又消失了。」

「我一直陪著克蕾兒，直到確定她平安為止。等到警方趕來時，我就溜掉，再安排直接把她送去晚禱學校，那裡已經有一個我們的人了。」

「維勒芙醫師。」

凱若點點頭。「安娜多年前從局裡退休，就在她丈夫死在阿根廷之後。但是我們知道我們可以信賴她。我們也知道晚禱學校夠偏遠也夠安全，可以讓克蕾兒平安無事。這就是為什麼，我們把下一個小孩也送到晚禱學校去。」

「威爾‧雅布朗斯基？」

「炸彈爆炸時他不在屋子裡，那純粹就是幸運。我剛好及時趕到，把他帶走。」

「那麼泰迪‧克拉克是哪裡出了錯？你明知道會有人攻擊他的。你知道他是下一個目標。」

「那場攻擊根本不該發生的。那棟房子很安全，他們有保全系統。我認為一定是有什麼出了大錯。」

「你認為？」珍兇巴巴地問。

「我派了探員守在那棟房子外，二十四小時不間斷。但是那一夜，他們被命令離開。」

「誰下令的？」

「他們宣稱是我下令撤走他們的。但是我沒有。」

「他們撒謊了？」

「每個人都可以收買的，警探。只要出的價碼慢慢加上去，總會達到他們要的數字。」凱若開始在屋裡繞著圈子踱步。「現在我不知道可以信賴誰，或者我們內部被收買到什麼程度。我只知道，他在背後操控，而且不會停止。他想殺了那三個小孩。而且他想殺了我。」她停下腳步，轉身看著珍。「我必須結束這一切。」

「怎麼結束？如果你連自己人都信不過的話。」

「所以我才會求助於外頭的人。我要照自己的方式來，親手挑選我信得過的人。」

「而你告訴我們這一切，是因為你信賴我們？」珍看了佛斯特一眼。「這個改變可真大。」

「至少，你們兩個沒被伊卡魯斯收買。」

「你怎麼曉得？」

凱若笑了。「兩個兇殺組警探，其中一個還當過童子軍？」她看著佛斯特。「啊，我查過你的背景了。我說你是童子軍的時候，可不是開玩笑的。」她看著珍。「而你，也有某種名聲。」

「是嗎？」珍說。

「如果我用賤貨這個字眼，別生氣。人們都這樣稱呼我們這種女人。因為我們不妥協，我們不將就。我們會一路殺到終點才停止。」她微微欠身。「賤貨之間是彼此尊重的。」

「老天，我還真是受寵若驚呢。」

「我的重點是，」凱若說，「現在我們應該要合作了。如果你想保住這三個小孩的命，那麼你就需要我，而且我也需要你。」

「你是想出了一個實際的計畫，或者我們只是原則上的結盟？」

「如果我沒有凡事都做計畫，就活不到今天了。我們要逼伊卡魯斯自己現身。」

「怎麼做？」

「要動用到那三個小孩。」

「好吧，」佛斯特說，「我不喜歡現在聽到的這些。」

「你還沒聽完呢。」

「你提到那些小孩。我們不可能同意讓他們置身於任何危險的。」

「他們已經置身於危險之中了，你還不明白嗎？」凱若厲聲說，「克蕾兒和威爾能活到今天的唯一原因，就是我。因為我在現場救了他們。」

「而現在你想利用他們？」佛斯特看著珍。「你知道那就是她的計畫。」

「先讓她講完吧。」珍說，雙眼盯著凱若。她對這個女人一無所知，連她真實的姓名都不知道，也不確定自己是不是能信賴她。賤貨之間是彼此尊重的可以行得通沒錯，但必須要你們彼此認識。珍唯一曉得的就是她看到的：一個四十來歲、身手矯健的金髮女子，穿著昂貴的靴子，手腕上是更昂貴的手錶。一個女人身上有一種不顧一切的絕望氣息。要是凱若之前說的是實話，那麼她從二十來歲就加入中央情報局了。過去二十年來，她持續出任務，用不同的化名，如果她有丈夫和子女的話，那大概很難維繫。她是孤狼，珍心想。她是倖存者，她會使出任何必要的手段，以保住自己這條命。

「我知道你很擔心那些小孩，」凱若說，「但是如果我們不結束掉這件事，他們永遠都不安全。只要他們活著，就代表了伊卡魯斯的失敗。他必須向全世界證明，沒有人可以惡搞他。要是你敢惹他，他就不會放過你。想想看，如果我們不殺了他，那三個小孩的人生會是什麼樣？每一年，他們都得換個新的身分、搬到新家去。逃亡，永遠在逃亡。我知道那是什麼滋味，那樣的生活對小孩來說太慘了。更別說是渴望朋友和安定的十來歲青少年。現在是他們得到正常生活的最佳機會，而且根本不必讓他們知道。」

「你要怎麼瞞著他們？」

「他們已經在他們該去的地方了。一個可以防禦的地點、一條有攝影機監控的進入道路，而且學校裡的老師們會保護他們。」

「慢著。你的意思是，安東尼．桑索尼知道這一切？」

「他只知道這三個小孩有危險，需要保護。我要求維勒芙醫師把這點告訴他，但不要講具體的細節。」

「所以他不知道這個行動？」

凱若別開目光。「就連維勒芙醫師都不知道。」

「而她現在死了。怎麼會這樣？」

「我不曉得她為什麼要自殺。但是我已經派一名探員過去那邊了，接下來會有更多訊息。他們是我三個同事最後倖存的子女，我會保護他們的安全。這是我該為同事們做的。」

「一切真的是因為那些小孩嗎？」珍說，「或者其實是因為你自己？」

真相就在那裡，在凱若的臉上，也在她揚起的雙眉上，還有她微微歪斜的頭。「是的，我想要回頭過正常的生活。但在我撂倒他之前，是不可能的。」

「那也要你看到他的時候，能認出他來。」

「任何武裝的入侵者都會格殺勿論。我們可以事後再來認屍。」

「你怎麼知道伊卡魯斯會親自出馬？」

「因為我了解他。這些小孩對他來說是高價值的目標，我也是。他想要親眼看到我們死，他要獲得那種滿足感。如果我們四個都在同一個地方，他一定抗拒不了誘惑。」她看了一下手錶。「我不能繼續在這裡浪費時間。我得趕到緬因州去了。」

「那你希望我們怎麼做？」珍問她。

「不要插手這件事。」

「泰迪．克拉克是我的責任，而且美國本土可不是你的轄區。」

「我最不需要的，就是搞不清楚狀況的警察亂開槍。」她低頭看著自己響起鈴聲的手機。然後別過身子，匆忙接了電話：「說吧。」

雖然珍看不到凱若的臉，但她看到她的脊椎忽然僵硬，肩膀挺直起來。「我們馬上趕過去。」她說，然後掛斷電話。

「發生了什麼事？」珍問。

「我之前曾經派了一名探員過去，在那個學校。」

「曾經？」

「他的屍體剛被發現。」凱若看著珍。「看起來，我們要展開最後行動了。」

29

「我們應該撤離，」桑索尼說，解除了珍奇室保險櫃的鎖。他打開櫃門，裡頭放著一把手槍。莫拉看著他迅速把九毫米口徑的子彈裝進彈匣，很驚訝他那種熟練的程度。她從來沒看過他拿槍；顯然他不光是對槍很熟悉，也隨時準備好要使用。「如果我們現在去把孩子們叫醒，」他說，「十分鐘之內就可以出發了。」

「那我們要帶他們去哪裡？」莫拉說，「出了大門，我們就變得很脆弱。你已經把這座城堡變成一個軍事堡壘，安東尼。裡頭有一套保全系統，有攻不破的門。」而且還有一把槍，她心想，看著他把彈匣裝上。「珍叫我們留在這裡，等她趕到。我們應該照做。」

「雖然我把這座城堡設計得非常安全，但是現在，我們畢竟是一個固定不動的靶子。」

「在裡頭總比外頭安全。珍在電話裡講得很清楚了。*待在校舍裡，待在一起。不要相信任何人。*」

桑索尼把槍塞進腰帶。「我們去巡邏最後一趟吧。」他說，然後離開珍奇室。

夜間的空氣多了一股新的寒意，她跟著桑索尼來到入口大廳時，氣溫似乎降得更低了。她雙臂抱著自己，看著他檢查前門，審視著電子保全設備控制板，確認系統設定好了，所有區域都沒問題。

「瑞卓利警探在電話裡大可以告訴我們更多的，」桑索尼說，繼續往前走，來到用餐室，檢查各扇窗子，確認是否鎖好了。「我們根本不知道我們對抗的敵人是什麼。」

「她說她不被允許告訴我們更多。我們只能乖乖照她告訴我們的去做。」

「她的判斷也不是百分之百正確的。」

「唔，我信任她。」

「而你不信任我。」這不是問題，而是陳述，只不過他們雙方都知道這是事實。他轉身面對她，她感覺到一種吸引力的不安騷動。但她在他雙眼裡看到太多陰影、太多祕密了。而且她想到他剛剛處理手槍時那種令人驚訝的熟練程度，又是他身上另一個她不知道的細節。

「我甚至不了解你這個人，安東尼。」她說。

「有一天，」他帶著一抹微笑說，「或許你會想要搞清楚。」

他們離開用餐室，繼續前往圖書館。大部分學生和教職員都去旅行了，整座城堡怪異地安靜，在這麼晚的時間，他們很容易就可以相信自己全然孤單，是一座廢棄堡壘裡最後的居民。

「你覺得你有辦法學著信任我嗎，莫拉？」他問著，從一扇窗子走到另一扇窗子，完全就是個悶悶不樂的守護者在昏暗中移動。「或者我們之間總是會這麼緊張？」

「你可以對我更敞開心胸，這樣會是個好的開始。」她說。

「這個建議對我們兩個都適用。」他暫停。「你和丹尼爾．布洛菲。你們還在一起嗎？」

聽他提到丹尼爾的名字，莫拉走到一半站住了。「你問這個做什麼？」

「你一定有個答案。」他轉向她。上方凹室落下來的陰影罩住他的眼睛，看不到裡頭的表情。

「愛不是能乾乾淨淨就斬斷的，安東尼。會很混亂，會很傷心。有時還沒有終點。」在昏暗中，她只勉強看得到他意會的微笑。「又一個你和我相似的地方。除了我們個人的悲劇，除了我們做的工作。我們都很孤單。」他輕聲說。

在圖書館的靜默中，突來的電話鈴響聲更讓人嚇一跳。桑索尼走到房間另一頭，拿起分機，她還站在原地，被他剛剛說的話搞得心煩意亂，而且那些話真實得令她震驚。是的，我們都很孤單，兩個人都是。

「艾爾思醫師就在這裡。」她聽到他對著話筒裡說。

珍打來的，莫拉第一個想法是這樣。但等她接過聽筒，才發現電話另一頭是緬因州的法醫。

「我只是想知道你是不是收到我的留言了。因為我都沒接到你的回電。」艾瑪．歐文醫師說。

「你打過電話來？什麼時候？」

「大概是晚餐時間。接電話的是一位老師。一個口氣暴躁的傢伙。」

「那應該是佩斯昆托尼歐教授。」

「沒錯，就是他。我猜想他忘了告訴你吧。我正要去睡覺，就想著再打一次試試看，因為這個檢驗是你當初要我加速進行的。」

「是有關毒物篩檢的嗎？」

「是的。現在，我得問你。維勒芙醫師真的是心理醫師嗎？」

「她是臨床心理學家沒錯。」

「唔，她私底下在嗑迷幻藥。毒物篩檢的結果，發現了麥角二乙醯胺，也就是一般所稱的LSD。」

莫拉轉身看著桑索尼，同時開口：「不可能啊。」

「我們還是得用高效液相層析螢光偵測儀確認，不過看起來，你們的維勒芙醫師在嗑LSD。好，我知道有些心理醫師認為LSD具有療效，可以讓你敞開心胸、進行心靈體驗等等。但是老天在上，她是在學校裡工作。嗑這種強烈迷幻藥，可不是為人師表該有的行為。」

莫拉整個人站得僵直，話筒緊緊壓著耳朵，緊得她都能聽到自己的脈搏。「所以從屋頂墜落……」

「很可能是幻覺所造成的。或者是急性精神病。你還記得幾年前那個中央情報局的實驗，他們給一個可憐的傢伙服用LSD，結果他跳出窗子？受測對象對這種藥物會有什麼反應，你根本無法預測的。」

莫拉想到浴室地板上那些零星的結晶體，是有人把糖罐裡的東西倒進馬桶時不小心撒出來的。毀掉證據。

「……我得把這樁死亡重新分類為意外。不是自殺。」歐文醫師說，「是攝取致幻藥物後，從高處墜落。」

「LSD是可以合成的。」莫拉插嘴。

「嗯，沒錯。我想是吧。最早不是從某種寄生在黑麥植株上的蕈類分離出來的嗎？」

而有誰對植物的了解，能比得過大衛．佩斯昆托尼歐教授呢？

「啊老天。」莫拉輕聲說。

「有什麼問題嗎？」

「我得離開了。」她掛了電話，轉向桑索尼，他就站在她旁邊，雙眼充滿疑問。「我們不能留在學校，」她說，「我們得帶著孩子們馬上離開。」

「為什麼？莫拉，有什麼改變了？」

「兇手，」她說，「他已經在城堡裡了。」

30

「其他人在哪裡？」莫拉問。

朱利安站在房門口瞇起眼睛看著他們，依然睡眼惺忪。他站在那裡打著赤膊，只穿了件四角內褲，頭髮朝每個方向翹起。一個昏昏欲睡的青少年，顯然只想爬回床上繼續睡。他打了個哈欠，揉揉下巴，上頭冒出了一些鬍碴。「他們沒在床上嗎？」

「威爾、泰迪和克蕾兒都不在他們的房間裡，」桑索尼說。

「我之前去檢查的時候，他們還在的啊。」

「那是什麼時候的事？」

「不曉得。或許十點半吧。」朱利安的注意力忽然轉向桑索尼插在腰帶的那把槍，警覺地挺直身子。「發生了什麼事？」

「朱利安，」莫拉說，「我們得趕緊找到他們，而且得安靜進行。」

「等我一下。」他說，鑽回房間裡。過了一會兒，他又出來，穿了藍色牛仔褲和球鞋。大熊跟在他腳邊，他沿著走廊往前，進入威廉和泰迪的房間。

「我不懂，」他說，皺眉看著那些空蕩的床。「那兩個男生原先明明在這裡，已經都換上睡衣褲了。」

「他們沒提到過要出去？」

「他們知道晚上要待在屋裡，尤其是今夜。」朱利安轉身又走向走廊的另一頭。莫拉和桑索尼跟著他進入克蕾兒的房間，三個人全都站在那裡審視著桌上亂放的書，角落裡成堆的長袖運動衫和髒襪子。沒有任何引人擔憂的狀況，就只是十來歲少女房間裡典型的混亂而已。「他們離開實在是說不通，」朱利安說，「他們又不笨。」

莫拉忽然意識到四周的安靜有多深。深得像土地，深得像墳墓。要是有任何其他人在這城堡裡，她也聽不到。她想到要在這個已經被兇手入侵的堡壘裡，搜尋每一個房間、每一個凹室、每一道樓梯，覺得很害怕。

狗的哀鳴嚇了她一跳。她低頭看著大熊，那狗回看她的雙眼中有一種奇異的聰慧光芒。「牠可以幫我們找，」她說，「牠只需要他們的氣味。」

「牠不是獵犬。」朱利安說。

「可是牠是狗，有狗的嗅覺。牠可以追蹤他們，只要我們讓牠了解我們想找什麼。」她看著那堆克蕾兒扔在角落的衣服。「讓牠聞那個，」她說，「看牠會帶我們去哪裡。」

朱利安從口袋掏出皮繩，扣在大熊的項圈上，然後帶著牠走到那堆髒衣服前。「來，小子，」他催促著。「好好聞一聞，那是克蕾兒的氣味。你認識克蕾兒，不是嗎？」他雙手捧著那狗巨大的腦袋，直視著大熊的雙眼。他們人狗之間的聯結非常深切，甚至是神聖。那是在懷俄明高山間所形成的，當時男孩和狗學會了仰賴對方，在那裡，存活就意味著彼此間完全信任。莫拉驚奇地看著那狗的雙眼，牠似乎明白了。大熊轉身朝門吠叫著。

「走吧，」朱利安說，「我們去找克蕾兒。」

大熊扯著皮繩，領著朱利安走出房間。但牠沒朝主樓梯走，而是沿著走廊往前，朝向無人居住的那棟翼樓，那裡的陰影更深，一扇扇門洞開，露出一個個用床單蓋著家具的空房間。他們經過一幅紅衣女子的油畫肖像，那女人彷彿瞪著莫拉，雙眼帶著奇怪的金屬亮光，好像因為心中知道某種祕密而發亮。

「牠正走向以前的僕人用樓梯。」桑索尼說。

大熊停下來，往下看著樓梯，好像思索著往下走進那片昏暗是否明智。他又回頭看了朱利安一眼，朱利安點點頭。大熊開始走下狹窄的樓梯，爪子輕扣著木梯板。不同於主樓梯的欄杆，這裡的橡木欄杆沒有複雜的雕刻裝飾，欄杆表面被幾十年來默默打掃城堡、提供客人飲食的僕人們的手摩擦得光滑。空氣中似乎有一股寒氣逗留不去，彷彿那些早已死去僕人的鬼魂還待在這裡，永遠拿著掃把或早餐托盤上下奔走。莫拉幾乎可以感覺到其中一個鬼像一道冷風般低語著經過她，但她回頭看，只看到空蕩的樓梯往上通入黑暗中。

他們下了兩層樓，還在繼續往下，朝向地下室。莫拉從沒來過地下室，那是晚禱學校最深的一部分。這些階梯似乎通往山脈的核心，深入封閉的空間。她可以從空氣中嗅聞到，可以從那種潮溼中感覺到。

他們來到階梯最底端，走進大而幽深的廚房，莫拉看到裡頭有巨大的不鏽鋼爐子，一間大得可以走進去的冷藏室，天花板的架子上吊著深鍋和平底鍋。原來他們早餐的炒蛋就是在這裡做的，麵包也是在這裡烤的。在這個時間，廚房裡空無一人，碗盤杯碟和廚房用具都收得好好的，等著明天早上再使用。

大熊忽然停住，瞪著一扇酒窖門。牠的頸毛豎起，發出咆哮，莫拉感覺到一股恐懼的寒氣沿著自己的脊椎往上直竄。那扇門後有什麼不對勁，讓那狗警覺起來，還蹲低身子，一副準備要攻擊的模樣。

金屬碰撞聲，大得像鐃鈸敲擊。

莫拉驚跳起來，心臟轟響，同時那金屬碰撞的回音在廚房裡逐漸減弱。她感覺到桑索尼握住她一邊手臂，但是不記得他是什麼時候抓住的。那隻手就在那裡，好像他一直在旁邊扶住她。

「我想我看到他了。」桑索尼低聲說，很冷靜。他放開莫拉的手臂，開始走向廚房另一頭。

「安東尼──」

「沒關係，沒事的。」他繞過廚房中島，跪下來，看不見了。雖然莫拉看不到他，但聽得到他的聲音，輕聲呢喃：「嘿，你安全了。我們在這裡，孩子。」

她和朱利安擔心地互看一眼，也追隨桑索尼的腳步繞過中島的轉角。他們發現桑索尼蹲在那裡，往下看著發抖的泰迪．克拉克。那男孩蜷縮成一顆緊緊的球，膝蓋縮起緊貼著胸部，雙臂抱住自己。

「他好像還好。」桑索尼說，抬頭看了莫拉一眼。

「他不好，」她說。蹲在泰迪旁邊，伸出雙臂把他拉進懷裡。他全身冰冷，皮膚涼得像冰，而且抖得好厲害，她都能聽到他的牙齒格格打顫。「來，來，」她喃喃說，「我抱住你了，泰迪。」

「他在這裡。」泰迪低聲說。

「誰?」

「對不起，真的很對不起，」他嗚咽著說，「我不該把他們留在那裡的，但是我好怕。所以我就跑了……」

「其他人在哪裡，泰迪?」朱利安問，「克蕾兒和威爾呢?」

泰迪的臉緊貼著莫拉的肩膀，彷彿想鑽進一個安全的地方，免得被任何人發現。

「泰迪，你得告訴我們，」莫拉說，然後把他從自己身上拉開。「其他人在哪裡?」

「他把他們全都關在房間裡……」那男孩的手指像爪子似的，拚命摳進她的手臂裡。她扳開他的手指，逼他看著自己。「泰迪，他們人在哪裡?」

「我不想回到那個房間!」

「你得帶我們去。我們會陪在你身邊的。你只要指出那個地方就可以了。」

泰迪顫抖著吸了口氣。「我可以——我可以抱著狗嗎?我希望那隻狗陪著我。」

「當然沒問題，」朱利安說。他跪下來，把皮繩交給泰迪。「你緊緊牽著牠，牠會保護你的。大熊什麼都不怕。」

這似乎給了泰迪他所需要的勇氣。他搖晃不穩地站起來，緊緊抓住那狗的皮繩，彷彿那是一條救命索。然後他走到廚房另一邊的門，深吸一口氣，打開門閂。門晃開了。

「那是以前的葡萄酒窖。」桑索尼說。

「就在下面，」泰迪低聲說，凝視著裡面的黑暗。「我不想去。」

「沒關係，泰迪。你可以在這裡等。」桑索尼看了莫拉一眼，然後帶頭走下階梯。

隨著每往下一步，空氣感覺上就愈悶、愈潮溼。光裸的燈泡掛在頭頂上，投下一片發黃的光線，照著一排排空蕩的葡萄酒架。裡頭以前一定有幾千瓶，無疑地，只有最好的法國葡萄酒，才配得上一位鐵路大亨和他的賓客。那些酒老早就喝掉了，酒架棄置在這裡，無言地紀念著一個奢華的黃金年代。

他們來到一道沉重的門前，上頭的鉸鏈結實地固定在石砌牆壁上。看起來是一間舊儲藏室。莫拉看了朱利安一眼。「你上去廚房陪著泰迪吧？」

「大熊跟他在一起，他沒事的。」

「我不希望你看到這個。拜託。」

但桑索尼拉起門閂時，朱利安還是頑固地站在她旁邊不走。在上頭的廚房，大熊開始嚎叫，那是一種高音調的、絕望的聲音，害她整個背脊發涼，同時桑索尼推開門。此時莫拉聞到了那黑暗的房間裡傳出來的氣味。是汗水。恐懼的臭味。她最害怕的情況就在她眼前的黑暗中。四具屍體，貼牆撐靠著。

那些小孩。老天，是那些小孩。

桑索尼找到開關，按開了電燈。

其中一具屍體抬起頭來。是克蕾兒，睜大眼睛看著他們，狂亂的哀鳴被防水膠帶蒙住了。其他人騷動起來，威爾和廚子及佩斯昆托尼歐教授，全都被防水膠帶綁住身體，掙扎著想說話。

他們還活著。全都活著！

莫拉趕緊在那女孩旁邊跪下。「朱利安，你帶了刀子嗎？」

那狗嚎叫得更瘋狂、更急切了，彷彿在懇求他們快點，快點！

朱利安掏出他的折疊刀，俐落地按開來，跪下身子。「別動，克蕾兒，否則我就沒辦法幫你割開了。」他命令道，但那女孩一直扭動著，雙眼驚慌地睜大，彷彿努力想呼吸。莫拉撕開她嘴巴的膠帶。

「這是陷阱！」克蕾兒尖叫。「他沒離開，他就在……」她的聲音停住，目光固定在莫拉身後的一個點——有人站在她後面。

血液轟響著衝進她耳朵裡，莫拉轉身看到一個高大的男人站在門口。看到寬闊的肩膀，發亮的眼睛，臉上用油彩塗黑了。但她雙眼的焦點是他手上拿的槍。上頭裝了滅音器。他開火時，將不會有震耳欲聾的爆炸聲，死亡將會伴隨著一聲柔和的砰響，只有這個深埋在山底下的石砌房間裡聽得到。

「放下你的武器，桑索尼先生。」他命令，「馬上！」

他知道我們的名字。

桑索尼沒有辦法：他把槍從腰帶裡拿出來，放在地板上。

已經跪在莫拉旁邊的朱利安伸手抓住她的手。才十六歲，這麼年輕，她心想，他們握著手時，彼此都握得好緊。

大熊又嚎叫了，是一種狂怒的、挫折的叫聲。

朱利安突然抬頭，莫拉看到他不知所措的表情。然後跟他一樣恍然大悟，覺得實在沒有道理。要是大熊還活著，為什麼沒有跑來保護我們？

「踢過來給我。」那男人說。

桑索尼用腳推了一下那把槍，那槍滑過地板，剛好停在離門口不遠處，就在那男人面前。

「現在跪下。」

所以這就是我們的下場，莫拉心想。我們全都跪在這裡，每個人腦袋吃一顆子彈。

「快點！」

桑索尼放棄地垂下頭，跪在地板上。但那只是最後絕望一擊前的準備動作而已。就像短跑選手從起跑架衝出去，桑索尼直撲向那持槍者。

他們兩人都跌出門外，在昏暗的酒窖中拚命扭打。

桑索尼的槍還躺在地板上。

莫拉爬起來，但還沒拿到槍，另一隻手抓住了握柄。舉起槍管對著她的腦袋。

「後退！後退！」泰迪朝莫拉尖叫。他雙手顫抖，但手指已經搭在扳機上，槍口對準莫拉的腦袋。他回頭大喊：「我會朝她開槍的，桑索尼先生。我發誓我會的！」

莫拉又垮回地板上，目瞪口呆跪著，同時桑索尼被推回房間裡，被迫跪在她旁邊。

「那隻狗拴好了嗎，泰迪？」那持槍者問。

「我把牠綁在廚房的櫥櫃上，牠沒辦法掙脫了。」

「把他們的手綁起來。快一點。」那男人說，「他們隨時會到，我們得準備好。」

「叛徒！」克蕾兒咬牙切齒地說，看著泰迪把防水膠帶撕下來，把桑索尼的手腕綁在背後。「我們是你的朋友。你怎麼能這樣對我們？」

那男孩不理她，只是繼續去綁朱利安的雙手。

「是泰迪把我們騙到下頭這裡來的，」克蕾兒告訴莫拉，「他跟我們說你在這裡等我們，但結果是個陷阱。」她瞪著泰迪，聲音裡充滿厭惡。儘管在劫難逃，這個女孩還是毫不畏懼，甚至是不顧一切。「原來是你，始終就是你。掛那些愚蠢的樹枝玩偶。」

泰迪又撕下一段膠帶，緊緊纏住朱利安的手腕。「我為什麼要做那種事？」

「為了嚇我們。讓我們害怕。」

泰迪一臉坦誠地驚訝看著他。「我沒做那件事，克蕾兒。那玩偶是為了要嚇我。好逼我去求助的。」

「還有維勒芙醫師，你怎麼可以那樣對她？」

泰迪的眼中閃過一絲後悔。「那本來不是要殺死她的！那只是要讓她糊塗而已。她在幫他們工作。老是監視我，等著看我什麼時候會——」

「泰迪，」那男人厲聲道，「還記得我教過你的嗎？做過的事情已經無法挽回，我們得往前走。趕快完成工作吧。」

「是的，先生。」泰迪回答，撕下另一段膠帶，纏住莫拉的雙腕，纏得好緊，怎麼扭動或掙扎都不可能掙脫。

「好孩子。」那男人遞給泰迪一副夜視望遠鏡。「現在趕快上去，監視庭院。他們到了就通知我，告訴我他們有多少人。」

「我想跟你在一起。」

「我要你離開射擊範圍，泰迪。」

「可是我想幫忙！」

「你已經幫我夠多了。」那男人一手放在泰迪頭上。「你的任務是在屋頂上。你就是我的眼睛。」他腰帶上發出警示的嗶嗶聲，他低頭看了一眼。「她到大門了。戴上耳麥，泰迪。快去。」

他把那男孩推出房間，自己也跟出去。

「我是你的朋友！」門關上時，克蕾兒尖叫。「我本來那麼信任你的，泰迪！」

他們聽到掛鎖砰地鎖上。上頭的廚房裡，大熊還在狂吠，還在哀號，但門減弱了聲音，因而聽起來像是遠方一頭郊狼的叫聲。

莫拉瞪著關上的門。「原來是泰迪，」她喃喃說，「這麼久以來，我從來沒想到……」

「因為他只是個小孩，」克蕾兒恨恨地說，「沒人會注意我們。沒人會給我們應有的評價。直到我們嚇你一跳。」她抬頭看著天花板。「他們會殺了瑞卓利警探的。」

「她不會獨自一個人來的，」莫拉說，「她告訴過我，她會帶著一些人來。那些人懂得保護自己的。」

「但是他們不像這個男人那麼了解這座城堡。泰迪之前都在夜裡讓他進來，他曉得每一個房間、每一道階梯。而且他已經準備好，就等他們來了。」

在廚房裡，大熊停止嚎叫了。就連牠也一定曉得，眼前再怎麼努力也沒用了。

珍，一切只能靠你了。

31

那座城堡看起來像是被遺棄了。

珍和佛斯特駛入晚禱學校的停車場，往上看著那些黑暗的窗子，以及鋸齒狀的屋頂聳立在星空之下。之前在大門那邊沒有人出來迎接他們，一小時前在半路上，她利用最後一點微弱的手機訊號打來學校，也沒有人接電話。一輛黑色的運動休旅車開到他們旁邊停下，隔著車窗，珍看到凱若和她兩個男同事的輪廓。一個是丹佐，另一個是個肌肉發達而沉默的光頭男子。一小時前他們全停下來加油時，兩個男人都沒說過話；顯然凱若是主掌大局的人。

「狀況不對勁，」珍說，「我們在路上應該觸發了感應器，所以莫拉一定曉得我們到了。怎麼都沒人？」

佛斯特看了一眼凱若的運動休旅車。「如果有緬因州警局的人來支援，我會覺得安心得多。我們無論如何該打電話給他們的。中央情報局滾他媽的蛋去吧。」

車門轟然甩上的聲音傳來，凱若和她的兩名手下都下了車。讓珍警覺的是，他們都全副武裝。丹佐已經走向校舍了。

珍慌忙下車。「你們以為自己在幹嘛？」

「現在該由你出面把我們弄進去了，警探，」凱若說，戴上了通訊耳麥。「現在去前門的對講機。讓他們聽到你的聲音，這樣他們就知道可以放我們進去了。」

「我們來這裡只是要接三個小孩，帶他們到安全的地方。這是我們之前講好的。你們這一身藍波裝備是要做什麼？」

「計畫改變了。」

「從什麼時候開始的？」

「從我決定要先搜查這棟建築物開始。一旦我們進去了，你就等在你的車上，直到我們告訴你沒問題。」

「你之前說，這回只是要來接走那三個小孩而已。這是我同意幫你進來的唯一原因。現在看起來，你是要發動攻擊。」

「這是必要的預防措施。」

「操你媽的見鬼了。裡頭有小孩，我不會讓你在這裡亂開槍的。」

「馬上去前門，警探。馬上過去。」

「門沒鎖，」丹佐說，從門口回頭。「我們不需要他們了。」

凱若轉向他。「什麼？」

「我剛剛檢查過了。我們可以直接進去。」

「現在我確定有事情不對勁了。」珍說著轉向校舍。

凱若立刻擋住她的去路。「回你車上待著，警探。」

「我的好友在裡頭。我要進去。」

「我不同意。」凱若舉起槍。「拿走他們的武器。」

「哇！」佛斯特說，此時丹佐逼著他和珍跪下。「我們能不能冷靜一點？」

「你知道該怎麼處置他們，」凱若對丹佐厲聲說，「要是我需要你進去，會用通訊系統通知你。」

珍抬頭看著凱若和那個光頭男子大步走向校舍。「小姐，你他媽的太過分了！」她喊道。

「她才不在乎呢。」丹佐笑了。他一腳對準她後腰一推。珍面朝下趴在卵石地面上。丹佐把她兩手拉到背後，她感覺到塑膠束線帶突然束緊她的手腕。

「混蛋。」她咬牙說。

「啊，再多講一點好聽話。」他繼續去對付佛斯特，以驚人的效率同樣綁住他的手腕。

「你們中央情報局都是這樣做事的嗎？」珍問他。

「她都是這樣做事的。冰雪女王。」

「你沒有意見？」

「把事情搞定，大家都開心。」他直起身子，朝旁邊走了幾步，同時對著他的通訊系統說：「這裡全都搞定了。是的，聽到了。到時候說一聲就是了。」

珍翻身側躺，朝校舍看過去，但凱若和那光頭男子已經走進去消失了。現在他們在那些黑暗的走廊間漫遊，腎上腺素飆高，出自本能要朝任何陰影開火。這個任務不是要救人；在這場由一個女人發動的戰爭中，她心中另有目標，那些小孩只是棋子而已。那個女人的血管裡寒冷如冰。

丹佐的腳步又走向她，她抬頭看到他就在她上方。星空照出他的輪廓，他的武器看起來就像他延長的手，一根致命的黑色棍子。她想著剛剛凱若跟他說過的話，你知道該怎麼處置他們，那句話忽然有了駭人的新意義。然後丹佐又走了一步，離開她。他完全沒在看她。他的腦袋轉往左，然後往右，在黑暗中搜尋著，然後她聽到他低聲說：「媽的怎麼回事？」

有個什麼在風中呼嘯，像是一把刀割過絲綢。

丹佐撲倒在她胸部，力道大得害她肺裡的空氣都被榨光。她被他重重壓著，掙扎著想喘口氣，感覺到他身體那種臨死前的抽搐，同時有種溫暖而溼潤的東西浸透她身上的襯衫。她聽到佛斯特大喊著她的名字，但她被那重量壓得動彈不得，只能瞪著一雙腳走過來，緩慢而謹慎。

她抬頭望著夜空。看著星星，好多星星。她這輩子沒見過那麼亮的銀河。

那腳步停下。一個男人在她上方高高聳立，塗黑的臉上雙眼發亮。她知道接下來會發生什麼事。丹佐依然滴流著血的屍體，已經說明了一切。

伊卡魯斯在這裡。

32

讓他們警覺的是那隻狗。隔著他們囚室的門，克蕾兒聽到大熊又開始嚎叫，聲音大得穿過葡萄酒窖，傳進樓梯。她不曉得是什麼觸發牠。或許牠明白他們的時間用光了，明白死神現在已經要走下樓梯來取走他們的性命了。

「他回來了。」克蕾兒說。

在那個空氣窒悶的房間裡，克蕾兒可以嗅到恐懼，鮮明而帶電，那是一群動物等著被屠殺的氣味。威爾緊靠著她，皮膚因為汗水而潮溼。他終於設法把蒙著嘴的膠帶弄鬆，現在他靠過來，在她耳邊低語：「克蕾兒，躲在我後面，倒臥著不要動。無論發生什麼事，裝死就是了。」

「你在幹嘛？」

「我是想保護你。」

「為什麼？」

「你還不明白為什麼？」他看著她，儘管眼前這個人同樣是她太熟悉那個胖乎乎、滿臉痘疤的威爾，但她從他雙眼中看到一些新的東西，一些她以前沒注意到的。太亮了，你不可能沒看到。「我不會再有別的機會說這些話了，」他低聲說，「但我希望你知道……」

門外的掛鎖發出哐啷聲，他們兩個都僵住了，看著門吱呀打開，一根槍管出現，握在戴著手套的雙手裡。那槍對著房間裡掃了一個弧，彷彿要尋找目標，結果沒找到。

一個光頭男子走進來喊道：「他不在這裡！但是有其他人。」

接著一個女人走進來，流暢而優雅，頭髮藏在一頂無帽簷的便帽裡頭。

「那隻狗一定是在對著這裡叫，」她說。他們並肩站著，兩個入侵者穿得一身黑，審視著裡頭被綁起來的囚犯。那女人的目光落在克蕾兒身上，然後說：「我們見過。你還記得嗎，克蕾兒？」

克蕾兒往上看著那女人，忽然想起車頭大燈衝向自己。想起翻車的那一夜，碎裂玻璃和槍響的聲音。她也想起了當時神奇地出現、把她從撞毀的車子裡拖出來的那位守護天使。

跟我走，克蕾兒。如果你想活命的話。

那女人轉向威爾，而威爾也張嘴瞪著她。「我們也見過，威爾。」

「你當時在那裡，」他喃喃道，「你就是那個……」

「總得有人救你們吧。」她掏出一把刀。「現在我要知道那個男人在哪裡。」她舉著刀，好像要當成他們合作的獎賞。

「幫我割開膠帶，」桑索尼趕緊說，「我會幫你撂倒他。」

「抱歉，但是這個遊戲不是讓平民參加的。」那女人說。她看著房間裡的一張張臉。「那麼泰迪呢？有人知道他在哪裡嗎？」

「泰迪去死吧，」克蕾兒說，「他是叛徒。他引誘我們踏入這個陷阱。」

「泰迪不知道他在做什麼，」那女人說，「他受騙了，墮落了。幫我救他吧。」

「他不會出來的。他躲起來了。」

「你知道躲在哪裡嗎？」

「在屋頂，」克蕾兒說，「他應該等在那裡的。」

那女人看了她的同伴一眼。「那麼我們就得上去找他了。」那女人沒幫桑索尼鬆綁，而是跪在克蕾兒身後，割斷她的膠帶。「你可以幫我們，克蕾兒。」

克蕾兒放鬆地喘了口氣，揉著手腕，感覺血液回流到雙手。「怎麼幫？」

「你是他同學。他會聽你的。」

「他才不會聽我們任何人的，」威爾說，「他在幫那個男人。」

「那個男人，」那女人說，轉向威爾。「是來這裡殺你們的，殺你們所有人。我花了三年設法想抓到他。」她看著克蕾兒。「屋頂要怎麼上去？」

「有扇門，在塔樓。」

「帶我們去。」那女人拉著克蕾兒站起來。

「那他們呢？」克蕾兒說，指著其他人。

那女人把刀子扔在地板上。「他們可以自己割開來。但是他們得待在這裡，這樣比較安全。」

「什麼？」克蕾兒抗議著，但那女人已經把她拉出房間。

「我可不能讓他們礙事。」那女人把門關上。

在房間裡，桑索尼又是詛咒，又是大喊。「把門打開！」

「這樣不對，」克蕾兒堅持，「不能把他們全都關起來。」

「這是我必須做的。這樣對他們最好，對每個人都最好。包括泰迪。」

「我才不在乎泰迪呢。」

「但是我在乎。」那女人抓著克蕾兒狠狠搖了一下。「現在帶我們去塔樓吧。」

他們離開酒窖上樓，進入廚房，大熊在裡頭又開始吠叫，看起來好可憐，而且因為掙扎著想擺脫皮繩而被緊緊勒住脖子。克蕾兒想解開牠的皮繩，但那女人拖著她走向僕人用樓梯。光頭男子走在最前面，目光不斷掃視著前方的階梯。克蕾兒從來不曉得有人移動時可以像這兩個人這麼安靜。他們就像貓，腳步安靜，雙眼永遠四下打量著。克蕾兒被他們兩人夾在中間，看不到前面或後面，於是只能專注在腳下的階梯，盡量學他們兩個安靜移動。他們是某種特務，她心想，是來這裡救他們的，甚至要救泰迪那個叛徒。之前坐在那個房間裡，雙手被綁住、聽著那廚子的啜泣，聽著佩斯昆托尼歐教授呼吸時鼻子發出的哨音，她有很多時間思考整件事。她想到自己漏掉的種種線索。想到泰迪從來不讓人看他的電腦螢幕，一看她走進房間，就立刻按Esc鍵跳掉。他是在發訊息給那個男人，她心想。從頭到尾，他都在幫那個要來殺他們的男人。

她只是不明白為什麼。

他們現在來到三樓了。前面那個男人暫停一下，回頭看了克蕾兒一眼，尋求指點。

「那裡。」她低聲說，指著通往塔樓和維勒芙醫師辦公室的那道螺旋式樓梯。

光頭男子走上石階，克蕾兒跟在後頭躡手躡腳往上爬。這裡的樓梯很陡，她只能看到他的臀部，還有他皮帶上掛著的突擊刀。四下好安靜，她都可以聽到他們往上爬時，衣服發出的柔和窸窣聲。

通往塔樓的門半開著。

那男子輕推一下門，伸手進去打開電燈開關。他們看到了維勒芙醫師的辦公桌，她的檔案櫃。有著花卉紋椅墊的沙發，以及鼓鼓的抱枕。克蕾兒對這個房間很熟悉。她曾坐在那張沙發上多少個小時，告訴維勒芙醫師有關她睡不著的夜晚、她的頭痛、她的夢魘？在這個有薰香氣味、以柔和的粉彩和神奇水晶塊裝飾的房間裡，克蕾兒總是覺得很安全，可以吐露祕密。而維勒芙醫師總是耐心傾聽，銀色捲髮的頭輕輕點著，旁邊總是放著一杯藥草茶。

克蕾兒站在靠近門邊處，看著那一男一女迅速搜索辦公室和鄰接的浴室。他們檢查了辦公桌後面，打開櫥櫃。不見泰迪。

那女人轉向通往外頭屋頂走道的門。當初維勒芙醫師就是走出那道門跳樓的。那女人走出去，夏日的風吹進來，溫暖而甜美，帶著松樹的香氣。克蕾兒聽到奔跑的腳步聲，然後是一聲喊叫。幾秒之後，那女人回來，抓住泰迪的襯衫拖進屋，推到地上，他四肢大張趴在那裡。

泰迪抬頭看見克蕾兒。「你告訴他們的！你出賣我。」

「為什麼不行？」克蕾兒兇巴巴回嘴。「你都出賣我們了。」

「你不明白這些是什麼人！」

「我知道你是什麼人，泰迪．克拉克。」克蕾兒想朝他踢一腳，但那女人抓住她一邊肩膀，把她拖到角落去。「待在那裡別動，」她命令道，然後轉向泰迪。「他在哪裡？」

泰迪整個人縮成一顆球，搖著頭。

「他的計畫是什麼？告訴我，泰迪。」

「我不曉得。」那男孩呻吟道。

「你當然曉得。你比任何人都了解他。只要告訴我，一切都會沒事的。」

「你會殺了他。這就是你跑來這裡的目的。」

「你不喜歡看到有人被殺掉，對吧？」

「對。」泰迪低聲說。

「那你就不會想看到這個了。」那女人轉身，槍抵著克蕾兒的前額。克蕾兒僵住了，震驚得半個字都說不出來。泰迪也嚇得無言，雙眼恐懼地瞪大了。

「告訴我，泰迪，」那女人說，「不然我們就得讓你朋友的腦漿濺在這張漂亮的沙發上了。」

那女人的夥伴看起來對這個轉折同樣驚訝。「他媽的你在幹嘛，賈思婷？」

「想辦法讓他們合作。所以，泰迪，你覺得怎麼樣？你想看到你的朋友死掉嗎？」

「我不知道他在哪裡！」

「我數到三。」槍口更用力抵著克蕾兒的前額。「一……」

「你為什麼要這樣做？」克蕾兒喊道，「你應該是好人的！」

「二。」

「你說你來這裡是要幫我們的！」

「三。」那女人舉起槍，朝牆壁開火，一陣細碎灰泥像下雨般落在克蕾兒的腦袋上。那女人厭惡地冷哼一聲，轉身面對著泰迪。

克蕾兒立刻慌張爬開，躲到辦公桌後頭，全身發抖。為什麼會發生這種事？為什麼他們要回頭來對付我們？

「既然這一招沒用，」那女人說：「或許你真的不知道他在哪裡。所以我們就改用備胎計畫。」她抓住泰迪的一隻手臂，把他拖往屋頂走道。

她的夥伴說：「這太扯了。他們只是小孩而已。」

「這是必要手段。」

「我們是來找伊卡魯斯的。」

「我們的目標是誰，由我說了算。」她扯下泰迪的通訊耳麥，把他拖出門，來到空曠的屋頂走道。「現在我們吊起誘餌吧。」她說，然後把泰迪甩出欄杆外。

泰迪尖叫，瘋狂蹬著腳，想在陡峭的石板瓦屋頂找到支撐點。唯一沒讓他摔下去的，就是那個女人，抓著他的一隻手臂。

他朝男孩的耳麥說：「現在，跟你講話的不是泰迪。猜猜我把誰吊在屋頂外？這麼個可愛的男孩。我只要放開手，他就會化為地上的一灘污漬了。」

「那孩子不在我們的計畫中。」光頭男子抗議道。

那女人沒理他，繼續朝泰迪的通訊耳麥說話。「我知道你在聽。你很清楚發生了什麼事，也知道怎麼阻止。反正我從來就不喜歡小孩，所以對我來說沒什麼大不了的。而且我覺得他愈來愈重了。」

「這樣太過分了，」光頭男子說，走向她。「把那男孩拉上來。」

「你後退，」她命令他。然後又朝泰迪的耳麥吼道：「三十秒！我只給你三十秒！馬上出來，否則我就放手了！」

「賈思婷，」光頭男子說，「把那孩子拉上來。快點。」

「耶穌基督啊。」那女人把泰迪從欄杆外拉回來，然後她瞄準自己的夥伴開槍。

子彈的力道轟得光頭男子往後飛。他撞上辦公桌垮下來，腦袋砰地一聲砸到地板上，就緊臨著克蕾兒的躲藏處。她往下看著他左眼上方的那個洞，看到血湧出來，浸溼了維勒芙醫師粉紅色的地毯。

她殺了他。她殺了自己的夥伴。

賈思婷彎腰，拿起她死去同事的槍，塞在自己的腰帶裡。然後她把泰迪的耳麥丟到一旁，對著自己的通訊耳麥說：「你他媽的人在哪裡？目標正要上來塔樓。我這裡需要你，馬上！」

腳步聲傳來，有人正沿著樓梯往上爬。

那女人立刻把泰迪拉起身，擋在自己面前，形成一個人肉盾牌，以提防那個現在正走進門的男人。就是稍早克蕾兒以為是敵人的那個男人。但現在一切再也說不通了，因為克蕾兒本來以為這個女人是他們的援救者，以為這個把臉塗黑、穿著迷彩服裝、把她綁起來的男人是要來殺他們的。究竟哪一方是我的朋友？

那男人此刻緩緩前進，手槍瞄準那女人。但泰迪就站在射擊路線上，被那女人抓著，一臉蒼白，而且在發抖。

「放了他，賈思婷。這是你和我之間的事。」他說。

「我就知道我可以把你逼出來。」

「這些小孩跟事情完全無關。」

「他們是我的王牌，而且你出現了。我看得出來，你身體還是維持得很健康。不過我比較喜歡你以前的臉。」她手上的槍管更用力抵著泰迪的太陽穴。「接下來你知道該怎麼做，尼可。」

「你反正一定會殺了他。」

「總是有可能我不會。但反過來的話，我就會保證讓你看到我殺他。」她開火，泰迪尖叫，血從他被子彈刮破的耳朵邊緣流淌下來。「下一槍，」她說，「就會對著他的下巴。所以放下槍吧。」

泰迪啜泣著說：「對不起，爸爸。對不起。」

爸爸？

那男人丟下槍，此刻空手站在她前面。「你以為我走進這裡之前，會沒有先準備好一套防止失效的措施嗎，賈思婷？殺了我，你就會害死自己。」

克蕾兒瞪著那男人，想著那張尼可拉斯．克拉克跟她父親的合照，想從這男人身上找出相似處。他有同樣的寬闊肩膀，同樣的金髮，但這個人的鼻子和下巴不一樣。整型手術。剛剛賈思婷不是說了嗎？我比較喜歡你以前的臉。

「你應該早死掉了才對。」克蕾兒喃喃說。

「易薩卡的事情之後，我本來很確定你會出現的，」賈思婷說，「我以為你會做些事情，去救奧麗薇亞的兒子。但結果，我想最重要的，還是救你自己的親骨肉。」

克蕾兒忽然明白，是這個女人下令謀殺了鮑伯和芭芭拉。她也殺了威爾的阿姨和姨丈，一切都是為了要逼尼可拉斯．克拉克復活。現在這個女人會讓他回去當死人，把他們全都殺了。

做點事情。

克蕾兒低頭看著賈思婷剛剛射殺的那個男人。賈思婷拿走了他的槍，但是他還有把刀子。克蕾兒記得跟著他爬上樓梯時，那把刀子從他的皮帶吊掛下來。賈思婷沒在看她：她的注意力全都放在克拉克身上。

克蕾兒湊過去，伸出一隻手在那死人的身體底下往前探，設法摸索著他的刀子。

「如果你殺了我，」克拉克說，「我保證你會完蛋。每一家主要新聞媒體都會在他們的信箱裡發現一段影片。裡頭是過去這兩年我所蒐集到對你不利的證據，賈思婷。厄斯金、奧麗薇亞和我設法湊在一起的一切。局裡會把你關進一個黑洞裡，深得你都會忘記天空長什麼樣子。」

賈思婷還是抓著泰迪，槍口頂著他的下巴，但開始猶豫起來。要是殺了眼前這個男人，就會引發一連串災難事件嗎？

克蕾兒抓住刀柄。想從皮帶上抽出來，但那死人的重量把刀子緊緊壓在地板上。

尼可拉斯．克拉克平靜且理性地說：「你不必這麼做的。讓我帶走我兒子，讓我們兩個消失吧。」

「那我這輩子都會一直擔心，你什麼時候會忽然跳出來，把事情說出去。」

「要是我死了，真相就一定會曝光，」克拉克說，「有關你怎麼協助伊卡魯斯逃獄。你怎麼突襲他的帳戶。唯一沒有回答的問題是，你刑求他，逼他說出他的帳戶密碼之後，把他的屍體丟在哪裡。」

「你沒有證據。」

「我有足夠的憑據，可以把你摧毀。我們三個人終於把整件事湊完整了。你殺了你自己的同事，賈思婷。一切都只為了錢。你知道接下來會發生什麼事。」

樓梯傳來奔跑的腳步聲。

現在就動手。這是你最後的機會了。

克蕾兒使勁拔出那把刀，往前一撲。她對準了她能構到的最接近目標：賈思婷的大腿背面。刀子直接穿透她的衣服，深深插進肉裡，整個刀刃幾乎都沒入了。

賈思婷尖叫，放開了泰迪，往旁邊踉蹌。轉眼間，尼可拉斯．克拉克就撲向地板，去拿他落地的槍。

賈思婷先開火。三發。其中一槍轟得克拉克倒地，一片鮮紅色的血霧噴在他後方的牆上。他背朝下躺著，眼睛逐漸失去神采。

「爸！」泰迪大叫。「爸！」

賈思婷的臉因為痛苦與憤怒而發白，她轉向克蕾兒，這個女孩居然敢反抗。她兩度騙過死神，但她現在要面對死神本人了。克蕾兒看著那滅音器朝她的頭舉起。看到賈思婷的手臂打直，穩住手槍要開火。那是克蕾兒閉上眼睛前看到的最後一個畫面。

那爆炸聲震得她往後撞向辦公桌。這回不光是啪地一聲，而是打雷般轟得她耳鳴。她等著疼痛出現，但唯一感覺到的，就是她自己狂亂的呼吸聲。

然後是泰迪絕望的尖叫聲：「幫幫他！拜託，幫幫我爸！」她睜開眼睛，看到瑞卓利警探蹲在尼可拉斯．克拉克上方。看到賈思婷仰天躺著，雙眼睜開瞪著前方，一灘血在她腦袋下方逐漸擴散。

「佛斯特！」瑞卓利喊著，「把莫拉弄上來這裡！有個人受傷了。」

「爸爸，」泰迪哀求，拉著克拉克的手臂，完全不管自己的疼痛，不管他受傷的耳朵還在流血。「你不能死。拜託不要死。」

賈思婷的鮮血持續擴大，像個阿米巴變形蟲朝克蕾兒流過來，威脅著要吞沒她。克蕾兒打了個寒噤，起身踉蹌走到角落，遠離所有的屍體。遠離死人。

更多腳步聲衝上樓梯，艾爾思醫師跑進房間。

「是泰迪的父親。」瑞卓利低聲說。

艾爾思醫師跪下來，手指按著那男人的頸部。她撕開男人的襯衫，露出裡頭的防彈背心。但是子彈從背心上方的肉穿入，克蕾兒看到一道血從傷口流出來，在艾爾思醫師跪著的地方形成一小片血塘。

「你可以救他！」泰迪尖叫著。「拜託。拜託……」

當他父親眼中最後一絲光亮退去時，他還在啜泣喊著拜託。

33

尼可拉斯・克拉克沒有恢復意識。

東緬因醫學中心的血管外科醫師修復了他撕裂的鎖骨下靜脈，排掉了他肺臟的胸腔積血，而且認為手術很成功，但是麻醉藥退去後，他一直沒有醒來。他可以自己呼吸了，生命徵象也都很穩定，然而一天又一天過去，他依然處於昏迷狀態，珍從醫師的話中聽出了更深的悲觀意味。嚴重失血加上腦部灌流不足。永久性的神經損傷。他們不再談復元；而是討論長期照護和轉到療養院，談到導尿管和餵食管，以及其他珍曾在萊戴克醫療用品公司那本假商品目錄中看到的產品。

儘管昏迷，但尼可拉斯・克拉克還是找到一個辦法，把真相告訴全世界。

中槍七天後，那段影片出現了。第一個播放的是半島電視台，然後在網路上到處傳播，再也無法控制。接下來四十八小時內，尼可拉斯・克拉克就登上了世界各地的電腦螢幕和電視機，冷靜而有條理地回顧十六年前在義大利發生的那些事件。他描述在一次非常規引渡的行動中，他們監視並抓走一名代號為伊卡魯斯的恐怖分子金主。他揭露了伊卡魯斯被監禁的種種細節，以及他們用來對付他的各種強化偵訊手法。然後他談到，在一個名叫賈思婷・麥克雷倫的腐化中情局探員的協助下，伊卡魯斯從那個位於北非的祕密基地逃脫。對於一個老早變得憤世嫉俗的世界來說，這一切都不令人驚訝，也不會覺得有什麼大不了。

但幾個美國人家庭遭到謀殺，發生在美國的土地上，就讓全國都注意了。

在波士頓警局的會議室裡，之前偵辦艾克曼滅門血案的六名警探坐在裡頭，看著CNN的晚間新聞，報導中追溯多年前的往事，以解釋艾克曼一案發生的真正原因。這一家人並不是被一個叫安德烈．札帕塔的哥倫比亞移民謀殺；而是因為和其他兩家人相同的原因被處決：好讓尼可拉斯．克拉克相信他的兒子泰迪有立即的危險。逼克拉克從藏身處出面。

只要賈思婷相信我死了，泰迪就很安全。她沒有理由攻擊他。要是我帶著他逃亡，賈思婷就永遠不會停止追殺我們。我們會老是在提防。泰迪知道我還活著。他了解為什麼我選擇躲起來。這是為了他；一切都是為了他。

但現在一切都改變了。賈思婷一定是攔截到我們溝通的訊息，於是知道我還活著。我沒有太多時間。這可能是我唯一的機會，可以公布我這兩年所蒐集到的證據。證明賈思婷．麥克雷倫協助一名代號為伊卡魯斯的恐怖分子逃獄，而且幾乎可以確定，她在取得了伊卡魯斯的帳號和密碼之後，謀殺了他。也證明她或她收買的探員，要為沃德、雅布朗斯基和我三家人的命案負責。因為我們當時在打聽有關她忽然變得富有的事情。我們開始調查，而她必須阻止我們。

我們的家人只是無辜的受害者。

這三個倖存的孩子——克蕾兒、威爾和泰迪——現在成了這場獵殺的人質。賈思婷把這三個孩子聚集在一起當成誘餌，好引我出來。她利用她所有官方或非官方的資源，而且引導中央情報局相信伊卡魯斯還活著，相信她追獵的目標是他。

但她真正的目標是我。

要是任何人看到這段影片，那就表示賈思婷成功了。表示我是從墳墓裡現身在跟你們說話。

但是真相不會跟我一起死亡。而且我尼可拉斯．克拉克發誓，我在這裡所說的一切都絕對是實話……

珍看著其他坐在會議桌旁的警探。克羅緊閉著嘴唇，一臉不高興，也難怪：他身為艾克曼案主責警探的一大公開成就，剛剛被一把大槌子給敲得粉碎，而且波士頓每個社會記者都曉得了。他太急著推斷安德烈．札帕塔是兇手的紀錄將會永遠跟著他。克羅發現她在看他，於是狠狠瞪回去，那熱度能讓水都蒸發。

對珍來說，她應該要有片刻的勝利感，因為最後結果證明她的直覺是對的，但她卻毫無笑容。尼可拉斯．克拉克現在還在昏迷中，很可能永遠不會醒來，於是泰迪又再度失去父親。她想著死了多少人：克拉克一家、雅布朗斯基夫婦、沃德夫婦，還有艾克曼一家、譚普夫婦，以及巴克利夫婦。死了，全都死了，只因為一個人無法抗拒龐大財富的誘惑。

新聞報導結束了。其他警探站起來離開會議室，珍還坐在椅子上，想著正義。想著死人永遠無法從中獲益。對他們來說，正義總是來得太遲。

「你做得很好，瑞卓利。」馬凱特副隊長說。

她抬頭看到上司站在門邊。「謝謝。」

「那麼為什麼你的表情，好像你最要好的朋友剛死了似的？」

「只是沒辦法滿意，你知道的。」

「你是擊敗賈思婷．麥克雷倫的人。還有什麼更令人滿意的？」

「或許如果我能讓那些死者復活？」

「那超過了我們的能力。我們只是清理人員而已。」他皺眉看著自己響鈴的手機。「看起來媒體要發瘋了。這是個問題，因為這個報導敏感得要命。」

「腐化的探員？死掉的美國人？」她冷哼一聲。「真的。」

「聯邦調查局已經對我們下了封口令。所以眼前，我們對外只能說不予置評，好嗎？」他歪著頭。「現在快點離開吧。回家喝瓶啤酒，你有資格的。」

這是馬凱特對她講過最善意的話。喝瓶啤酒聽起來的確不錯，而且她的確有資格。她收拾了檔案，拿去放在她的辦公桌上，然後走出警局。

但是她沒回家。

反之，她開車到布魯克萊恩，來到某個被這樁新聞報導弄得同樣沮喪的人家裡，而且這個人沒有其他人可以訴苦。開到那棟房子時，她鬆了口氣，看到屋外還沒有電視新聞轉播車，不過媒體一定很快就會趕來了。波士頓的每個記者都知道莫拉・艾爾思醫師住在哪裡。

屋裡亮著燈，珍聽到古典音樂播放著，小提琴悲傷的樂音悠揚。她按了兩次門鈴，才終於有人開門。

「嘿，」珍說，「你在電視上看到了吧？網路上傳瘋了！」

莫拉疲倦地點了個頭。「好玩的部分才剛開始呢。」

「這就是為什麼我趕過來。我猜想你可能需要一個伴。」

「恐怕陪著我不會有什麼樂趣。不過我很高興你來了。」

珍跟著莫拉走進客廳，看到茶几上有一瓶打開的紅酒，還有一個快喝空的酒杯。「看你把一整瓶都拿出來客廳，顯然是打算大喝一場了。」

「你要不要喝一杯？」

「你冰箱裡有啤酒嗎？」

「沒問題。應該還有一瓶，是你上次帶來的。」

珍進了廚房，看到一塵不染的料理台面，而且完全看不到任何一個髒盤子。這裡看起來乾淨得都可以動手術了，但這就是莫拉。每樣東西都各自歸位。珍忽然覺得，一切都看起來毫無凌亂、沒有絲毫混亂的跡象，感覺上好荒涼。好像沒有人類真正居住在這裡。好像莫拉把她的生活刷洗得這麼乾淨，把所有的歡樂也都刷洗掉了。

她找到了那瓶山繆．亞當斯麥芽啤酒，大概放了好幾個月了，然後打開瓶蓋。又回到客廳。小提琴音樂仍在播放，但是聲音關小了。她們坐在沙發上。莫拉啜著葡萄酒，珍則喝著啤酒，小心地不要灑出任何一滴，免得弄髒莫拉乾淨無瑕的沙發椅墊或那張昂貴的波斯地毯。

「現在你一定覺得，結果證明你完全是對的。」莫拉說。

「是啊。我看起來還真像個天才呢。最棒的部分就是讓克羅的氣焰往下調降十格。」她又喝了一口啤酒。「但是這樣還是不夠，對吧？」

「什麼不夠？」

「結掉一個案子。我知道我們做得很正確，但是也改變不了尼可拉斯．克拉克大概再也不會醒來的事實。」

「但是那些孩子安全了，」莫拉說，「重要的是這個。我今天早上跟朱利安通過電話，他說克蕾兒和威爾狀況都還不錯。」

「但是泰迪就不是了。我不確定他會不會有好轉的一天。」珍說，低頭看著自己的啤酒。「昨天晚上我去他的寄養家庭看他。我們把他送回伊尼戈家，就是之前照顧過他的那對夫婦。他一句話都不肯跟我說，一個字都沒有。我想他怪我。」她看著莫拉。「他怪我們所有人。你、我、桑索尼。」

「不過，晚禱學校永遠歡迎泰迪回去的。」

「你跟桑索尼談過這件事了？」

「今天下午。」莫拉伸手拿酒杯，好像需要喝點酒堅強一點，才有辦法談這個話題。「他向我提出了一個很有趣的邀請，珍。」

「什麼樣的邀請？」

「替梅菲斯特俱樂部擔任法醫學顧問，而且成為晚禱學校的一分子。據他的說法，我可以在那邊『塑造年輕的心靈』。」

珍揚起一邊眉毛。「你不認為他其實是想提供你某些更私人的東西？」

「不，他正好就這麼說過。我必須從他講的話去判斷，而不是從言外之意去判斷。」

「耶穌啊，」珍嘆了口氣。「你們兩個繞著對方兜圈子，好像兩個人都瞎了似的。」

「如果我們是瞎子，那我其實應該看見什麼？」

「看見桑索尼對你來說，是個比丹尼爾好太多的選擇。」

莫拉搖頭。「我不認為我眼前應該選擇任何男人。但是我考慮了他的邀約。」

「你的意思是，離開法醫處？離開波士頓？」

「是的。就是這個意思。」

小提琴音樂拔高到一個哀傷的樂音，感覺上那樂音似乎直接刺入珍的胸膛。「你認真在考慮這件事？」

莫拉伸手拿了CD遙控器，關掉音樂。寂靜懸在她們之間，沉重得有如天鵝絨布簾。她看著客廳裡的白色皮革沙發，看著光滑的桃花心木家具。「我不曉得接下來我會碰上什麼，珍。」

「什麼？」

燈光閃過窗子，珍站起來透過窗簾窺看。「很不幸，我倒是知道接下來你會碰上什麼。」

「一輛電視轉播車剛到。那些該死的鬣狗媒體，就是不能等到記者會。他們馬上就會來敲你的門了。」

「已經有人吩咐我不能跟他們講話了。」

珍轉身皺起眉頭。「誰吩咐你的？」

「半個小時前，我接到一通電話。州長辦公室打來的。他們接到華府那邊施壓，說這件事情不能對外透露。」

「太遲了。CNN 都已經播了。」

「我也這麼跟對方說。」

「所以你不打算跟媒體講任何話了？」

「我們還有別的選擇嗎？」

「永遠有別的選擇的。」珍說，「問題是你想怎麼做？」

莫拉從沙發上起身，走到窗前站在珍旁邊。她們一起看著一名攝影師從廂型車裡拖出設備，準備要入侵莫拉家前院的草坪。

「簡單的辦法，」莫拉說，「就是告訴他們不予置評就好。」

「沒有人能逼你講話的。」

莫拉思索著，兩人看著第二輛電視轉播車抵達。「但是這一切不就是這樣發生的嗎？」她問，「太多祕密。太多人不肯說出真相。當你打開一盞明亮的燈，祕密就失去它的力量了。」

就像尼可拉斯．克拉克的影片，珍心想。打開真相的大燈，讓他付出自己那條命為代價。但至少救了他的兒子。

「你知道，莫拉，那就是你最擅長的。你打開一盞燈，讓死者放棄他們的各種祕密。」

「麻煩的是，死人好像是我唯一的人際關係。我需要一個體溫稍微溫暖一點的。我不認為自己在這個城市中找得到這樣的人。」

「要是你離開波士頓，我會很難過的。」

「你在這裡有家人，珍。我沒有。」

「要是你想要有個家，我很願意把我父母給你。讓他們把你逼瘋。我甚至還可以奉送我老哥法蘭基，這樣你就可以分享那種喜悅。」

莫拉大笑。「那種喜悅是你的，而且只有你能獨享。」

「重點是，家人並不會自動為我們帶來快樂。你的工作不也很重要？而且……」她暫停，然後低聲補了一句：「你的朋友呢？」

外頭的街道上，又有一輛電視轉播車停下，她們聽到甩上車門的聲音。

「莫拉，」珍說，「我從來不是個夠稱職的朋友。我知道。我發誓，下次我會做得更好。」

她走到茶几前，拿起莫拉的葡萄酒杯和自己那瓶啤酒。「所以讓我們舉杯，敬我們的友誼。」

她們微笑著用杯子碰瓶子，然後各自喝了一口。

珍的手機發出鈴響聲。她從皮包裡拿出來，看到上頭顯示著緬因州的區域號碼。「我是瑞卓利。」她接了電話。

「警探，我是東緬因醫學中心的史坦醫師。我是照顧克拉克先生的神經內科醫師。」

「是的，我們前幾天談過。」

「我現在，唔，不太確定怎麼告訴你這件事，但是……」

「他死了。」珍說，已經猜到這通電話的目的。

「不！我的意思是……我不認為是這樣。」

「你怎麼會不曉得？」

電話另一頭發出一個難為情的嘆息聲。「我們真的無法解釋這是怎麼發生的。不過護士今天下午去他病房，要檢查他的生命徵象，才發現他的病床是空的，靜脈注射管被拔掉了。過去四個小時，我們找遍了整個醫院，但就是找不到他。」

「四個小時？他已經失蹤那麼久了？」

「或許更久。我們不曉得他究竟是什麼時候離開病房的——」

「醫師，我稍後再回電給你。」她打斷他，然後掛斷電話。接著立刻撥了伊尼戈家的電話。響了一聲、兩聲。

「發生了什麼事，珍？」莫拉問。

「尼可拉斯・克拉克失蹤了。」

「什麼？」莫拉瞪著她。「他不是還在昏迷狀態嗎？」

電話裡，南西・伊尼戈接了電話。「喂？」

「泰迪在嗎？」珍說。

「瑞卓利警探，是你嗎？」

「是的，而且我很擔心泰迪。他人在哪裡？」

「在他房間裡。他放學回家就直接上樓了。我正打算叫他下來吃晚飯。」

「麻煩幫我去察看他一下。馬上去好嗎？」

接著是南西・伊尼戈爬上樓梯的腳步聲，同時她在電話裡頭問珍：「你能不能告訴我是怎麼回事？」

「我還不曉得。」

珍聽到南西敲了門喊著：「泰迪，我可以進來嗎？泰迪？」暫停一下。然後是驚慌的聲音：「他不在裡頭！」

「屋子裡面找一下。」珍命令道。

「等一下。等一下，這裡有張字條，放在床上。是泰迪的筆跡。」

「上頭寫了什麼？」

隔著電話，珍聽到紙張的窸窣聲。「是寫給你的，警探。」南西說，「上頭說，謝謝你。我們會平安無事的。就這樣。」

謝謝你。我們會平安無事的。

珍想像著尼可拉斯・克拉克，奇蹟般地從昏迷中醒來，拔掉他的靜脈注射管，走出醫院。他想像泰迪把那張字條放在床上，然後溜出伊尼戈家的房子，消失在黑夜中。兩人都很清楚他們要去哪裡，因為他們有同樣的目的：父子相守，一起共度未來。

「你知道這個字條是什麼意思嗎？」南西問。

「是的。我想我完全明白其中的意思。」珍輕聲說，掛斷電話。

「所以尼可拉斯・克拉克還活著。」莫拉說。

「不光是活著。他終於找回他兒子了。」珍望著窗外的新聞轉播車，還有愈來愈多的記者和攝影師。雖然她在微笑，但所有車子的燈光忽然在她的淚眼中變得模糊。她舉起啤酒瓶，朝著夜空敬酒，輕聲說：「這一杯敬你，尼可拉斯・克拉克。」

遊戲結束。

34

血比記憶更容易清除，克蕾兒心想。她站在維勒芙醫師的辦公室裡，審視著全新的地毯和家具。陽光照在一塵不染的家具表面上，整個房間帶著一股檸檬的新鮮氣息。隔著打開的窗子，她聽到湖上那些划船學生的歡笑聲。星期六的聲音。看著整個房間，很難相信這裡曾有任何可怕的事情發生過，校方把房間裡頭徹底更換過了。但是再怎麼洗刷，都無法抹去烙印在克蕾兒心頭的那些畫面。她低頭看著有藤蔓和莓果圖案的淺綠色地毯，看著一個死掉的男人往上瞪著她。她轉向牆壁，看到尼可拉斯．克拉克的血霧濺在上頭。她看著辦公桌，還能想像賈思婷的屍體躺在旁邊，被瑞卓利警探開槍射殺了。這個房間裡，不論她看向哪裡，都會看到屍體。維勒芙醫師的鬼魂也依然徘徊不去，坐在辦公桌對面微笑，啜著她的藥草茶。

這麼多鬼魂。有一天，她有辦法不再看見這些鬼魂嗎？

「克蕾兒，你要來嗎？」

她轉向站在門口的威爾。她看見的不再是那個胖乎乎、滿臉痘疤的威爾：現在她看到的是她的威爾，當他以為他們全都要死掉時、最後的衝動就是要保護她的那個男孩。她不確定這是不是愛，她甚至不確定自己對他的感覺。她只知道，他做的事情是從來沒有一個男生對她做過的，這一點總有些意義。或許這就代表了一切。

而且他有一雙美麗的眼睛。

她又對著這個房間看了最後一圈，默默向那些鬼魂道別，然後點點頭。「我馬上來了。」

他們一起走下階梯，來到門外。他們的同學正在享受這個晴朗的星期六，在湖裡潑水、坐在草坪上發懶，或是對著羅門先生當天早上幫他們放好的靶子射箭。克蕾兒和威爾走向他們兩個現在都已經非常熟悉的那條小徑，一路爬上山丘，迂迴穿過樹林，繞過青苔遍布的大石頭，經過一叢叢刺柏。最後他們爬上石階，來到一片平台，周圍環繞著十三塊大石頭。

其他人正在等著。她看到那些熟悉的老面孔：朱利安和布魯諾，亞瑟和列斯特。在那個晴朗的上午，一群鳥兒正在枝頭歡唱，大熊趴在一塊太陽晒暖的石頭上打盹。她走向平台邊緣，看著底下城堡的鋸齒狀屋頂。那城堡像一座古老的山嶺，從下方的谷地隆起。晚禱學校。家。

朱利安說：「現在我宣布，胡狼社的會議正式開始。」

克蕾兒轉身，加入這個圈圈。

謝辭

身為作家超過二十年後，我最珍惜的就是在這個行業裡認識的老友，而且一個作家所能擁有最棒的朋友，莫過於我的文學經紀人Meg Ruley，還有我出色的編輯Linda Marrow。無論順境或逆境，你們總是陪著我，我要向你們二位舉杯！同時也要感謝Gina Centrello、Libby McGuire、Larry Finlay多年來的信任，還要謝謝Sharon Propson把新書巡迴宣傳之旅安排得這麼愉快，謝謝Jane Berkey和Peggy Gordijn準確無誤的指引，以及Angie Horejsi的精明和智慧。

在為本書收集資訊的研究期間，我仰賴眾多信得過的人幫忙。在此要感謝我兒子Adam對槍枝的專業知識；還有Peggy Maher、Enidia Santiago-Arce，以及他們在航太總署戈達德太空飛行中心（Goddard Space Flight Center）的了不起同事們耐心回答我這個老星艦迷的各種問題。還要謝謝Bob Gleason和Tom Doherty慷慨地接納我參加那趟樂趣十足的戶外教學。

最重要的，我要感謝我的先生Jacob。這麼多年過去了，你依然是我心中的真命天子。

Storytella 85

最後倖存者

Last to Die

最後倖存者 / 泰絲.格里森作 ; 尤傳莉譯. -- 初版. -- 臺北市 : 春天出版國際, 2018.12
面; 公分. -- (Storytella ; 85)
譯自 : Last to Die
ISBN 978-957-741-177-8(平裝)

874.57 107021371

ISBN 978-957-741-177-8
Printed in Taiwan

作　者　泰絲．格里森
譯　者　尤傳莉
總編輯　莊宜勳
主　編　鍾靈

出版者　春天出版國際文化有限公司
地　址　台北市忠孝東路四段303號4樓之1
電　話　02-7733-4070
傳　眞　02-7733-4069
E－mail　frank.spring@msa.hinet.net
網　址　http://www.bookspring.com.tw
部落格　http://blog.pixnet.net/bookspring
郵政帳號　19705538
戶　名　春天出版國際文化有限公司
法律顧問　蕭顯忠律師事務所
出版日期　二〇一八年十二月初版
二〇二三年一月初版二十四刷

定　價　399元

總經銷　楨德圖書事業有限公司
地　址　新北市新店區中興路二段196號8樓
電　話　02-8919-3186
傳　眞　02-8914-5524
香港總代理　一代匯集
地　址　九龍旺角塘尾道64號 龍駒企業大廈10 B&D室
電　話　852-2783-8102
傳　眞　852-2396-0050